Frederik Hetmann

»Ich habe sieben Leben«

Ein argentinisches Sprichwort lautet: Katzen haben sieben Leben. Am 31. Dezember 1956, nach Beginn der kubanischen Guerilla, telegrafierte Ernesto Guevara an seine Eltern: »Meine Lieben: Es geht mir gut. Habe zwei ausgegeben, es bleiben mir noch fünf.«

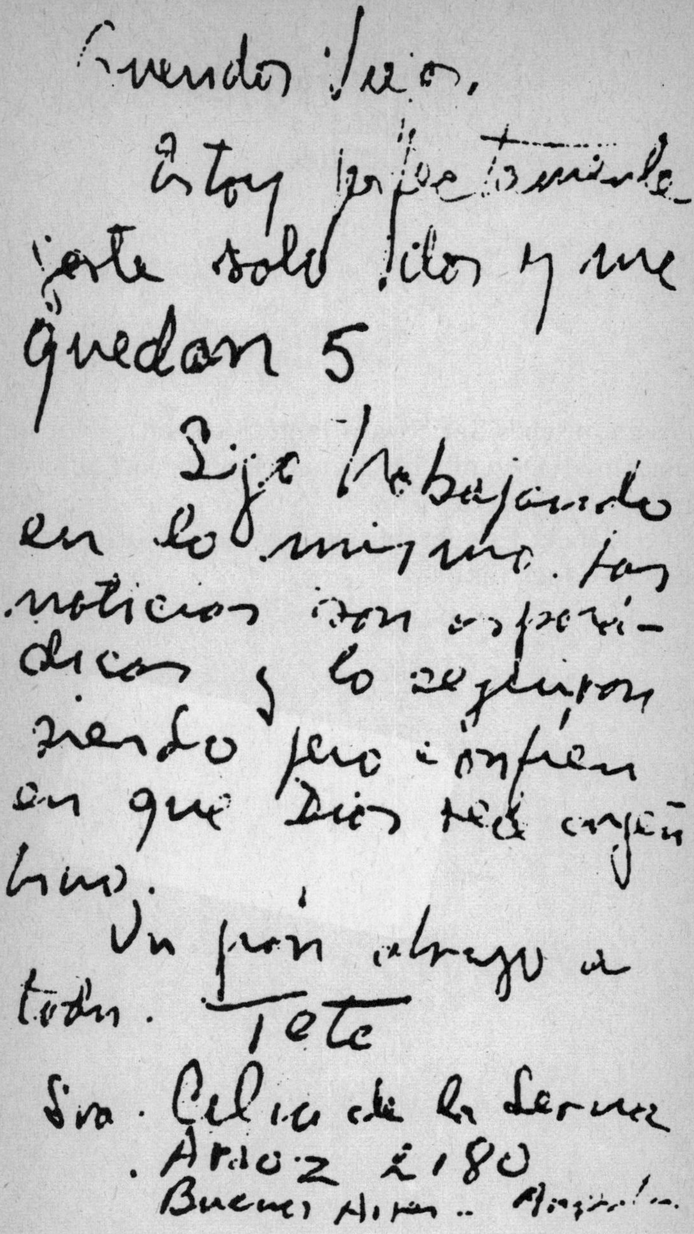

Querido Viejo,

Estoy perfectamente. Gasté solo dos y me quedan 5.

Sigo trabajando en lo mismo. Las noticias son esporádicas y lo seguirán siendo pero confíen en que Dios sea argentino.

Un gran abrazo a todos. Tete

Sra. Celia de la Serna
Araoz 2180
Buenos Aires – Argentina

...habe zwei ausgegeben, bleiben noch fünf

Frederik Hetmann

»Ich habe sieben Leben«

Die Geschichte des Ernesto Guevara, genannt Che

Fotografik von Günther Stiller

rororo

Rowohlt

rororo rotfuchs – Herausgegeben von Uwe Wandrey

Frederik Hetmann (d. i. Hans-Christian Kirsch) war nach seinem Studium Lehrer und dann Lektor in einem pädagogischen Fach-Verlag; unternahm ausgedehnte Reisen in fast alle europäischen Länder und in die USA; lebt als freier Schriftsteller und Jugendbuchlektor in Nomborn/Westerwald. Veröffentlichungen: »Amerika Saga« (1964, Jugendbuchpreis 1965); »Gewalt oder Gewaltlosigkeit« (1972); »Treiben wie ein Baum im Fluß« (1973); »Durch Amerika« (rororo rotfuchs 61/1974); »Pepe traut dem Frieden nicht« (rororo rotfuchs 96/1975); »Bob Dylan« (rororo rotfuchs 120/1976) u. a.

Veröffentlicht im Rowohlt Taschenbuch Verlag GmbH, Reinbek bei Hamburg, Juni 1977 / © 1972 Beltz Verlag Weinheim und Basel, Programm Beltz & Gelberg / Umschlagfoto Transworld Feature Syndicate / rotfuchs-comic (Umschlagrückseite) Jan P. Schniebel, © Rowohlt Taschenbuch Verlag GmbH, Reinbek bei Hamburg, 1977 / Typographie und Ausführung des Umschlags Manfred Waller / Alle Rechte an dieser Ausgabe vorbehalten / Gesamtherstellung Clausen & Bosse, Leck/Schleswig / Printed in Germany / 480-ISBN 3 499 20137 2

Inhalt

...ist ein Plakat

Anrufung

Che Guevara – das ist ein Plakat! Che Guevara – das ist ein Transparent! Che Guevara – das ist ein Poster! Che – das war der Aufschrei der Studenten, die in Berkeley, Berlin, Paris und Rom untergefaßt durch die Straßen rannten und von der Polizei zusammengeschlagen wurden.
Che, dieses Schwein, sagte ein Lehrer zu einem Siebzehnjährigen, und der Siebzehnjährige dachte ungerührt: Ich verehre ihn.
Che – das war der immer wieder als Bürgerschreck kolportierte Satz: Schafft drei, vier, viele Vietnam.
Che – das war Krimi und Pokerspiel.
200 000 Dollar für das *Bolivianische Tagebuch* bot Andrew Saint Georges in La Paz für die Magnum-Gruppe, und Michèle Ray von *Paris Match* erhöhte auf 400 000.
Che – das war der ägyptische Hollywood-Star Omar Shariff, Schnurrbartträger, der sich einen Vollbart wachsen lassen mußte, um Che in einer Filmschnulze zu mimen, die rasch auf den Philippinen abgedreht wurde.
Che – das war der Duft gefährlichen Lebens, der müde Männer wieder munter machte.
Che – das war der Vorwand für Sodomie und Päderastie auf der Bühne und abermals ein Geschäft.
Che, Sankt Che, mit dem Heiligenschein und dem Habit der Guerilleros – das war der säkularisierte Jesus Christus; erlöse uns von der Ausbeutung, der Sklaverei und der Verelendung, die wir über die Dritte Welt gebracht haben; erlöse uns von den Napalmopfern, diesem letzten Konsumartikel des Kapitalismus.
Che – das war Don Quichotte, der noch einmal satteln ließ im 20. Jahrhundert.
Che – das war Régis Debray, der nach endlosen Verhören, Folterungen und vierjähriger Haft in Camiri, kaum daß er in Chile eingetroffen war, erklärte: »Meine bescheidene Rolle in Zukunft – es heißt, Guevaras Erbschaft anzutreten.«
Che ... einmal muß da ein Mensch gewesen sein.

Kindheit

Die Mutter, Celia de la Serna, wird als Mädchen »La Rebelda« genannt. Sie gilt als eine der schönsten und reichsten Erbinnen von Buenos Aires. Sie besitzt Tausende von Hektar Weideland und riesige Rinderherden. Sie ist mit 17 in Paris gewesen. Nach dem Tod ihrer Eltern hat sie einen Vormund und Anstandsdamen, wie sie die gesellschaftliche Konvention fordert, abgelehnt. Sie soll die erste Frau in Argentinien gewesen sein, die ein eigenes Bankkonto besaß. Sie trägt die Haare kurz geschnitten. Sie begeistert sich für marxistische Ideen.

In Argentinien verdient man in den 20er Jahren unseres Jahrhunderts das große Geld mit Fleisch. Die Gauchos reiten. Das Lasso fliegt. Staubwolken und Gitarrengeklimper. Aber wie ist es wirklich? Celia will es wissen.

Die Rinder werden in die Gasse getrieben. Am Ende der Gasse erwartet sie unverhofft der Tod: zwei Bolzen, die sich von der Seite her in den Schädel der Tiere bohren.

Celia beobachtet den Mann, der mit einem Fingerdruck diesen Bolzen betätigt. Ein gutmütiges Indianergesicht grinst sie an.

Die Kadaver treiben auf dem Fließband davon. Sie werden zerlegt, eingefroren oder in Dosen verpackt und nach Europa exportiert.

Celia sieht die Männer mit Sägen und blutverschmierten Schürzen umhergehen. Sie spürt den leicht süßlichen Geschmack von Blut auf der Zunge.

Am nächsten Tag erzählt man im Jockey Club, dem Treffpunkt der High Society von Buenos Aires, daß La Rebelda allein die Schlachthöfe besucht habe. Trotz, oder vielleicht gerade wegen solcher Launen, ist Celia umschwärmt von jungen Männern aus der Boheme und aus der Oberschicht. Zum Teufel mit diesen Gecken, die um sie schwänzeln und sich die Revolution als Operette vorstellen! Sie denkt an die Revolution als an eine große reinigende Kraft. Sie haßt die verhimmelnden Flirtworte blasierter Jünglinge, wenn sie allein mit einem von ihnen in der Nacht auf einer Terrasse steht und dazu schwere Colliers im Salon im Hintergrund klimpern... Oder war es ein Kronleuchter?

Sie denkt an das so plausibel klingende Geschwätz ihrer Rechtsanwälte, würdige Herren in kühlen Kanzleien, die alle beteuern, nur ihr Bestes zu wollen, wenn sie von günstigen Wertpapiertransaktionen berichten.

Sie heiratet einen Mann, der in den Augen der oligarquia, der besitzenden, machtausübenden, tonangebenden Gesellschaftsschicht, als Tu-

nichtgut gilt – Ernesto Guevara Lynch, einen Architekturstudenten, der sein Studium mit der Bemerkung aufgegeben hat, es führe zu nichts.
Er ist abenteuerlustig, unkonventionell, renommiersüchtig, hat den Kopf voller phantastischer Projekte. Sein Stammbaum läßt sich bis auf einen der spanischen Vizekönige von La Plata zurückverfolgen.

Ein Vorfahr, Juan Antonio Guevara, hat im 19. Jahrhundert gegen die Diktatur des Juan Manuel de Rosa rebelliert. Der Aufstand, den er mit anführte, scheiterte. Der Verschwörer floh 1850 nach Kalifornien – es ist die Zeit des Goldrausches – und stellte sich dort an die Spitze einer Bande von Prospektoren und Viehdieben. (Sein Enkel wird ihn gern als anarchistisch-liberalen Helden sehen.)
Juan Antonio heiratet, sich unbekümmert über bestehende Vorurteile hinwegsetzend, eine mexikanische Schöne, Conceptión Castro.
Ihr Sohn, der schon als Bürger der Vereinigten Staaten zur Welt kommt, nimmt die Tochter eines aus Irland stammenden Einwanderers zur Frau. Das junge Paar kehrt nach Argentinien zurück, wo ihr Sohn Ernesto geboren wird.

Ernesto, der Ältere, Ches Vater, zeigt wenig Ehrgeiz, sich eine Position in der herrschenden Gesellschaftsschicht zu erkämpfen. Er spricht geringschätzig von der Jagd nach Macht und Geld.
Freilich ist es angenehm, Geld zu besitzen, aber nur, um unabhängig zu sein. Er will leben, etwas erleben. Diesen Mann also zieht Celia de la Serna den Söhnen aus den großen Familien vor, die um sie werben.
Nach ihrer Heirat leben Ernesto und Celia in Buenos Aires. Sie geben das Geld der la Sernas mit vollen Händen aus. Ihre Feste sind skandalumwittert. Für einige Zeit gefällt es ihnen, zu trinken, zu tanzen, zu schokkieren.
Der Lebensstil der »roaring twenties«, die getanzte Revolte der flappers, der Nachkriegsjugend des Ersten Weltkriegs in den USA, die Auflehnung gegen den Muff des viktorianischen Zeitalters, gegen die Tabus des Puritanismus, färbt auf die Boheme Argentiniens ab, das trotz seines Katholizismus das puritanischste Land in Südamerika ist.
Ernesto Guevara Lynch hat den Plan gefaßt, sich als Mate-Kaufmann zu betätigen. Der »Tee der Jesuiten« ist das Nationalgetränk zahlreicher südamerikanischer Länder.
In Argentinien wächst die Pflanze in drei bis sechs Meter hohen Büschen in der abgelegenen Provinz Missiones, einem Dschungelgebiet, in dem sich, außer Eingeborenen, freiwillig meist nur Waffen-, Rauschgift- und Alkoholschmuggler aufhalten.

Gegenüber seiner Frau schwärmt Señor Guevara Lynch von einer anarchistischen Gemeinschaft, die er dort fern der Zivilisation gründen will. Finanzieren wird er sein »freies Dorf« mit Erlösen aus dem Mate-Handel. Bald ist dem Paar der Schwarm leichtsinniger und schmarotzender Freunde aus der Großstadt in die Wildnis gefolgt. Über Festen, Jagdausflügen und Diskussionen, wie das Paradies auf Erden auszusehen habe, wie es herbeizuführen sei, vergißt Ernesto seine Yerba-Mate-Bündel abzuschicken. Sie verfaulen in den Lagerschuppen. Er entschuldigt sich mit einem Achselzucken. Ist er hergekommen, schwer zu arbeiten oder um seinen Spaß zu haben?
Er schrickt aus seiner Unbekümmertheit hoch, als Celia ihm sagt, daß sie schwanger ist. Einerseits freut er sich auf das Kind, hofft auf einen Sohn, nimmt sich vor, ihn liberal und antiklerikal zu erziehen, andererseits fühlt er sich eingeengt. Ohne Kind wäre dieses romantische Leben hier draußen, wo man sich nicht über korrupte Politiker, karrierewütige Altersgenossen und mißgünstige Verwandte ärgern muß, wohl noch eine Weile fortzusetzen gewesen.
Diese Dschungelfreiheit hat ihm gefallen. Man kann dabei vergessen, daß man sich im zweiten Jahrzehnt des 20. Jahrhunderts befindet.
Wenn er den Mate-Handel wieder in Schwung bringen will, muß er mit seinen Abnehmern in Rosario sprechen, das immerhin 1000 Kilometer von der Provinz Misiones entfernt liegt.
Trotz ihrer fortgeschrittenen Schwangerschaft will Celia ihn auf dieser strapaziösen Reise begleiten. Sie erwartet das Kind für Mitte Juli, aber als sie am 14. Juni 1928 in Rosario ankommen, setzen bei ihr die Wehen ein. Der Junge, der vorzeitig geboren wird und nach seinem Vater den Namen Ernesto erhält, ist ein winziges, schwächliches Baby, kaum lebensfähig. Die ersten 18 Monate seines Lebens verbringt Ernestito mit seinen Eltern in der Provinz Misiones.
Seine Kinderfrau ist die Indianerin Inez. Zusammengekauert sitzt sie Tag und Nacht vor der Hängematte, in der das häufig hustende Kind schaukelt. Sie legt in Wasser aufgeweichte Blätter einer den Weißen unbekannten Pflanze auf die Augen und die Lippen des Säuglings. Wenn der Vater das Kind betrachten will, überschüttet Inez ihn mit einem Schwall indianischer Schimpfworte. Señor Guevara-Lynch nimmt das hin, obwohl Bekannte ihn auffordern, das unverschämte Indianerweib davonzujagen. Er hat ein schlechtes Gewissen, gibt seiner Neigung für exotische Abenteuer die Schuld daran, daß sein Erstgeborener krank und schwächlich zur Welt gekommen ist.

Eines Tages ist Inez verschwunden. Man sucht nach ihr im Wald. Man findet ihren Körper gefesselt, geschändet, leblos, am Stamm eines Baumes. Daneben steht ein Korb mit den Blättern der Pflanze, die sie für Ernestito gesucht hat.
Kein ungewöhnlicher Tod in diesem Land. Wer trauert um eine Indianerin?
Als Señor Guevara Lynch wenigstens so viel Geld verdient hat, wie ihm in der ersten Zeit durch seine Nachlässigkeit verlorengegangen ist, gibt er den Mate-Handel auf. Er kehrt mit Celia, die ihr zweites Kind erwartet, und mit seinem kleinen Sohn nach Buenos Aires zurück und beteiligt sich dort an einer Schiffsbaufirma.
In Buenos Aires stellen die Ärzte fest, daß Ernestito an Asthma leidet.

Asthma ist eine Krankheit, bei der sich die glatten Muskeln in den kleinen Bronchien verkrampfen. Häufig wird sie reflektorisch ausgelöst, das heißt durch nervöse Reize, die von anderen Körperstellen, meist von der Nasenschleimhaut, ausgehen; oft auch ist sie mit chronischem Bronchialkatarrh verbunden.
Der asthmatische Anfall stellt sich als ein äußerst quälender Luftmangel dar. Die Atemzüge sind pfeifend. Der Kranke wird blutrot und fürchtet, trotz angestrengter Atmung, zu ersticken.
Heute glaubt man zu wissen, daß bei einer vererbten Veranlagung der erste Anstoß zum Ausbruch der Krankheit schon im Augenblick der Geburt gegeben wird, in jenem entscheidenden Moment nämlich, da das Baby, mit dem Einsetzen der Atemtätigkeit, selbständig zu leben beginnt.
So betrachtet, wäre Asthma eine Reaktion auf das Geburtstrauma oder eine Weigerung, die Schinderei des Leben-müssens auf sich zu nehmen.
Dr. Melitta Sperling, eine bekannte amerikanische Kinderpsychologin, stellte in einer Untersuchung fest, daß asthmatische Kinder in besonderem Maße zu einem zerstörerischen und selbstzerstörerischen Verhalten neigen, das nicht selten sogar bis zum Selbstmord führt. Sie beschreibt den Asthmaanfall als eine Form von magischer Kontrolle über Leben und Tod.

Als die Ärzte den Eltern erklären, das feuchte Klima von Buenos Aires verschlimmere die Krankheit, verkauft der Vater seine Anteile an der Schiffsbaufirma wieder, und die Familie übersiedelt in den im Gebirge gelegenen Kurort Alta Garcia.
Von nun an widmet sich Señor Guevara fast ausschließlich der Aufgabe, aus einem kränklichen Kind einen kräftigen Jungen zu machen.
Er lehrt ihn schwimmen, nimmt ihn zum Tontaubenschießen und zum Golfspielen mit. Er sieht darauf, daß das Kind im Sommer wenigstens

drei Stunden im Freibad verbringt, damit sich seine Brustmuskulatur entspannen und es besser atmen kann.
Der Vater erklärt Ernesto frühzeitig, er brauche sich nie darum zu kümmern, was die Eltern seiner Freunde für Berufe ausübten, ob sie arm oder reich seien. Die Mutter ist am Ort dafür bekannt, sich in jedes politische Streitgespräch einzumischen und immer die Partei der Armen zu ergreifen.
Seltsame Leute sind diese Guevaras, finden ihre Nachbarn; sie werden nicht recht klug aus dieser Familie.
Geschwister werden geboren. Celia, Roberto, Ana-Maria und als Nachzügler 1941 Juan Martin. Der Vater führt das Leben eines wohlhabenden, wenngleich nun nicht mehr eigentlich reichen Privatmannes – ein beträchtlicher Teil des Vermögens seiner Frau ist durch die Weltwirtschaftskrise verloren gegangen.
In den Jahren in Alta Garcia bessert sich Ernestos körperliches Befinden wesentlich.
Stolz zeigt der Vater später Verwandten zwei Fotos. Der Junge mit drei Jahren: Arme und Beine wie Streichhölzer. Der Junge mit vierzehn: stämmig und selbstbewußt.
Ernesto bewundert seinen Vater. Er versucht, wie der Vater ein guter Schütze zu werden – vorerst mit der Steinschleuder, später mit dem Luftgewehr. Mit unerhörter Willensanstrengung hält er bei Rugbyspielen durch, an denen teilzunehmen ihn der Vater ermuntert. Wenn Ernesto der Husten überkommt, rennt er an den Spielfeldrand, inhaliert ein paar Minuten und spielt dann weiter.
Oft haben die Anfälle eine solche Gewalt, daß er danach wochenlang geschwächt zu Bett liegen muß. In solchen Zeiten möchte er sich fallen lassen. Es ist ja doch alles vergebens. Nie wird es ihm gelingen, das Handikap seines Organismus durch Willenskraft völlig wettzumachen.
Die Mutter tröstet ihn. Sie sieht es gern, wenn sie ihren Ältesten einmal ganz für sich haben kann. Sie findet, der Vater verlange von dem Jungen zuviel. Die körperliche Anstrengung beim Sport verschärfe die Krankheit nur. Sie hat auch darauf gedrungen, daß Ernesto die erste Volksschulklasse nicht besuchen muß, sondern von ihr daheim unterrichtet wird. Nur in der zweiten und dritten Klasse nimmt er regelmäßig am Unterricht teil. Später bringen ihm seine Geschwister die Hausaufgaben mit, und er arbeitet für sich allein.
Er liest viel. Der Vater besitzt eine private Bibliothek von 3000 Bänden. Philosophische und soziologische Schriften, die Werke Freuds, Fachbü-

cher über Mathematik, Maschinenbau und Architektur, die Gedichte Baudelaires – alles interessiert den Jungen.
Er hört die Eltern häufig streiten. Es geht dabei nicht, wie in anderen Familien, um Geld, Liebe oder eheliche Treue. Wenn er es recht versteht, bricht der Streit immer darüber aus, wie den Armen am wirksamsten geholfen werden könne.
Vater wie Mutter ergreifen entschieden Partei für die Armen. Die Mutter meint, man müsse kämpfen. Der Vater hingegen vertritt die Ansicht, es habe keinen Zweck, man könne die Welt nicht ändern, jedenfalls nicht fundamental. Vor allem widerspricht er den Erwartungen, die die Mutter in die große Revolution setzt.
Versteht Ernesto das richtig? Ganz sicher ist er sich nicht. Es gibt da zu viele Worte, deren Sinn er nicht begreift. Sein Gefühl sagt ihm, die Mutter müsse recht haben. Wie oft ist er zusammengezuckt, wenn er auf Spaziergängen mit dem Vater die baldios, die Elendsviertel, am Rande der Stadt gesehen hat. Kinder, die dort wohnen, werden von den anderen in der Schule gemieden (jene wenigen, die von dort überhaupt zur Schule kommen).
»Lumpenkinder! Lumpenpack!« rufen ihnen die anderen nach.
Er schlägt sich für das Lumpenpack. Er verschenkt Frühstücksbrote an Kinder aus dem baldio. Um sie nicht zu demütigen, schiebt er die Brote heimlich unter ihre Bank. Er kann sich vorstellen, wie das ist ... anders zu sein. Er ist auch nicht so wie die meisten Kinder aus der Nachbarschaft, weil er oft krank ist. Manche Mütter verbieten ihren Kindern, mit ihm zu spielen, weil sie Ansteckung befürchten. Andere Kinder ekeln sich, wenn Ernesto nach seinen Anfällen Schleim ausspucken muß.
Er stellt sich das Leben in den baldios als eine ständige, ekelhafte Krankheit vor. Er träumt von einem Bündnis zwischen den Kindern der Armen und sich. Nur ist es schwierig, mit ihnen zusammenzukommen, außer in der Schule, und dort sitzen diese Kinder getrennt von den anderen.
Einmal ist er allein hinaus in die baldios gegangen und hat versucht, Rio, seinen Klassenkameraden, zu treffen. – Ein Gewirr von zusammengeflickten Buden, Hütten, Wellblechbaracken, eine Kraterlandschaft. Erdlöcher, über die Säcke gespannt sind. Halbnackte Kinder, die sich um eine rostige Konservenbüchse balgen. Frauen, die vor ihren Behausungen hokken und apathisch vor sich hinstarren. Gestank. Fliegenschwärme.
Er hat Rio nicht getroffen. Die Menschen, die er gefragt hat, haben ihn seltsam gemustert, so, als wollten sie sagen: Was hast du hier verloren?
Er könnte den Lumpenkindern helfen, wenn ihre Banden im Sommer in

die Oberstadt heraufkommen und versuchen, in den Gärten Obst zu stehlen. Mr. Harrow, der englische Ingenieur, der zwei Häuser weiter wohnt, hat einmal mit einer Schrotflinte nach einer Bande der Lumpenkinder geschossen. Eines ist verletzt liegengeblieben. Die Polizei ist gekommen und hat es ins Gefängnis gebracht. Rio hat erzählt, der Junge sei dort gestorben, weil die Polizisten es nicht für nötig befunden haben, einen Arzt zu rufen. Die Lumpenkinder haben gestohlen!
Darf man stehlen, wenn man Hunger hat?
Wie ist das – Hunger zu haben?
Ernesto in seinem Bett denkt sich aus, er sitze dort im Garten der Harrows hinter den Sträuchern, und noch ehe der Engländer abdrücken kann, treffe ihn ein Stein aus Ernestos Schleuder ins Gesicht. Ein kleiner Stein, der ihn nur erschreckt, damit die Lumpenkinder Zeit haben, so viele Äpfel abzupflücken, wie sie wollen.
Im nächsten Sommer wird er es so machen. Bis zum nächsten Sommer ist noch eine lange Zeit. Aber etwas anderes könnte er tun. Er wird nur noch in seinen ältesten Hosen und Hemden herumlaufen. Dem Vater wird das gleichgültig sein; der Mutter kann er erklären, daß dies ein Zeichen dafür ist, daß er für die Lumpenkinder kämpfen will.
Vielleicht, daß sich Mr. Harrow darüber aufregt und den Vater deswegen anspricht. Da würde er aber schön abfahren ... so wie der Priester, der ins Haus gekommen ist, um darüber Klage zu führen, daß keines der Guevara-Kinder zur Messe geht.
Der Vater hat zu dem Priester gesagt: »Ich bezweifle keinen Augenblick, daß Jesus der beste Mensch gewesen ist, der je auf Erden gelebt hat. Aber die Kirche hat seine Lehre ruiniert. Die Kirche ist das größte Geschäft, das je von einem Juden gegründet und von Italienern geleitet worden ist.«
Der Priester hat seinen komischen Hut genommen und ist ohne ein Wort der Erwiderung und ohne einen Gruß gegangen.

Erfahrungen

»Don Manuel Santamarin IV gibt sich die Ehre, die Söhne und Töchter seiner verehrten Freunde anläßlich des 14. Geburtstages seines Sohnes Juan zu einem Empfang zu bitten. Die Geburtstagsfeier findet im Großen Salon des Sierra Hotels statt.«

Don Manuel hat ausdrücklich Wert darauf gelegt, daß die Kinder bei dieser Gelegenheit eine Vorstellung davon bekommen sollen, wie es auf den Festen der Erwachsenen zugeht. Fünf, sechs Jahre hin, und sie werden sich auf dem glatten Parkett in den Häusern der großen Familien in der Hauptstadt mit Sicherheit bewegen müssen.

Die Väter feiern mit Don Manuel im an den Salon angrenzenden Rauchzimmer. Die Mütter sind daheimgeblieben. In der Mitte des Salons steht ein schwerer, langer Eichentisch mit der sich hochauftürmenden Geburtstagstorte. Zwischen den beiden Flügeltüren, die auf die Terrasse hinausführen, ist ein kaltes Büfett aufgebaut. In einer Ecke, auf einem Podest, haben Gitarrenspieler in der Tracht der Provinz Aufstellung genommen. Zu beiden Seiten des gerafften Vorhangs, der den Raum gegen das Vestibül des Hotels abschließt, steht je ein Reitknecht des Hauses Santamarin in Livree. Betritt einer der kleinen Gäste den Salon, so haben die Reitknechte Anweisung, mit ihren Stäben aufzustampfen und laut den Namen der betreffenden Familie auszurufen. Dann trippeln kleine Mädchen, deren Körper zwischen Wölkchen pastellfarbener Tüllstoffe zu schweben scheinen, und Jungen in Matrosenanzügen zu den beiden Gastgebern, den Geschwistern Santamarin, werden dort von ihren Gouvernanten und Hauslehrern noch einmal vorgestellt und überreichen ihre Geschenke.

Das Fest ist seit zwei Stunden im Gange. Langsam fällt es schwer, die Kinder zu bändigen. Gleich wird man sich zur großen Schlußpolonaise aufstellen.

In diesem Augenblick betritt Ernesto das Vestibül des Sierra Hotels. Daß er zum Kinderfest der Santamarins eingeladen worden ist, hat daheim einiges Erstaunen hervorgerufen. Die Guevaras verkehren nicht mit den Familien der oligarquia*.

---

* Oligarquia = Oligarchie wörtlich die Herrschaft weniger. In Südamerika: die Klasse der Reichen. Im Argentinien dieser Jahre etwa 200 Familien, durch Verwandtschaft und gemeinsame Interessen miteinander verbunden. Als Großgrundbesitzer, Besitzer der wichtigsten Exportfirmen, Industrien und Dienstleistungsbetriebe, beherrschten sie die Wirtschaft und bestimmten von daher die Politik. Vergleichbar

Vielleicht ein Mißverständnis? Er soll nur hingehen, hat der Vater erklärt. »Du wirst dich wahrscheinlich schrecklich langweilen, aber man muß alles einmal mitgemacht haben.«
Später sind die Eltern nicht mehr auf die Einladung zu sprechen gekommen. Ernesto hatte sich vorgenommen, nicht hinzugehen. Aber an diesem Nachmittag hat er niemand gefunden, mit dem er spielen kann, und hat sich entschlossen, es sich doch einmal anzusehen.
Er trägt die üblichen Kleider, die er anhat, wenn er auf dem Golfplatz herumstromert, auf Bäume klettert oder mit dem Vater Tontauben schießen geht; ein verwaschenes blaues Hemd, kurze Hosen, die an den Beinen ausgefranst sind, und Turnschuhe.
Die Angestellten im Vestibül mustern ihn erstaunt, aber er kann ihnen eine Einladungskarte vorweisen, die er aus der Gesäßtasche seiner Hose hervorzieht. Sie deuten auf die Leere zwischen dem gerafften Vorhang. Die Schildwachen, die dort standen, haben sich zurückgezogen, da sie nicht mehr erwarteten, daß jetzt noch Gäste kommen.
Ernesto ist völlig unbefangen. Er hört Musik. Er sieht, wie sich die Jungen und Mädchen zu Paaren aufstellen.
Er geht auf ein Mädchen zu, das an der Spitze des Zuges noch allein steht. Es ist Rosa Santamarin. Die Gouvernante sucht noch nach einem Partner für sie. »Nicht Paco«, hat sie Rosa zugeraunt, »ich hole dir Felipe Asunto.« (Die Asuntos besitzen noch ein paar tausend Rinder mehr als die Santamarins.)
Das Mädchen hat Ernesto nicht kommen sehen. Als er ihren Arm berührt, fährt sie herum, reißt sich von ihm los, nimmt Abstand und mustert ihn dann mit zornigem Gesicht. »Wer hat den dreckigen Schuhputzerjungen hereingelassen«, zetert sie.
Erwachsene springen herbei. Die Kinder drängen sich um Ernesto.
»Ruhe Kinder, Ruhe doch!«
»Raus mit dir!« schimpft Rosa.
»Raus, raus, raus«, echoen die anderen Kinder, froh, daß sich endlich etwas Aufregendes ereignet.
Ernesto schüttelt den Kopf. Es könnte hinausgehen, aber er will nicht. Die Aufregung breitet sich durch seinen Körper hin aus. Er kann nichts dagegen tun. Er sieht die Menschen um sich gestikulieren. Rosas Hand zuckt vor. Ihre Nägel hinterlassen einen Kratzer auf seiner Wange. Im-

---

in Europa in ihrer sozialen Stellung und politischem Einfluß den ostelbischen »Junkern« und Rittergutsbesitzern im Preußen des 19. Jahrhunderts.

mer noch staunt er über soviel Empörung. Die Kinder schieben sich näher heran.
Sie sollen Platz machen, denkt er. Die Luft ist so stickig. Er braucht Platz, um atmen zu können. Seine Hände verkrampfen sich. Er streckt die Arme aus, um die Menschen fortzuschieben.
Sie verstehen das falsch. »... jetzt auch noch unverschämt werden!« Er erhält eine Ohrfeige. Er weiß nicht von wem. Er schlägt zurück.
Der Hustenanfall beginnt. Er hustet, hustet.
»Widerlich«, empört sich Rosa.
Jemand packt Ernesto beim Kragen und versucht, ihn aus dem Salon zu zerren.
Er macht sich steif. Sie sollen ihn in Ruhe lassen, nur einen Augenblick, bis der Anfall vorbeigegangen ist. Er stemmt sich gegen seine Atemnot, verkrampft sich dabei noch mehr.
Don Manuel ist, als er das Geschrei nebenan gehört hat, ärgerlich aufgesprungen und in den Salon geeilt. Mit rudernden Armbewegungen kommt er heran. »Was geht hier vor?«
Man erklärt es ihm.
»Stehen Sie doch nicht so untätig herum«, fährt er Fox an, »tun Sie etwas, schaffen Sie mir den Direktor des Hotels herbei.«
Ernesto erhält einen Fußtritt und stürzt auf den Fliesen im Vestibül nieder. Er spürt nicht mehr, was um ihn herum vorgeht; er sieht nur noch kleine, tanzende Hustensterne vor seinen Augen. Er will um Hilfe schreien. Er ist allein unter den tanzenden Sternen mit diesem Pfeilhagel in seiner Brust und diesem Röcheln.
Als er wieder zu sich kommt, findet er sich lang ausgestreckt auf dem Pflaster vor dem Hotel wieder. Ein rundes, gutmütiges braunes Gesicht mit zerknitterter Haut beugt sich über ihn. Er erkennt, daß es eine Wasserverkäuferin ist. Mit der einen Hand hebt sie seinen Kopf etwas an, mit der anderen versucht sie, ihm etwas einzuflößen.
»Madre mia«, ruft sie aus, als er dankbar lächelt, »er lebt! Der Mutter Gottes sei Dank für ihren Beistand und ihre Hilfe.«
Ein Polizist bahnt sich den Weg durch die Schaulustigen. »Aufstehen«, befiehlt er.
Ernesto versucht es. Er kann sich vor Schwäche nicht allein auf den Beinen halten. Sie müssen ihn stützen. Sie führen ihn zu einer Bank in der Parkanlage gegenüber dem Hotel. Dort schütteln ihn wieder Hustenstöße durch, aber es gelingt ihm, jemandem die Adresse der Eltern zu nennen. Eine Viertelstunde später ist der Vater zur Stelle.

»Wie geht es dir, Sohn?«
»Schon besser.«
»Sie haben dir übel mitgespielt. Wir werden ihnen das nicht durchgehen lassen. Wir gehen jetzt zusammen hinüber zu Don Santamarin. Ich werde verlangen, daß er sich bei dir entschuldigt.«
Aber drüben im Hotel ist die Feier längst zu Ende gegangen. Don Manuel ist mit seinen Kindern und dem Hofstaat schon abgefahren. Der Vater schickt Ernesto heim und macht sich allein auf den Weg zu der Villa der Santamarins.
Später hört Ernesto von anderen Jungen, daß der Vater mit dem Stock eine Lampe zertrümmert hat, ehe ihn die Diener vor die Tür setzten. Solche Geschichten sprechen sich rasch herum. Wer hat gesiegt, grübelt Ernesto?

Eine andere Stadt: Córdoba. Universitätsstadt, voller Studenten, Priester und Nonnen. Die Barockkathedrale auf dem Hauptplatz sieht aus wie ein grauer Elefant. Gegenüber steht das Denkmal eines Generals zu Pferde, in dessen Schatten indiogesichtige Rekruten herumstehen und versuchen, mit den Dienstmädchen anzubandeln.
In dem Häuserviereck um den Platz macht sich das Royal Cinema breit, in das die Kinder aus den reichen Familien zweimal in der Woche geführt werden, um sich einen amerikanischen Kriegsfilm anzusehen, aus dem die Liebesszenen herausgeschnitten worden sind.
Córdoba ist eine träge Stadt, stumpf in ihrer Atmosphäre. Aber hinter der Trägheit und dem Provinzialismus knistern die Spannungen.
Die beiden Cafés an der Plaza sind zugleich die Hauptquartiere der widerstreitenden politischen Parteien. Im »Sol y Luna« treffen sich die Oligarcho-Nationalisten. Sie grüßen mit ausgestrecktem Arm. Keine zehn Schritte weiter liegt das Café »Bolo«, in dem sich die spanischen Emigranten zusammenfinden, die nicht müde werden, darüber zu diskutieren, warum in ihrem Land das Volk den Kampf mit dem kleinen, meuternden faschistischen General aus Galizien verloren hat.
»Die deutschen Stukas.«
»Die Russen haben uns im Stich gelassen.«
»Die Legionäre Mussolinis.«
«Der Terror der Kommunisten gegen die Trotzkisten.«
»Das Waffenembargo der Westmächte.«
Hier sitzt auch Ernestos Onkel Arturo, ein ausgedörrter, kleiner, stets dunkel gekleideter Herr mit einem Kneifer auf der Nase. Er redet nicht

mit, hält sich abseits von den anderen. Er schlürft Mate durch ein silbernes Röhrchen, das aufblitzt, wenn die Sonne darauf fällt, macht ein verdrossenes Gesicht, läßt die Mundwinkel hängen und schreibt.
Der Onkel wirkt so ernst und verschlossen, daß es der Junge nie wagt, ihn über diesen Krieg, an dem er teilgenommen hat, auszufragen.
In der Familie ist davon die Rede, daß der Onkel nicht länger mit durchgeschleppt werden könne. Die Guevaras sind nicht zuletzt deswegen nach Córdoba umgezogen, weil ihr Vermögen inzwischen weiter zusammengeschmolzen ist. Ihre Wohnung, in der Calle de Chile, liegt in unmittelbarer Nähe eines baldio.
Offenbar besitzt der Onkel selbst überhaupt kein Geld. Einmal hat er sich bei Ernesto ein paar Pesos geliehen.
Der Junge bittet im stillen darum, daß sich jemand finden möge, der dem Onkel so viel Geld schenkt, daß er dort im Café »Bolo« sitzen bleiben und weiterschreiben kann. Eines Tages wird man dann lesen können, wie tapfer sich das Volk in Spanien geschlagen hat, auf wessen Seite das Recht war in diesem Krieg.
Die meisten Klassenkameraden von Ernesto ergreifen seit der Belagerung von Toledo für die spanischen Faschisten Partei.
»Oberst Moscardo sieht aus wie ein altes Maultier«, sagt Ernesto.
»Und deine Pasionaria«, höhnt einer seiner Mitschüler, »ein Fischweib ist sie gewesen, und jetzt sieht sie aus wie Rasputin.« Er hat die Lacher auf seiner Seite*.
Ehe Ernesto im Herbst mit der höheren Schule beginnt, will er drei Monate allein auf dem Fahrrad, das mit einem Hilfsmotor ausgerüstet ist, durch das nördliche Argentinien fahren.
An einem Vormittag, die Ferien haben schon begonnen, putzt er sein Fahrrad auf der Straße vor dem Haus. Nur einen Steinwurf weit fällt die Straße in eine Senke ab. Dort liegen die baldios.
Durch die Kinderspiele und Träume der Jungen und Mädchen in der Calle de Chile geistert der Mann mit den Hunden, eine Albtraumgestalt, wie aus einer Zeichnung von Goya entsprungen. Er lebt unten in der Senke in einer Hütte mit drei oder vier Hunden zusammen. Der Mann hat beide

* Die Offiziersschule im Alcázar von Toledo verteidigte sich unter ihrem Kommandeur Moscardo im Spanischen Bürgerkrieg vom 18. Juli 1936 bis zum 27. September 1936 gegen eine erdrückende Übermacht republikanischer Verbände. Die Belagerten wurden schließlich von den Verbänden General Francos entsetzt.
Die Pasionaria (Dolores Ibarruri) war die bekannteste kommunistische Abgeordnete in den Cortes, dem spanischen Parlament, bei Ausbruch des Bürgerkrieges.

Beine verloren und fährt jeden Morgen auf einem kleinen hölzernen Wagen, den zwei Hunde ziehen, in die Stadt. Manche Leute sagen, er fahre zu einer Kirche, wo er bettle, andere wollen wissen, er verkaufe Lotterielose. Da es den Hunden jedesmal schwerfällt, die Last den Hügel hinaufzuziehen, ist zuerst immer ein Wimmern und Kläffen zu hören. Dann taucht der Mann auf, mit einem Stock gestikulierend, hochrot im Gesicht vor Wut.

Diese Szene wiederholt sich fast jeden Vormittag. Ernesto sieht von seinem Fahrrad auf, als er wieder das Winseln und Wimmern der geschundenen Hunde hört.

Als der Bettler über den Rand des Hügels gefahren kommt, erscheinen einige kreischende »baldio«-Kinder, die Steine nach ihm werfen und ihm Schimpfworte nachrufen.

Ernesto ist der einzige Junge aus den besseren Häusern in dieser Straße, der bei den Kindern aus dem Elendsviertel respektiert wird. Er ruft ihnen zu, sie sollten gefälligst den alten Mann in Frieden lassen.

Die barfüßigen Blagen verkriechen sich in ihre Wohnlöcher.

Der Bettler zügelt das Hundegespann. Unmittelbar vor Ernesto bringt er sein Gefährt zum Stehen. Ohne ein Wort zu sagen, blickt er ihn haßerfüllt an. In seinem eisigen Schweigen gibt er ihm zu verstehen, er könne sich seine freundliche Geste ersparen.

Es sind nicht diese barfüßigen Kinder, die er als seine Feinde betrachtet, es sind die Kinder aus den Häusern der wohlhabenderen Leute in der Calle de Chile.

Ernesto unternimmt mit dem Fahrrad die Ferienreise durch die Pampas. Das ist eine Landschaft ohne Städte, mit nur wenigen ausgebauten Straßen, eine Landschaft, in der die Abstände von Siedlung zu Siedlung so groß sind, daß man in den stillen Stunden der Nacht vergebens auf das Gebell von Hunden in der Ferne horcht, eine Landschaft, in der auf einem Gehöft am Morgen der Hahn nur einmal kräht, weil kein anderer Hahn ihm antwortet...

Um die einsamen Häuser haben die Menschen Wäldchen von Eukalyptusbäumen gepflanzt, damit etwas Schatten die Wucht des Himmels, der so unerhört hoch und leer wirkt, dämpft.

Ernesto verdient sein Reisegeld als Gelegenheitsarbeiter. Er kommt auf die Estancias, deren Produkte den Reichtum der oligarquia in diesem Land begründen: Rinderherden, Weizen, Mais. Er sieht Güter, auf denen es noch kein elektrisches Licht gibt, die kein Telefonkabel mit der Außenwelt verbindet. Kleine Staaten für sich! Die Verwalter sind Vizekönige. Die Könige wohnen in Buenos Aires und lassen sich hier draußen höchstens einmal im Jahr sehen, wenn die Erträge gar zu augenfällig zurückgehen.

Ernesto sitzt mit den Peones, den Landarbeitern, zusammen, die in winzigen Schuppen untergebracht sind und hundertvierzig Mark im Monat verdienen. Ihre Familien dürfen nicht mit ihnen zusammenwohnen. Sie bleiben im baldio der nächsten Stadt, hausen in Wellblechhütten und Erdlöchern, in denen es manchmal noch schlimmer aussieht als in den Quartieren der Peones zur Erntezeit.

Er hört von den Zuständen in den Kohlengruben der Provinz Jurjury. Dort zieht man den Arbeitern die Zeit vom Lohn ab, die sie auf der Latrine verbringen. Keine Luftfilter in den Schächten. Mit 30, 35 Jahren hat der Staub den Männern die Lungen zerfressen. Sie schuften, bis sie tot zusammenbrechen. Sie wissen, wenn sie nicht mehr sind, erhalten ihre Angehörigen noch den Lohn für die laufende Woche, aber keinen Peso mehr. Bettelnd ziehen die Frauen und Kinder dann über Land.

Die Zuckerrohrplantagen beschäftigen hauptsächlich Indios. Jeder dritte von ihnen hat Tuberkulose und kaum einer kann lesen oder schreiben. Der Plantagenverwalter hat erklärt: »Um ein guter Zuckerrohrschneider zu sein, braucht man nicht lesen zu können.«

Ernesto müht sich damit ab, einer Gruppe von Indios, die als Wanderarbeiter herumziehen, Zahlen beizubringen, damit sie bei der Lohnabrechnung nicht übers Ohr gehauen werden. Als er am nächsten Morgen aufwacht, liegt er unter freiem Himmel. Sie haben ihm sein Zelt gestohlen und sind auf und davon. Er ist enttäuscht. Wenn sie mich darum gebeten hätten, ich hätte es ihnen geschenkt! Gleich darauf entschuldigt er sie: »Für sie bin ich jemand aus einer anderen Welt.«

Als er von seiner Reise zurückkehrt, sitzt der Onkel nicht mehr im Café »Bolo« beim Mate, vor sich einen Stoß Blätter, die er mit einem Aschenbecher zu beschweren pflegte. Jemand aus der Verwandtschaft hat ihm eine Anstellung als Korrespondent bei einer großen Export-Import-Firma in Buenos Aires verschafft.

Man hat ihn versorgt. Wer wird jetzt die Geschichten aus dem Spanischen Bürgerkrieg aufschreiben?

Die Lehrer in der Oberschule urteilen über Ernesto:

»Er nutzt jede Gelegenheit, um die katholische Kirche anzugreifen, hat marxistische Ideen und ist der Anführer der Linken in der Klasse.«

»Er ist ein hervorragender Schüler. Er sieht älter aus, benimmt sich älter,

als er ist. Eine ausgeprägte Persönlichkeit, aber launisch und undiszipliniert. Ernesto setzt sich Ziele, die seine Möglichkeiten weit übersteigen.«
Als sich die Mutter wegen einer krebsartigen Wucherung an der Brust einer Operation unterziehen muß, richtet er sich ein Amateurlaboratorium ein und beginnt mit Experimenten an Meerschweinchen in der verrückten Hoffnung, dem Geheimnis dieser Krankheit auf die Spur zu kommen. Eine Zeitlang trägt er sich mit dem Gedanken, ein Lexikon der Philosophie zu verfassen.
Und er verliebt sich. In Chichina Ferreya. Sie stammt aus einer der reichsten Familien Córdobas. Ihre Eltern besitzen eine große Ranch, zu der Polofelder, Schwimmbäder, ein Gestüt mit arabischen Pferden und ein Musterdorf für die Peones, die in den Kalkbrüchen der Familie arbeiten, gehören.
Chichinas Eltern sind von dem schäbig gekleideten, manchmal schüchternen, dann wieder beißend arroganten Jungen irritiert.
Er selbst fühlt sich bei den Ferreyas unbehaglich. Ein paar Stunden imitiert, ja parodiert er den Konversationston und die Gesten der jungen Leute aus der oligarquia, dann wird ihm das zu mühsam, und er löscht das vorgetäuschte Image mit einer boshaften Bemerkung wieder aus. Er weiß, er wird einen schlechten Eindruck hinterlassen. Er kann es nicht ändern. Sie sind, wie er nie sein wird.
In vierzig endlosen Liebesbriefen versucht Ernesto, Chichina klar zu machen, was er denkt, was er empfindet.
Da heißt es:
»Die Summe des Elends durch Ausbeutung ist zu groß, die Schuld dieser Klasse, in die Du hineingeboren bist, ist zu groß, als daß ich sein möchte, sein könnte wie sie. Ich verspüre diese Schuld manchmal nachts als einen Albdruck, und selbst Dein Bild, meine Liebste, meine Schöne, vermag nichts dagegen. Der schwankende Knochenturm, der Bottich der Tränen ... verdammt, was sollen diese poetischen Vergleiche! Komm einmal in die Calle de Chile heraus, und wir werden hinuntersteigen in die stinkende Senke. Man muß etwas dagegen tun. Ich kann nicht die Augen davor verschließen. Genauer: ich verschließe die Augen, und ich sehe es trotzdem. Deine Fingerspitzen können meine Lider nicht derart behexen, daß ich diese Bilder vergesse, der Duft Deines Körpers kann nicht aus meiner Phantasie die Anklage verdrängen, die von dem Elendsgestank ausgeht, der aus den baldios heraufdampft. Reichtum ... nein, ich will keinen Teil daran haben. Ich will keinen Teil daran haben, daß diese Ungerechtigkeit fortbesteht, und wenn ich all das schon nicht ändern kann, so will ich das

Leben dieser Ärmsten teilen. Ich will ihre Qualen wenigstens um ein Geringes lindern helfen. Deshalb werde ich Medizin studieren.«
Der unbedingte Idealismus dieses seltsamen Jungen berührt Chichina. Manchmal kommen ihr diese Briefe auch peinlich vor. Immer diese Bilder des Häßlichen! Andererseits schmeichelt es ihr, daß ein solcher Junge gerade sie liebt. Keine ihrer Freundinnen erhält solche Briefe. Zwischen den Zeilen hängt die Aura des Skandalösen. Eigentum, steht da, ist verdinglichte Unfreiheit. – Was soll sie damit anfangen?
Daß sich diese Liebe, abgesehen von ein paar flüchtigen Blicken aus der Ferne, ausschließlich in Briefen äußert, die in die Villa Victoria, das Haus der Ferreyas, hinein- und hinausgeschmuggelt werden, hat seinen Grund darin, daß für das Mädchen und den Jungen keine Möglichkeit besteht, sich zu treffen, es sei denn unter den Augen von Chichinas Eltern, was Ernesto nach den Erfahrungen des ersten Besuchs bei der Familie strikt abgelehnt hat.
Ein Mädchen in diesem Alter aus der oligarquia ist gut bewacht. Sie besucht nicht die Schule, sondern wird von einer Hauslehrerin unterrichtet. Wenn sie in die Stadt geht, sind die Mutter oder Tanten dabei. Kirche, Theater, Kino – die Hauslehrerin und die Gouvernante begleiten sie. Ernesto nennt das spöttisch: den Geleitzug. Er schlägt Chichina vor, sie solle sich von ihrer Familie trennen. Ein verrückter Plan, den er mit schöner Selbstverständlichkeit entwickelt.
In zwei Jahren wird er die Oberschule beendet haben und zum Studium nach Buenos Aires gehen.
Warum kann sie nicht mitkommen? Sie werden zusammen ein Zimmer nehmen. Er kann mit Gelegenheitsarbeiten so viel verdienen, daß sie beide ihr Auskommen haben.
Sie gibt sich in ihrem Antwortbrief empört. Er bilde sich doch wohl nicht allen Ernstes ein, sie werde mit ihm in einem Liebesnest leben, wie es der Vater für seine Mätresse in der Hauptstadt unterhält?
Ernesto antwortet:
»... immerhin habe ich mit einiger Genugtuung gelesen, daß Du um das Liebesnest Deines Vaters weißt. Es scheint also, daß Mädchen aus den großen Familien doch nicht so wohlbehütet sind, wie es die Konvention erwartet. Bravo, das ist ein Fortschritt! Vermagst Du Dir vielleicht auch vorzustellen, daß unser Liebesnest nicht mit den Federn der Heimlichkeit und den Feigenblättern des Betrugs getarnt, sondern vom Glanz der Reinheit unserer Liebe erleuchtet sein könnte? Und ist es nicht seltsam, daß offenbar jeder eine Liaison Deines Vaters hinzunehmen bereit ist,

während das, was ich vorschlage, als empörend und skandalös verschrien wird?«
Sie reagiert hinhaltend. »Ernesto ... ich habe über Deine schlauen Gedanken nachgedacht. Freilich hast Du recht. Du hast meistens recht. Du bist immer so sicher. Ich hingegen ... ich weiß nicht, wie ich Dir das erklären soll. Ich fürchte mich einfach, einen solchen Schritt zu tun.
Je t'embrasse* Chichina.«
Er erprobt die innere Macht, die er über sie erlangt hat:
»... ich weiß, ich hätte schreiben sollen: keine Widerrede, in der Nacht von Mittwoch auf Donnerstag werde ich Dich hoch zu Pferde aus dem düsteren Spukschloß derer von Ferreya entführen. Vergiß nicht, die Silberkette mit der kleinen Madonna aus blauer Jade anzulegen, die ich so gern zwischen Deinen Brüsten tanzen sehe, und stecke ein paar Brillanten zu Dir, damit wir unterwegs nicht am Hungertuch nagen müssen. Ende des Ritterromans. Und nun im Ernst: es ist alles gesagt worden, was es zu sagen gibt. Nein, ich werde diese Entscheidung nicht erbetteln oder ertrotzen. Du mußt sie selbst treffen. Wie so viele alte Sprüche stimmt auch jener nicht mehr, daß der Ritter, welcher den Drachen tötet, die Prinzessin heiratet ... oder heißt es die Jungfrau? Ich bin nicht sicher. Einigen wir uns auf ›Prinzessin‹ von wegen der ›pureza‹ (Reinheit), die zu akzeptieren mir langsam, ich gestehe es ein, immer schwerer fällt. Verdammt, was ist dabei, schließlich liebe ich Dich. Aber komplizieren wir die ganze Angelegenheit nicht noch mehr. Für den erhabenen Akt nimmt ein Mädchen aus dem baldio einen halben Peso, so erzählen meine Freunde. Was ich sagen wollte ist dieses: die Prinzessin muß den Drachen selbst töten.«
Durch einen dummen Zufall fällt gerade dieser Brief Chichinas Eltern in die Hände. Sie sind schockiert. Sie erzwingen von ihrer Tochter die Herausgabe aller übrigen Briefe von Ernesto und nehmen, nach deren Lektüre, den Plan eines Zusammenlebens in Buenos Aires wichtig.
Zwei Wochen später begleitet Chichina ihren Vater auf einer längeren Geschäftsreise nach Mittelamerika und in die USA.
Während der letzten Jahre auf der Oberschule ist Ernesto eng mit den drei Brüdern Granàdos befreundet. Tomas, der Jüngste, ist sein Klassenkamerad. Alberto und Patricio studieren schon an der Provinzuniversität. Mit Alberto verbindet Ernesto das gemeinsame Interesse an Biochemie und der Erforschung der Tropenkrankheiten.

---

* Ich küsse Dich (im Original auch französisch).

1944 rufen die Universitätsstudenten einen Vorlesungsstreik aus, nachdem politische Meinungsäußerungen auf dem Campus verboten worden sind.
Alberto wird auf der Straße überfallen und auf das Polizeipräsidium von Córdoba gebracht. Während man ihn in Untersuchungshaft hält, bringt ihm sein Bruder alle paar Tage etwas zu essen in die Zelle. Manchmal kommt auch Ernesto mit.
Alberto versucht, die beiden Besucher dazu zu überreden, einen Protestmarsch der Schüler durch die Straßen von Córdoba zu organisieren.
»Wir sitzen hier ohne Haftbefehl. Wir werden keinem Richter vorgeführt. Das sind Tatsachen, die man agitatorisch verwenden kann. Unternehmt etwas!«
Ernesto antwortet: »... sinnlos, auf die Straße zu gehen und der Polizei einen Vorwand zu liefern, uns zusammenzuknüppeln. Nein, Alberto, wenn ich demonstriere, dann nur mit einer Waffe in der Hand.«

...sinnlos, auf die Straße zu gehen

1944 ziehen die Guevaras nach Buenos Aires. Der Vater nimmt eine Stellung als Ingenieur an. Er wohnt jetzt bei seiner Freundin. Die Ehe der Eltern ist gescheitert. Ernesto lebt bei seiner Mutter, beginnt mit dem Medizinstudium und hat nebenher noch zwei Jobs.
Er arbeitet täglich sechs Stunden auf der Stadtverwaltung und hat außerdem einen bezahlten Laborantenplatz am Institut für Allergieforschung. Seine Freunde sind darüber erstaunt, daß er Medizin studiert, denn in der Schule hat er sich vor allem für Mathematik begabt gezeigt.
Seine engsten Freunde, die Brüder Granados, wohnen und studieren weiterhin in Córdoba. Trotzdem reißt der Kontakt zwischen den jungen Leuten nicht ab. Wann immer er es einrichten kann, fährt Ernesto die 600 Kilometer nach Córdoba hinüber, per Autostop oder mit dem Motorrad. Zu reisen, unterwegs zu sein durch das offene Land, das fasziniert ihn. Seine Freunde und Bekannten nennen ihn wegen seiner Reiselust »Sindbad«. Er erklärt seine Vorliebe damit, daß er unterwegs Hunderte von Menschen trifft, ungezwungen mit ihnen reden kann und Argentinien kennenlernt – sein Land. Auch treten die Asthmaanfälle bei den Reisen seltener auf.
1946 geht Alberto Granados als Biochemiker an ein Leprahospital, 180 Kilometer von Córdoba. Die Entfernung von dort nach Buenos Aires beträgt nun 1000 Kilometer.
Sobald die Dezemberexamen vorbei sind, packt Ernesto seinen Rucksack, setzt sich auf sein Motorrad und fährt in die Provinz. Unterwegs büffelt er für das Schlußexamen im März.
Anatomie im Straßengraben!
Fast immer macht er auf diesen Fahrten im Leprahospital halt und arbeitet dort einige Tage als Krankenpfleger.
Seinen Kommilitonen in Buenos Aires kommt dieser Guevara seltsam vor. Er erklärt ihnen: »Während ihr daheim lernt, habe ich vor, mich in der Provinz Santa Fé, im nördlichen Córdoba und im östlichen Mendoza umzusehen – die Examen werde ich trotzdem bestehen.«
Er ist kein Student, dem es auf glänzende Noten ankommt. Er betrachtet das Studium als eine Möglichkeit, sich wissenschaftliche Erkenntnisse anzueignen, die ihm für seine idealistischen Lebenspläne nützlich sein können. Er träumt immer noch davon, als Arzt ein Helfer der Armen zu werden. Es ist dies die Konsequenz aus den Beobachtungen seiner Umwelt und dem Willen, seinem Leben einen Sinn zu geben.
Sobald er sein Studium abgeschlossen hat, will er sich als Mitarbeiter in einem der Leprahospitäler oder auf den Pazifikinseln vor der chileni-

schen Küste anstellen lassen. Wer von den anderen Studenten, mit denen er in den Vorlesungen sitzt, würde für solche Überlegungen Verständnis haben! Die meisten studieren, um als Akademiker einmal zur Oberschicht zu gehören. Sie wollen möglichst rasch ihre medizinischen Kenntnisse in Geld und Besitz umschlagen.
Ernesto möchte irgendwo konkret helfen, etwas von dem Elend lindern, das überall zu finden ist. Und schon jetzt, da er noch davon überzeugt ist, dieser Drang in ihm könne in einer Tätigkeit als Arzt seine Erfüllung finden, ist er radikal.
Er will sich mit den Elendsten unter den Elenden solidarisieren – mit den Aussätzigen.

In Argentinien vollzieht sich in diesen Jahren der vorerst unaufhaltsame Aufstieg des Juan Perón. 1895 in der Nähe von Buenos Aires geboren, in der Armee aufgewachsen und erzogen, hat auf ihn während eines Aufenthalts als Militärattaché in Rom die faschistische Ideologie Mussolinis großen Eindruck gemacht. 1939 ist er nach Argentinien zurückgekehrt und hat als Kommandeur die Anden-Garnison Mendoza übernommen, wo er die GOU gründet, eine politische Gruppe, deren Mitglieder sämtlich Offiziere sind, die sich zum Nationalsozialismus und Faschismus bekennen. Die Abkürzung steht, übersetzt man sie aus dem Spanischen, für Ruhe und Ordnung – Schlagworte, die schon damals ihre Anziehungskraft auf Reaktionäre nicht verfehlten. Nach einem Staatsstreich im Jahre 1943 wird Oberst Perón zunächst stellvertretender Kriegsminister und wacht darüber, daß die Armee im Sinn der GOU-Bewegung und ihres Manifests beeinflußt wird. Im Oktober 1943 übernimmt er zudem noch das Arbeitsministerium und baut sich von hier aus, indem er ihm ergebene Gewerkschaftsführer begünstigt, eine zweite Hausmacht auf.
Anfang 1944 lernt Juan Perón bei einer Wohltätigkeitsveranstaltung für die Opfer einer Erdbebenkatastrophe die junge, nicht sonderlich erfolgreiche Schauspielerin Eva Maria Duarte kennen. Juans damalige Geliebte, ein sechzehnjähriges Mädchen, ist verreist. Es fällt Eva nicht schwer, die Konkurrentin auszustechen.
Mitte 1944 avanciert Perón weiter zum Kriegsminister und Vizepräsidenten. Als er am 17. Oktober 1945 aus dem Kabinett entlassen werden soll, mobilisiert Eva die städtische Arbeiterschaft. Massendemonstrationen in Buenos Aires erzwingen, daß ihr Geliebter im Amt bleibt. Im selben Monat noch heiraten Evita und Juan, um als ideales Paar in den Wahlkampf des Jahres 1946 ziehen zu können. Wie Hitler, so gelangt auch Perón durch Wahlen in das Amt, von dem aus er als Diktator regiert. Im Juni 1946 ist er Präsident von Argentinien.
Für die »Hemdlosen«, die städtischen Industriearbeiter, zu deren Idol seine (inzwischen erblondete) Frau geworden ist, setzt er gewisse Reformen durch.

1946 übernimmt seine Frau das Amt des Arbeitsministers, verhilft den Frauen zum Stimmrecht und gründet die Peronistische Frauenpartei.
Die theatralische Propaganda des Ehepaars, in der das Schlagwort von der sozialen Revolution geschickt ausgespielt wird, vernebelt die Tatsache, daß es Juan Perón vor allem darum geht, sich persönlich zu bereichern. Als er 1955 gestürzt wurde, hatte er nach Schätzungen von *Times* und *New York Times* zwischen 100 und 500 Millionen Dollar auf die Seite (ins Ausland) gebracht.
Evita mag ihre Rolle als »Engel der Hemdlosen« und »Retterin des Volkes« schließlich selbst geglaubt haben. Ende der 40er, Anfang der 50er Jahre konnte sie der Bewunderung des städtischen Proletariats sicher sein. Ihr demagogischer Einfluß nahm immer weiter zu.

Ernesto durchschaut die Scheinrevolution, die unter Perón in Argentinien abläuft. Er hält Verbindung mit oppositionellen Studentengruppen, aber mehr, um zu beobachten und zu analysieren. Er sieht keine reale Chance, die politischen Verhältnisse zu verändern. Jedenfalls nicht in absehbarer Zeit. Es gibt keine integre politische Partei oder Gruppe im Land, für die zu engagieren es sich lohnen würde. Die studentische Opposition gegen den starken Mann, der noch das Heer und eine linksfaschistische Gewerkschaftsorganisation hinter sich hat, ist zu schwach.
Das beste wäre, sich diesem Augiasstall für eine Weile zu entziehen, frische Luft zu atmen, sich umzusehen, diesen ganzen gewaltigen Kontinent kennenzulernen, auf dessen Befreiung zu hoffen, Ernesto niemals abläßt. Seine Freunde, die Brüder Granados, haben ähnliche Pläne... Im Herbst 1951 sprechen Alberto und Tomas von einer weiten Motorradtour, die sie zum erstenmal über die Grenze Argentiniens hinausführen soll.
Tomas erklärt, er müsse die Herbstferien dazu benutzen, um für sein Studium zu lernen.
»Aber wen soll ich dann mitnehmen?« fragt Alberto. »Eine solche Reise sollte man zu zweit machen.«
»Frag doch Ernesto, ob er nicht Lust hat. Der ist doch immer für Reisen zu haben.«
»Ja«, sagt Alberto und schnippt vergnügt mit den Fingern, »ganz klar, Ernesto wäre der richtige Mann dazu.«
In den nächsten Tagen taucht Ernesto wieder einmal in der Leprastation auf. Er ist von den Plänen des Freundes begeistert. »Sehr gut«, sagt er, »nur raus aus dem Tollhaus! Ich bin noch nie in Patagonien gewesen... Dann Chile! Von dort nach Bolivien, Peru. Alberto, wir müssen unbedingt nach Machu Picchu ... und zum Amazonas. Wenn ich darüber

nachdenke, was wir alles noch nicht gesehen haben. Ja, das werden wir machen!«
Um die Zeit, da dieses Gespräch stattfindet, sind die Peróns auf dem Höhepunkt ihrer Macht. Im Juli hat Evita ihre Nominierung als Vizepräsidentin Argentiniens zunächst akzeptiert.
Im gleichen Monat stimmt der argentinische Kongreß einem Gesetz zu, durch welches die Territorien La Pampa und Chaco in Provinzen umgewandelt werden, die den Namen Eva Perón und Presidente Perón erhalten.
Ende August tauchen in allen größeren Städten Argentiniens Plakate auf, mit denen die in der peronistischen Gewerkschaft zusammengeschlossenen Arbeiter Perón und Eva auffordern, als Präsident und Vizepräsidentin zu kandidieren. Gleichzeitig aber sickern die ersten Gerüchte durch, daß Eva an einer unheilbaren Krankheit leide.
»Du wirst sehen«, spottet Ernesto im Gespräch mit Alberto, »wir werden noch das Wunder erleben, daß sie stigmatisiert, um an der Macht zu bleiben.«
Am 31. August aber lehnt Evita in einer Rundfunkansprache es ab, für das Amt der Vizepräsidentin zu kandidieren. Sie erklärt: »Ich entziehe mich nicht der Pflicht, aber ich verweigere mich dieser Ehrung. Alles, was ich mir wünsche, ist, daß die Geschichte einst überliefern wird, es hat an der Seite von General Perón eine Frau gegeben, die ihm die Hoffnungen und die Not des Volkes nahebrachte, und diese Frau hieß Evita.«
Sofort schlägt die peronistische Gewerkschaft vor, den 31. August in Zukunft als »Tag des Widerrufs« zu feiern.
Am 28. September 1951 nimmt General Benjamin Menendéz die immer grotesker werdenden Ausbrüche von Cäsarenwahnsinn zum Anlaß und putscht gegen das Regime.
Obwohl Eva tatsächlich schwer krank ist, hält sie eine melodramatische Rundfunkansprache und ruft die Massen zur Loyalität auf. Der Putsch scheitert. Noch einmal kommt das Regime Perón über die Runden.
Ernesto und Alberto sind mit dem Motorrad unterwegs. Ihre große Vagabondage durch den südamerikanischen Kontinent hat begonnen. . .

Die Armee marschiert

24. September 1967. Truppenparade in Santa Cruz, Bolivien. Anlaß ist der Gedenktag an eine Schlacht im Krieg der Nationalen Befreiung, jenes Krieges, in dem im 19. Jahrhundert mit einer Kette von Aufständen und Revolten das Land seine nationale Unabhängigkeit von der spanischen Kolonialmacht erkämpfte.

Die Sechserreihen der Abteilungen lösten sich auf. Die Soldaten marschierten nun im Gänsemarsch. Die Vertreter der Behörden und die Generäle, die auf der Festtribüne saßen, applaudierten, als die Truppen an der Fahne vorbeizogen. Die jungen Rekruten warfen den Kopf in den Nacken und drückten die Brust heraus.

Die Zuschauer erhielten einen Eindruck von der Feuerkraft der einzelnen Gruppen. Sie sahen die mattglänzenden FAL- und SIG-Gewehre, die aus Argentinien und aus der Schweiz stammten. Auf der Feldausrüstung wie auf den Tarnanzügen der sogenannten Ranger waren die Etikette US-Army zu erkennen.

Die Kampfhandlungen zwischen der bolivianischen Armee und der Guerillagruppe unter Führung von Ernesto Guevara dauerten zu diesem Zeitpunkt, Ende September, schon über sechs Monate an.

Im März 1967 hatte die Regierung durch zwei Überläufer, die sich bei der Polizei in Camiri stellten, zum erstenmal Kenntnis über die Existenz von Guerilleros in den Vorbergen der Zentralkordillere im Department Santa Cruz erhalten.

Der Armee war es dann zwar gelungen, die Guerillas aus ihrem Ausbildungs- und Basislager bei Ñancahuazú zu vertreiben, ihre im Kampf gegen Partisanen ungeübten Truppen hatten aber bei diesen Gefechten beträchtliche Verluste hinnehmen müssen.

Im Laufe des Monats April waren über 2000 Mann gegen die Guerillas aufgeboten worden, ohne daß die Regierung völlig Herr der Lage wurde.
Die Guerillas konnten ausweichen und bei Überfällen auf unzureichend geschützte kleinere Ortschaften mehrmals gewisse Erfolge erzielen.
Die Generäle räumten in Verlautbarungen gegenüber der Presse nun ein, daß sich die Kämpfe doch noch über mehrere Monate hinziehen könnten, nachdem sie zunächst von einem raschen Sieg gesprochen hatten.
Im Juni wurde die Situation für die bolivianische Regierung sogar recht kritisch. Es kam zu Unruhen in den weiter nördlich gelegenen Bergbaugebieten von Catavi und Siglo XX. Nach Zusammenstößen zwischen Arbeitern aus den Zinnminen und Militär brach ein Streik aus. In La Paz und anderen größeren Städten demonstrierten Lehrer und Studenten gegen das Militärregime. Präsident Barrientos verhängte über das ganze Land den Ausnahmezustand.
Ein direkter Zusammenhang zwischen der Guerillabewegung und den Unruhen im Bergbaugebiet bestand allerdings nicht. Auch war keine Verständigung über gemeinsame Aktionen zwischen den Führern der Streikbewegung und den Guerilleros möglich. Aber die Armee mußte ihre Elitetruppen aus dem Gebiet der Guerilla abziehen und sie gegen die rebellierenden Arbeiter einsetzen.
Am 30. Juni 1967 brach der Streik zusammen. Ohne ihre Lohnforderung durchsetzen zu können, kehrten die Bergleute von Catavi und Siglo XX an ihre Arbeitsplätze zurück.
Etwa um die gleiche Zeit ging bei Ches Guerilla das Tonbandgerät verloren, das für die Dechiffrierung von Botschaften aus Kuba unerläßlich war. Die Verbindung zwischen dem Haupttrupp und der Nachhut riß ab und konnte nicht mehr hergestellt werden.

Die Regierung schickte Eliteeinheiten der Armee wieder zur Verstärkung der die Guerillas verfolgenden Truppen in das entlegene und unübersichtliche Gebiet im Südosten des Landes, wo es nun gelang, die Nachhut Guevaras in eine Falle zu locken und zu vernichten.
Der Haupttrupp aber, bei dem sich Che befand, konnte sich, trotz zunehmender Verluste und wachsender Schwierigkeiten, noch immer einer Einkreisung auf engerem Raum entziehen und vereinzelte Überraschungsangriffe auf kleinere Ortschaften wagen.
Gleich nach Bekanntwerden der ersten Nachrichten über die Guerillas war auf einer Stabsbesprechung hoher Offiziere der bolivianischen Armee in Cochabamba erwogen worden, ob man die USA um die Entsendung von Truppen ersuchen solle.
Oberst Zenteno Anaya, der Leiter der Offiziersschule, hatte sich damals entschieden gegen diesen Plan ausgesprochen und war mit seiner Meinung durchgedrungen. Man fürchtete, eine direkte Intervention der USA werde in der Weltöffentlichkeit zu großes Aufsehen erregen. Die Parallelen zu den Ereignissen in Guatemala, in der Dominikanischen Republik und in Vietnam waren naheliegend.
Statt dessen wurde in Konferenzen mit General Robert Porter, dem Kommandeur des sogenannten US-Southern Command, und anderen Offizieren des amerikanischen Heeres, die in diesen Wochen nach La Paz kamen und auch andere bolivianische Garnisonen inspizierten, vereinbart, daß die USA ihre Lieferungen von modernen Waffen und Kriegsmaterial an Bolivien verstärken und sich durch die Entsendung von Militärberatern und CIA-Agenten insgeheim am Kampf gegen die Guerillas beteiligen würden.
In den folgenden Monaten richteten Major Ralph Shelton, der aus Nashville in Tennessee stammte, und sein Adjutant

Hauptmann Leroy Mitchell, der eben aus Vietnam zurückgekehrt war, in der aufgegebenen Zuckermühle bei La Esperanza (die Hoffnung), 45 Meilen nördlich von Santa Cruz, ein Trainingszentrum für Anti-Guerillakämpfer ein. Insgesamt kamen etwa 50 Offiziere und Unteroffiziere aus den USA nach Bolivien. Sie stellten mit einheimischen Rekruten das sogenannte Rangerbataillon auf und unterrichteten diese Spezialeinheit in jenen Unterdrückungstaktiken, die die US-Armee zuvor in Vietnam, Laos und in der Dominikanischen Republik erprobt hatte.
Bei der Militärparade am 24. September 1967 sah man die Rangers zum erstenmal in der Öffentlichkeit.
Am Mittag des 25. September erhielten die Offiziere den Befehl, das Härtetraining abzubrechen. Eine neue Phase begann. Die Soldaten wurden auf schwere Alligatoren-Lastwagen verladen und zum Rio Grande gefahren. El Fuerte, Estanque, Pujro und Abra del Picacho waren die Ortsnamen, die in den Marschbefehlen auftauchten. Es wurde der 4. Oktober, ehe die Kompanie C in der kleinen Ortschaft Higuera eintraf.
Sie befand sich hier im Zentrum jenes Gebiets, in dem sich die Ausweichbewegungen der Guerillas in den letzten Tagen abgespielt hatten.
Schon zuvor waren andere, zahlenmäßig starke Verbände der Armee im weiteren Umkreis zusammengezogen worden. Sie sicherten den Rand des Kessels, in den sich nun die Rangerkompanien wie scharf geschliffene Stacheln hineinbohrten. . .

... Im Südosten Boliviens verlaufen von den Höhen um Higuera mehrere Schluchten abwärts zum Rio Grande: die des Jague, des Churo, des Tusca, des Higuera und des San Antonio-Baches. Anfang Oktober 1967 lagerten die Reste des Guerillaverbandes unter Führung von Ernesto Guevara an jenem Punkt, an dem die ersteren drei der oben genannten Gebirgsbäche zusammenlaufen.
Die Operationen der bolivianischen Armee in dieser Gegend hatten den Bewegungsmöglichkeiten der Guerillas weitgehend ein Ende gesetzt.
»Die Voraussetzungen sind die gleichen wie im vergangenen Monat«, hatte Ernesto am 30. September bei der Monatszusammenfassung in sein Tagebuch notiert, »nur, daß jetzt die Armee wirklich mehr Tatkraft bei ihren Aktionen zeigt und die Masse der Landbevölkerung uns überhaupt nicht unterstützt und sich in Verräter verwandelt.«
Die 8. Division der Armee, die zur Guerilla-Bekämpfung abgestellt war, operierte nach einem von Oberst Zenteno ausgearbeiteten Plan, der drei Phasen vorsah.
Während der ersten Phase war es das Ziel Zentenos, die Bewegung der Guerillas auf ein überschaubares Gebiet zu beschränken. Gewisse Einheiten blockierten im Norden die Straße Cochabamba – Santa Cruz, während andere Abteilungen entlang des Rio Grande aufgefächert worden waren, um ein Entkommen nach Süden unmöglich zu machen.
Für den Fall, daß es Guevara dennoch gelingen sollte, mit seinen Männern den Fluß zu überqueren – immerhin handelte es sich hier um ein Terrain, in dem es schwerfiel, jeden möglichen Marschweg einer kleineren Gruppe abzuriegeln –, stand außerdem die 4. Division unter Oberst Reque Terán bereit.

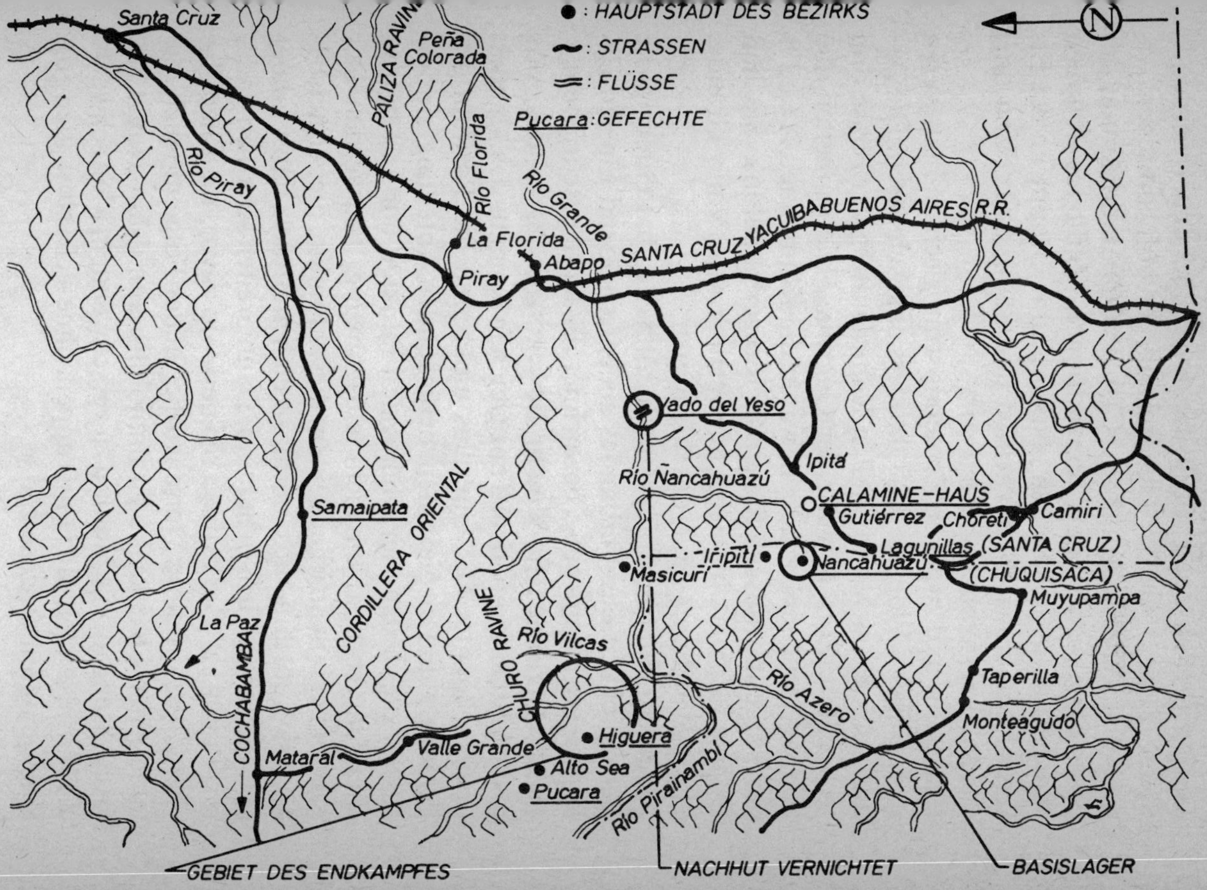

● : HAUPTSTADT DES BEZIRKS
: STRASSEN
: FLÜSSE
Pucara: GEFECHTE
N
Santa Cruz
Peña Colorada
PALIZA RAVINE
Río Piray
Río Florida
Río Grande
La Florida
Abapo
Piray
SANTA CRUZ YACUIBA BUENOS AIRES R.R.
Vado del Yeso
Ipitá
Río Ñancahuazú
CALAMINE-HAUS
Gutiérrez
Choreti
Camiri
Lagunillas (SANTA CRUZ)
(CHUQUISACA)
Iripití
Ñancahuazú
Masicurí
Muyupampa
Samaipata
CORDILLERA ORIENTAL
CHURO RAVINE
Río Vilcas
La Paz
COCHABAMBA
Río Azero
Taperilla
Monteagudo
Higuera
Valle Grande
Mataral
Alto Sea
Pucara
Río Pirainambí
GEBIET DES ENDKAMPFES
NACHHUT VERNICHTET
BASISLAGER

Die zweite Phase sah vor, in die nun immer enger werdende »Rote Zone«, wie der Generalstab der bolivianischen Armee und der amerikanische CIA den Operationsraum der Guerilleros bezeichnete, einzudringen. Zentenos Truppen standen schließlich östlich von Guevaras Gruppe an der Eisenbahnlinie zwischen Yacuiba und Santa Cruz. Von dort aus stießen sie nach Westen vor.
Phase eins und zwei von Zentenos strategischem Plan waren in den ersten Wochen des Oktobers abgeschlossen. Die Armee schickte sich nun an, den Kampfauftrag der Phase drei zu erfüllen: Zerschlagung der Guerillas. Die Einheiten, die hierbei zum Einsatz kamen, waren die Kompanien A und B des sorgfältig ausgebildeten 2. Rangerbataillons. Sie ließ Oberst Zenteno die Gegend westlich von Valle Grande, der Provinzhauptstadt, durchkämmen.
In seinem Handbuch für den Guerillakrieg hat Guevara die Beweglichkeit des Verbandes als entscheidend für den Erfolg dieser Kampfweise bezeichnet. Er hatte geschrieben: »Charakteristisch für diesen Bewegungskrieg ist das, was man in Analogie zu dem Tanz gleichen Namens das Menuett nennen könnte: Die Guerillas umkreisen die Position des Feindes, zum Beispiel einer vorrückenden Abteilung, sie umstellen sie an den vier wichtigsten Punkten und mit hinreichendem Abstand, um nicht selbst umzingelt zu werden. Der Kampf beginnt an irgendeinem dieser Punkte, die Armee bewegt sich dorthin, die Guerillas weichen zurück, dabei immer den Feind im Auge behaltend. Dann greifen sie einen anderen Punkt an. Die Armee reagiert wie zuvor, die Guerillas ebenfalls. Auf diese Weise wird es in der Folge möglich, die feindlichen Streitkräfte zu immobilisieren. Man zwingt sie, große Mengen an Munition zu verschwenden. Man schwächt die Moral der feindlichen Truppen, ohne sich selbst allzu großen Gefahren auszusetzen.«

Betrachtet man die Gefechte, die sich zwischen den Guerillas und Zentenos Truppen in den ersten Wochen des Oktobers 1967 abspielten, so stellt man fest, daß sich in der Realität die theoretisch im Handbuch festgelegten Rollen nun genau vertauscht hatten. Die Guerillas waren von der Armee umstellt. Es waren Zentenos Soldaten, die das Menuett ausführten.

Wie war es möglich, daß Guevara entgegen allen Regeln, die er selbst entworfen hatte, in die Falle geraten war? Die Antwort liegt auf der Hand, wenn man in seinem Tagebuch nachliest. Er konnte nicht nach diesen Regeln handeln, weil seine Gruppe zu schwach war und weil er sich zudem mit der Geographie dieses Gebiets zu wenig auskannte. Am meisten aber fiel ins Gewicht, daß er sich kaum Nachrichten über die Bewegungen des Feindes verschaffen konnte, während der Feind über ihn und seine Gruppe fast alles wußte.

Guevara hatte nur eine vage Vorstellung über die Operationen der Armee. Er war auf die zensierten Radiomeldungen angewiesen und auf das, was sich aus den kleineren Scharmützeln mit Militärpatrouillen ergab. Was er an Gerüchten von den Bauern erfuhr, darauf war kein Verlaß.

Die Moral seiner Guerilleros war angeschlagen. Zwischen den einheimischen und kubanischen Angehörigen seiner Gruppe bestanden starke Spannungen.

Am 3. Oktober waren wiederum zwei Guerilleros zu den Regierungstruppen übergelaufen:

»... während Camba zugab, gegen die Armee gekämpft zu haben, gestand León, daß er sich im Vertrauen auf die Worte des Präsidenten hin ergeben hätte. Die beiden haben Informationen über Fernando gegeben, über seine Krankheit und alles weitere, dabei nicht eingerechnet, was sie geredet haben, und was nicht veröffentlicht worden ist. So endet die Geschichte zweier heroischer Guerilleros. Höhe 1360 m.«

Bei Guevara waren seit einiger Zeit, bedingt durch die unerhörten Strapazen, vielleicht aber auch durch die ungünstige Entwicklung, die die Guerilla genommen hatte, die Asthmaanfälle wieder häufiger aufgetreten. Aber seit einem Monat schon besaß er keine Medikamente mehr. Sein Asthma schnürte ihm Lungen und Hals zusammen und hinderte ihn am Atmen. Es gab Augenblicke, da bat er seine Kameraden, ihn heftig auf die Brust zu schlagen, oder er hängte sich an die Äste eines Baumes. Offenbar verschaffte ihm das Erleichterung.

Vor einigen Wochen hatte er Urbano ausgeschickt, um Medikamente aus den Höhlen des aufgegebenen Stamm- und Ausbildungslagers Ñancahuazú zu holen.

Es war Urbano gelungen, in die getarnten Verstecke einzusteigen, die zu diesem Zeitpunkt von der Armee noch nicht entdeckt worden waren, und er hatte so viel gebracht, wie er nur tragen konnte. Aber diese Vorräte waren nun erschöpft. Das einzige Medikament, das Guevara blieb, waren zwei Flaschen einer besonderen Art von Collyrium mit einer starken Zumischung von Cortison. Wenn er sich sehr elend fühlte oder wenn eine Kampfhandlung bevorstand, injizierte sich Ernesto diese Collyrium-Mixtur, was aber jeweils nur eine kurzfristige Besserung brachte.

Am 26. September waren die Guerilleros zwischen La Higuera und Jague in einen Hinterhalt geraten. In dem Feuergefecht mit den Regierungstruppen fielen Coco Peredo und zwei weitere Guerilleros. Die näheren Umstände dieser Kampfhandlung, der Tod eines seiner besten Männer (Coco), wirkten bei Ernesto schockartig nach. Er gestand sich ein, daß er, trotz aller Willenskraft, durch seinen schlechten körperlichen Zustand für die Beweglichkeit der Gruppe, von der allein es abhängig war, ob sie den Soldaten entwischen würden oder nicht, eine starke Belastung darstellte.

Der Trupp bestand nur noch aus 17 Mann. Gegen Mittag des 7. Oktober stieß eine Bauersfrau auf der Suche nach einer Ziege, die sich von der Herde entfernt hatte, auf das Lager der Guerilleros. Che notierte an diesem Tag:
»...11 Monate sind seit Beginn unserer Guerilla ohne Schwierigkeiten vergangen...« (Eine stoische Untertreibung. Die Guerilla war eine Kette von Schwierigkeiten, Fehlern und Katastrophen gewesen.) »... der Vormittag verlief ohne Gefahr in einer fast idyllischen Stimmung. Gegend 12.30 Uhr betrat eine Alte, die ihre Ziegen weidete, die Schlucht, in der wir unser Lager aufgeschlagen hatten. Wir haben sie festnehmen müssen. Die Frau gibt keinerlei glaubwürdige Auskunft über die Soldaten. Auf alles antwortete sie nur, daß sie nichts wisse und die Soldaten schon lange nicht mehr hier gewesen seien. Nur über den Weg machte sie Angaben, aus denen zu entnehmen ist, daß wir uns ungefähr eine Meile von Higuera, eine Meile von Jague und zwei Meilen von Pucara entfernt befinden. Gegen 17.30 Uhr gingen Inti, Aniceto und Pablito zum Haus der Alten, die zwei Töchter hatte, die eine kränklich, die andere ein halber Zwerg. Wir gaben ihr 50 Pesos und verpflichteten sie, nichts auszuplaudern. Wir haben jedoch trotz ihrer Versprechungen wenig Hoffnung, daß sie sich daran halten wird.«
Das Auftauchen der alten Frau hatte die Guerilleros nervös gemacht. Sie diskutierten und analysierten andere solcher Vorkommnisse. Zu den meisten Verlusten war es bisher immer durch Informationen der bäuerlichen Zivilbevölkerung an das Militär gekommen.
»Diese Bauern sind undurchschaubar wie Steine«, hat Ernesto in sein Tagebuch geschrieben. – Ein Satz, in dem sich Zorn und Enttäuschung mischen und hinter dem sein intensives Verlangen spürbar wird, es möge doch anders sein.
Die Guerilleros entschieden sich, ihr Lager abzubrechen.

In der Abenddämmerung des 7. Oktober begann die Gruppe, die Schlucht des Churo-Baches hinaufzumarschieren. Che berichtet darüber in der vorletzten Eintragung seines Bolivianischen Tagebuches.

»Wir, die restlichen 17 Mann, brachen bei sehr schwachem Mondlicht auf. Der Marsch war beschwerlich. In der Schlucht, in der wir uns bewegten, hinterließen wir viele Spuren. Es gab in dieser Gegend keine Häuser, nur kleine, bewässerte Kartoffeläcker. Gegen zwei Uhr nachts machten wir halt. Wir konnten einfach nicht mehr weiter. Wenn wir nachts marschieren, benimmt sich Chino jedesmal wie ein altes Weib. Höhe 2000 m.«

Am Abend dieses 7. Oktober versuchte der Bauer Victor Colomi, etwas Wasser aus dem Rinnsal des Churo-Baches auf seine Kartoffelfurchen zu leiten. Er öffnete den Zulauf zum Bewässerungssystem, streckte sich und hielt nach einem Baum Ausschau, an den er sich anlehnen konnte. Bald darauf hörte er Schritte und leises Sprechen. Er bekam Angst und versteckte sich hinter einem breiten Stamm. Er sah dann bärtige Männer vorbeigehen. Sie schleppten schwer an ihren Rucksäcken. Alle waren bewaffnet. Zuerst zählte er drei. Er wartete noch einige Minuten und weitere Männer kamen. Insgesamt waren es 17. Sie hatten ihn nicht gesehen.

Der Bauer war sich sofort klar, wen er da vor sich hatte; denn überall sprach man von den Guerillas, und die Regierung hatte eine hohe Belohnung auf ihr Ergreifen ausgesetzt.

Die Sympathien der Indio-Bevölkerung, die in dieser entlegenen Landesecke von Bolivien kärglich ihr Leben fristete, galten zumeist der Regierung.

Wie ist das zu erklären?

Einmal war es den Guerilleros nicht gelungen, den Indios ihre Ziele deutlich zu machen. Die Eingeborenen in diesem Gebiet sprechen Quechua und Guarani, beides Indianerspra-

chen, von denen Guevaras Männer höchstens ein paar Brokken verstanden und artikulieren konnten.
Auch Guevara selbst hatte sich, trotz seiner Vorliebe für die Indianer, nie die Mühe gemacht, eine der wichtigen Indiosprachen gründlich zu lernen. Er hatte sich darauf verlassen, man werde als Verständigungsmittel mit Spanisch durchkommen.
Guevara war Argentinier. Sein Spanisch hatte einen sofort erkennbaren argentinischen Akzent. Er war ein Fremder – ein Fremder in einem Landesteil Boliviens, in dem die Mehrzahl der Bevölkerung durch die geschichtlichen Ereignisse in der Vergangenheit für Argentinien eher Abneigung als Sympathien empfand. Und noch etwas kam hinzu: General René Barrientos Ortuños, der Präsident, der um diese Zeit Bolivien im Stil eines Militärdiktators regierte, war ein Indio und stammte aus dieser Gegend. Wie immer die Intellektuellen und die Bergarbeiter seine politische Handlungsweise beurteilen mochten, durch seinen sicheren Instinkt für prestigeträchtige und gerade den Indios imponierende Handlungen genoß er in seiner Heimatprovinz Ansehen und galt zudem, da er schon mehrere Attentate und Unfälle auf nahezu wunderbare Weise überstanden hatte, als »kugelsicher«.
Will man die Meinung der Indios auf eine knappe Formel bringen, so könnte man sagen: Sie waren nicht in der Lage zu begreifen, was die Guerilleros eigentlich wollten. Sie konnten sich nicht vorstellen, daß eine Veränderung der Lebensbedingungen möglich war. Sie waren unwissend. Ihr Aberglaube und ihre Unwissenheit ließen sich nicht so leicht aufbrechen. Sie bewunderten Barrientos – einen Mann aus der Gegend, der es bis zum Präsidenten gebracht hatte. Die Guerillatätigkeit bedeutete für sie Unruhe, Ärger mit den Behörden. Wenn sie die Guerilleros unterstützten, würde man ihnen ihre Hütten bombardieren. Wenn sie zu ihrem Präsidenten hiel-

ten, winkten ihren Dörfern vielleicht ein paar tausend Pesos Belohnung und andere Vorteile.
Für Victor Colomi blieb die ganze Nacht Zeit, um zu überlegen, was er nun tun sollte, denn die Armee hatte aus Sicherheitsgründen eine Ausgehsperre zwischen Abenddämmerung und Morgengrauen verhängt. Es wurde also Morgen, der Morgen des 8. Oktobers, bis Colomi seinen Sohn nach Higuera schickte, das zweieinhalb Meilen entfernt lag. Dort hatte der Kommandeur der Kompanie, der die Überwachung dieser Region übertragen worden war, sein Quartier aufgeschlagen.
Der Bote traf aber Capitano Gary Prado Salmón in Higuera nicht an und mußte weiter ins nächste Dorf, Abra del Picacho. Dort berichtete er, was sein Vater in der Nacht entdeckt hatte.
Capitano Prado verständigte sofort das Hauptquartier der 8. Division in Valle Grande und traf Vorkehrungen, die Guerilleros einzukesseln.
Die Churo-Schlucht verläuft ungefähr von Norden nach Süden. Prado stellte eine Abteilung unter Befehl von Leutnant Carlos Pérez am oberen Ende der Schlucht auf, also gegen Norden hin, um so diesen Ausgang zu sperren. Leutnant Eduardo Huerta und seine Abteilung bezogen eine ähnliche Position in der Tusca-Schlucht, die im Osten an die Churo-Schlucht angrenzt. Prado selbst postierte sich mit dem Rest seiner Soldaten dort, wo beide Schluchten zusammenlaufen. Er befand sich etwa eine Meile südlich des Standortes von Leutnant Pérez...

Bilder von der großen Vagabondage

Mit dem Motorrad durch Patagonien nach Chile. Dort will die alte Karre nicht mehr. Fußmarsch. Gelegenheitsarbeiten als Lastwagenfahrer, Gepäckträger, Seemann, Hilfspolizist, Arzt und Tellerwäscher. In Peru lernen die beiden Freunde einen Arzt kennen, der es ihnen möglich macht, einige Zeit in der Lepraklinik von San Pablo in der Provinz Loreto am Ufer des Amazonas zu verbringen.

Zuvor haben sie schon ein anderes Leprosorium besucht. Ein unbeschreiblicher Ort, mitten im Dschungel, 2000 Meter hoch. Sie studieren die Heilmethoden und die verschiedenen Aspekte dieser Krankheit. Sie reiten auf Maultieren 11 Stunden am Tag zu einem Ort, der Huambo heißt. Sie stellen die Hypothese auf, daß die Krankheit durch gewisse Nahrungsmittel ausgelöst werden könnte, die die Eingeborenen in dieser Gegend hauptsächlich zu sich nehmen. Nach der Befreiung Lateinamerikas soll diese Annahme wissenschaftlich untersucht werden.

Ein anderer Platz, der sie fasziniert, ist die alte Ruinenstadt von Machu Picchu, die letzte Fliehburg der Inkas. Dort bleiben sie mehrere Tage. Ernesto beschäftigt sich mit der Frage: Gab es, ehe die Weißen kamen, in Südamerika eine gesellschaftliche und staatliche Ordnung, von der man lernen könnte? Er spielt mit dem Gedanken, Archäologe zu werden. Während eines kurzen Aufenthalts in Cuzco lesen die Freunde alle verfügbaren Bücher über das Inkareich. In dieser Stadt befindet sich eine Spezialbibliothek für Publikationen über Inkakunst. Die Lesesäle werden zum Asyl für die beiden Tramps, die fast völlig abgebrannt sind. Dort ist es warm und still.

In Machu Picchu, auf der Zitadelle, unter dem unzugänglichen Zuckerhutfelsen, brauen sich Ernesto und Alberto ihren Mate. Einige andere Studenten kommen hinzu. Man lagert an dem alten Opferstein und politisiert. Alberto erklärt, man müsse eine Arbeiterkommune in den Anden gründen und die Regierung dazu bewegen, eine Revolution für die Indianer zu machen, ein Entwicklungsprogramm für den Fortschritt.

Ernesto lächelt spöttisch und sagt: »Eine Revolution, ohne daß ein Schuß fällt? Bist du verrückt?«

Von dem Hafen Pucalpa aus fahren sie über den Ucayali, einen Nebenfluß des Amazonas. Sie verlieren sich in der Wildnis, dem grünen wuchernden Herzen ihres Kontinents.

Guevara ißt Fisch, das einzige Nahrungsmittel, das sich auftreiben läßt. Da er gegen Fisch allergisch ist, bekommt er einen schweren Asthmaan-

fall. Er muß ins Krankenhaus. Sobald er sich wieder einigermaßen auf den Beinen halten kann, setzen sie ihre Reise nach San Pablo fort. Dort arbeiten sie in einem Laboratorium, betätigen sich als Psychotherapeuten und versuchen, den Leprakranken etwas Ablenkung von ihrem traurigen Schicksal zu verschaffen. Sie spielen Basketball mit ihnen, unternehmen Ausflüge in die Umgebung, besuchen Indianer, beteiligen sich an einer Affenjagd.
Daß die zwei »Ärzte« bereit sind, ihre Freizeit mit den Patienten zu verbringen, löst bei diesen stürmische Bekundungen der Zuneigung und Dankbarkeit aus. Sie bauen für Ernesto und Alberto ein Floß, das sie nach Leticia bringen soll, wo der große Strom das Dreiländereck von Brasilien, Peru und Kolumbien berührt. Leticia gehört zu Kolumbien, dem Land, für das die beiden jungen Leute ein Visum besitzen. Als die Patienten mit dem Bau des Floßes fertig geworden sind, taufen sie es Mambo-Tango. Der Mambo ist in Peru populär, und bei einem Fest haben die Freunde einen komischen Tango, den Nationaltanz Argentiniens, aufgeführt.
Die Vorstellung, über den Amazonas mit einem Floß zu fahren, kommt ihnen zunächst etwas verrückt vor, aber sie haben kleine Kinder und Frauen gesehen, die mit winzigen Paddeln solche Fahrzeuge steuern. Sie reden sich ein, so schwierig könne das nicht sein.
Noch einmal eine Abschiedsparty. Um sieben Uhr morgens am Bootssteg. Ein kleiner Hafen, um den sich die Gebäude des Leprosoriums gruppieren. Obwohl es in Strömen regnet, erwartet sie dort ein Boot, randvoll mit Männern, Frauen und Kindern. Andere Patienten drängen sich am Ufer. Man begrüßt sie mit Hochrufen und Liedern. Auch eine Kapelle ist da. Ein Saxophon quiekt. Reden werden gehalten. Einer der Kranken bedankt sich in unbeholfenen, rührenden Worten. Alberto hält eine kurze Ansprache. Wieder wird gesungen. Als der Beifall endet, stößt das Floß ab. Langsam gleitet es dahin, noch eine Weile begleitet von dem weißen Boot mit den Kranken, von dem immer noch Liedfetzen herüberdringen. Erst nach einer Weile verschwindet es langsam im Dunst der Regenschwaden.
Ernesto ist begeistert. Die Zeit in San Pablo kommt der Vorstellung von seiner Lebensaufgabe, wie er sie damals sieht, ziemlich nahe.
Da die beiden jungen Männer in der Steuerung eines Floßes unerfahren sind, werden sie mit der starken Strömung an Leticia vorbeigetragen und gehen auf einer Insel, die schon zu Brasilien gehört, an Land. Sie vertauschen das Floß mit einem Boot und rudern stromaufwärts zur Stadt zu-

rück. Dort quartieren sie sich auf der Armeestation ein. Sie haben kein Geld mehr. Der Enthusiasmus, den man an diesem Ort argentinischen Fußballspielern entgegenbringt, kommt ihnen zu Hilfe. Sie trainieren die Lokalmannschaft, nehmen selbst an einem Meisterschaftsspiel teil, helfen es gewinnen.
Zum Dank schenkt man ihnen zwei Flugkarten nach Bogotá. Dort regiert Laureano Gomez. Eine große Unterdrückungskampagne ist im Gang. Fremde werden mit Mißtrauen betrachtet. Niemand glaubt den beiden jungen Männern, daß sie nichts anderes umhertreibt als die Neugier, alle Länder des Subkontinents anzusehen. Sie werden verhaftet. Auf der Wache beschimpfen sie den Polizeiagenten. Ihre Unverschämtheit bewährt sich. Sie werden freigelassen. Studenten, die sie in der Stadt treffen und denen sie erzählen, was sie erlebt haben, machen ihnen klar, daß sie Glück gehabt haben. Der Polizeiagent, mit dem sie sich angelegt hatten, gilt als ein besonders bösartiger Bursche, der schon aus geringfügigerem Anlaß Leute hat erschießen lassen.
Die Studenten raten ihnen, die Stadt schleunigst zu verlassen, und schenken ihnen ein paar Dollars für das Busbillet nach Cucutan, einem Ort an der venezuelanischen Grenze. Am 14. Juli, dem Jahrestag der Erstürmung der Bastille, wie Alberto Granados ausdrücklich in seinem Bericht über diese Reise hervorhebt, überqueren sie die Internationale Brücke, die Cucutan mit der venezuelanischen Stadt Cristobal verbindet. Kolumbien steht damals in dem Ruf, ein zivilisiertes Land zu sein. Aber seitdem Laureano Gomez dort an der Macht ist, macht sich ein deutlicher Verfall bemerkbar. Sie sehen überall Armut und Rechtsunsicherheit.
In Venezuela entscheidet sich Alberto, eine Anstellung an einem klinischen Laboratorium eines Leprakrankenhauses anzunehmen.
Zufällig begegnen die beiden Freunde einem Bekannten von Guevaras Eltern, der Ernesto daran erinnert, daß er seiner Mutter versprochen hat, heimzukommen und sein Studium mit der Promotion abzuschließen. Der Bekannte handelt mit Rennpferden. Er verkauft argentinische Tiere nach Miami, kauft dort amerikanische Pferde, die er nach Maracaibo bringt, um dann jeweils wieder nach Argentinien zurückzukehren.
Will Ernesto mitfliegen? – Eine Reise mit Umwegen. Immerhin ist der Flugschein kostenlos.
Vorerst also Miami. Dort muß er die Zeit totschlagen, bis das Pferdeflugzeug wieder startet. Er besitzt kaum einen Cent, nimmt tagelang nur eine Tasse Milchkaffee zu sich. In einer Cafeteria, dessen Besitzer ihm erlaubt, seinen Schlafsack auszurollen, wenn nachts die letzten Gäste gegangen

sind, wird Ernesto Zeuge, wie ein Puertoricaner auf den amerikanischen Präsidenten Truman schimpft.
Auch ein FBI-Agent hört die Unterhaltung mit an. Der Puertoricaner wird festgenommen. »Land of the free/home of the brave.«* Auch Ernesto muß mit auf die Polizeiwache. Er bestreitet beim Verhör, sich abfällig über den Präsidenten der Vereinigten Staaten geäußert zu haben. Der Agent behauptet, Ernesto habe bei den Bemerkungen des Puertoricaners unverschämt gegrinst.
Ernesto leugnet hartnäckig auch das Grinsen. – Eine Farce! Er wird freigelassen. Aber bis zu seinem Abflug wird er den Eindruck nicht los, beschattet zu werden.
Im März 1953 promoviert Ernesto in Buenos Aires mit einer Arbeit über Allergien zum Doktor der Medizin. In weniger als einem Jahr hat er die zehn oder zwölf Zwischenprüfungen, die dem Examen in Argentinien vorausgehen, hinter sich gebracht.
Die Promotion ist nur ein Zwischenspiel. Die große Vagabondage geht weiter. Noch ist das ein begabter junger Mann mit vielen Möglichkeiten, der das, was er wirklich sucht, was ihm vor allem wichtig ist, noch nicht gefunden hat und der entschlossen ist, sich offen zu halten.
Er bricht auf nach Venezuela, um dort den Freund Alberto Granados zu treffen. Er will sich um eine Anstellung im Leprakrankenhaus Cabo Blanco bewerben, wo auch Granados arbeitet. Noch immer gilt das Lebensziel, als Arzt Helfer der Armen zu werden.
Mit ein paar Kameraden reist er mit einem Bummelzug, der Milchkannen befördert, von Buenos Aires nach La Paz in Bolivien. Eine Reise über 6000 Meilen, und der Zug hält auf jedem Dorf.

Bolivien ist das ärmste Land in Südamerika. Seine Hochflächen gehören zu den unfruchtbarsten Ackerbaugebieten der Welt. Die Bevölkerung, zum größten Teil Indios, lebt in unvorstellbarer Armut. Von dem primitiven Ackerbau und der Lamazucht können sich die Menschen kaum ernähren. Bolivien ist aber auch ein sehr reiches Land. In seinen Bergen finden sich wertvolle Bodenschätze. In Bolivien werden 15% der Weltproduktion an Zinn gefördert. Silber, Blei, Zink, Kupfer – und am Ostrand der Anden auch Erdöl – werden abgebaut.
Trotzdem nehmen die Auslandsschulden des bolivianischen Staates jährlich um (umgerechnet) circa 80 Millionen DM zu.
Wie ist das möglich?

---

* Land der Freien, Heimstatt der Tapferen. (Ende der amerikanischen Nationalhymne)

Zinn und die anderen Mineralien sind auf dem Weltmarkt gefragt. Das Roherz wird nach England, Deutschland und in die USA exportiert. In diesen Ländern werden die Preise bestimmt. Die ausländischen Abnehmer betreiben ihre Preispolitik, ohne Rücksicht auf den Lebensstandard der Minenarbeiter, allein unter dem Gesichtspunkt, für sich selbst einen möglichst hohen Gewinn zu erzielen.
Bei der Stadt Potosi in Bolivien liegt ein Silberberg. Vom 16. bis 18. Jahrhundert herrschten die Spanier in Bolivien. Der Silberreichtum hatte sie dazu verlockt, sich das Land zu unterwerfen. Für die Gier der Eroberer nach Reichtum und Prunk starben 8 Millionen Indios in den Bergwerken von Potosi, während im Moneda-Gebäude derselben Stadt 3 Milliarden Silbermünzen geprägt wurden, die nach Europa gingen.
Das war früher. Das war in den Zeiten des Kolonialismus. Noch heute kann man am Portal des Gebäudes der alten Prägeanstalt den Wahlspruch der Ausbeuter von damals entziffern. Er lautet: »Wir sind gekommen, um Gott zu dienen und reich zu werden.« Das klingt barbarisch. Aber nur vordergründig hat sich seither etwas geändert.
In den fünfziger Jahren des 20. Jahrhunderts wird in Potosi Zinn abgebaut. Die Indios nennen das Grubenloch, das auf 4800 Meter Höhe in den Berg führt, den »Eingang zur Hölle«. Bei Temperaturen von 40 Grad ist die Arbeit mörderisch. Über die Hälfte der Bergbauarbeiter ist lungenkrank. Die Löhne sind unerhört niedrig. Trotz schlechter Ernährung und Krankheit müssen diese Männer Schwerstarbeit leisten. Sie betäuben ihren Hunger und ihre Schmerzen, indem sie Cocablätter kauen. Das Aufputschmittel, ständig genossen, führt seinerseits zu schweren Gesundheitsschäden.

In La Paz, dieser verrückten Stadt in einer Riesenmuschel unter dem Dach der Welt, bricht Ernesto die Reise zu dem Jugendfreund zunächst ab. Hier kreuzt ein Mann seinen Weg, der seine Vagabondage auf ein ganz anderes Ziel hin lenkt: Ricardo Rojo ist ein junger Rechtsanwalt aus Buenos Aires, der auf spektakuläre Weise aus den Gefängnissen des Perón-Regimes entflohen ist, zunächst in der Gesandtschaft von Guatemala in Buenos Aires Asyl gefunden hat, um dann über Chile nach Bolivien zu entkommen.

In Bolivien ist vor kurzem eine Partei an die Macht gekommen, die wenigstens für einige Jahre die nationalen Interessen und die Forderungen der Bergarbeiter aus den Zinnminen mit einigem Nachdruck zu vertreten versucht – das Movimiento Nationalista Revolutionaria, abgekürzt MNR. Es siegt bei der Wahl im Mai 1951. Aber die Rechte ermuntert die Armee, mit einem unblutigen Staatsstreich die Macht im Land zu übernehmen. Darauf kommt es zum Aufstand gegen das Militär. Anfang April 1952 erheben sich die Fabrik-

und Eisenbahnarbeiter, die Studenten, Professoren, die Bergleute aus Milluni, die Bauern, die mit der Mittelklasse-Gruppe der MNR verbunden sind, und die Nationalgarde. In Oruro zwingen Bergarbeiter die wohlausgerüsteten Regimenter des Heeres mit Dynamitladungen zur Kapitulation.
Die revolutionäre MNR-Regierung verdankt also ihre Macht den Stimmzetteln und den Blutopfern des Volkes. Am 31. Oktober 1952 läßt sie die Zinnminen in Oruro und Catavi verstaatlichen. Am 2. August 1952 verkündet sie das Gesetz über die Bodenreform. Die großen Latifundien werden in kleine Parzellen aufgeteilt. Für zwei Millionen Indios, die bis dahin praktisch in Sklaverei gelebt haben, beginnt die Hoffnung auf ein einigermaßen menschenwürdiges Dasein. Die Arbeiter können über die Verwaltung der verstaatlichten Betriebe mitbestimmen. Das Recht auf Gewerkschaftsbildung wird durch Gesetz festgelegt, einige recht fortschrittliche Schulgesetze werden verabschiedet. Freilich tut die Oligarchie von Anfang an alles, um diese sozialistische Entwicklung zu hintertreiben und die eingeleiteten Reformen wieder rückgängig zu machen... Auch treten bald Schwierigkeiten auf, weil die sozialistische Regierung vom Ausland isoliert wird.
Am Ende stand wieder eine de facto Militärdiktatur, mit einem in den USA ausgebildeten Fliegergeneral an der Spitze.
Wie häufig in den südamerikanischen Staaten spielen bei dieser Restauration die USA offen und hinter den Kulissen eine manipulierende Rolle.
Am 26. Oktober 1955 billigt eine Regierung der MNR-Politiker bei einer wirtschaftlich angespannten Lage, die als Ausrede für diesen »Ausverkauf« angeführt werden kann, die Petroleum Code, auch »Davenport Gesetz« genannt, weil seine Artikel nicht vom bolivianischen Parlament, sondern in den Büros eines amerikanischen Rechtsanwalts namens Davenport festgelegt worden sind. Gestützt auf dieses Gesetzeswerk kam eine große Anzahl amerikanischer Erdölgesellschaften ins Land, unter ihnen die mächtige Bolivian Gulf Oil Company, die noch jahrelang generöse Dividenden auf Kosten des bolivianischen Volkes ausschütten konnte.
Aber damit ist der Entwicklung vorgegriffen worden. Im Sommer 1953 herrscht in La Paz noch Fiesta-Stimmung über den Sieg der Revolution.

Ernesto und die Gruppe seiner Freunde sind von dem revolutionären Bewußtsein, das sie in Bolivien im Sommer 1953 vorfinden, zunächst begeistert. Hier ist eine Hoffnung, daß ein Modell entwickelt werden könnte, welches auch in den Nachbarstaaten Schule macht. Bald aber müssen sie feststellen, daß die neuen Führer im Land, trotz Verstaatlichung der Bergwerke und Verteilung des Großgrundbesitzes, die alten Vorstellungen bürgerlichen Klassenbewußtseins an den Tag legen.
Die Gruppe argentinischer Emigranten in La Paz, in der Ernesto verkehrt, setzt sich meist aus Studenten und Intellektuellen zusammen, die

in Argentinien das Regime Perón bekämpft haben. Mentor der argentinischen Kolonie ist der Exilpolitiker Isais Noueges, der, dank seiner Einnahmen aus seinen großen Zuckerplantagen in Argentinien, auch in La Paz ein feudales Leben führt. In der Villa von Nougues lernt Guevara Rojo kennen. Das Haus in Calacete liegt in dem Viertel, in dem auch die neuen politischen Führer des Landes wohnen. Guevara und Rojo, beides arme Teufel, nutzen die Einladung, um sich an dem argentinischen Nationalgericht locro, einem Stew aus Mais und Fleisch, einmal richtig satt zu essen und den politischen Diskussionen als Zaungäste beizuwohnen.
Ernesto macht auf Rojo zunächst keinen besonders starken Eindruck. Die politischen Ansichten des jungen Rechtsanwalts sind zu diesem Zeitpunkt weit schärfer ausgeprägt als die seines neuen Freundes, der wenig spricht und ein guter Zuhörer ist.
Spät in der Nacht laufen Guevara und Rojo, die sich kein Taxi leisten können, zu Fuß ins Stadtzentrum von La Paz zurück.
Ernesto erzählt von seinen Reisen mit Granados und von seiner Absicht, die Leprakolonie in Venezuela zu besuchen. Er entwickelt auch einen ziemlich verwegen klingenden Plan über eine Reise zu den Oster-Inseln im Pazifik, auf denen eine andere Leprakolonie liegt. Es ist offensichtlich, daß er nicht recht weiß, was er mit sich anfangen soll. Obwohl er wortreich über das Elend klagt, das er überall auf seinen Reisen durch Südamerika zu Gesicht bekommen hat, scheint sich für ihn noch kein Angriffsziel für seinen Zorn und seine Empörung gefunden zu haben.
In der Innenstadt von La Paz teilt Ernesto ein spartanisches Quartier mit einem argentinischen Studenten, Calica Ferrer. Das Zimmer ist leer, ohne jedes Möbel. Ernesto besitzt einen einzigen Anzug und ißt unregelmäßig. Wenn Noueges eines seiner üppigen Diners gibt, stopft er sich mit Essen voll und lebt dann in den nächsten Tagen von ein paar Krümeln. Er kann es aber nicht unterlassen, seinem feudalen Gastgeber ab und an spitze Fragen zu stellen: »Ach, erzählen Sie uns doch noch etwas von Ihren herrlichen Zuckerrohrplantagen!«
Als Guevara eines Tages das Landwirtschaftsministerium besucht, beobachtet er, wie die Indianer, die gekommen sind, um ihr Stück Land einzumahnen, und geduldig auf den Fluren vor den Kanzleien warten, mit einem weißen Pulver besprüht werden.
Ein Beamter erklärt, es sei unmöglich, diesen Indios Sauberkeit beizubringen, sie trügen Ungeziefer ins Haus und verbreiteten Krankheiten.
Höhnisch sagt Ernesto: »Ah ja...die MNR macht ihre Revolution mit DDT!«

Von seinem Zimmer in der Calle Yanacoche unternimmt Guevara regelmäßig Streifzüge durch die Hauptstraßen der Stadt und taucht gelegentlich auch in der Bar des Sucre-Palace-Hotels auf. Unter den Intellektuellen ist viel von Revolution die Rede. Die Revolution wird zerredet, während die Reaktion wieder die Weichen stellt.
Von La Paz aus unternimmt er zwei Reisen in die Provinz. Die eine, in Begleitung des deutschen Fotografen Gustav Thörlichen, zu den Ruinen der Inkastadt Tiahuanaco; die andere, zusammen mit Rojo, zu den Zinnminen Siglo XX und Catavi in der Gegend von Oruro. Hier arbeiten 30 000 Menschen. Er will diese Männer sehen, die mit Dynamitladungen gegen Maschinengewehrnester der Armee vorgegangen sind.
Die Unterkünfte der Bergarbeiter sind Wellblechbaracken mit gestampftem Lehmboden. 20 Menschen hausen in einem Raum. Der Stundenlohn der Bergleute liegt umgerechnet bei 20 bis 30 Pfennig. Das reicht gerade hin, um sich Tag für Tag etwas Indianerhirse, ein minderwertiges Nahrungsmittel, und einige Cocablätter zu kaufen. In den großen Familien arbeiten oft schon die Kinder im Bergwerk mit.
Guevara weiß, die schlechten Arbeitsbedingungen und das Elend sind kein unabwendbares Schicksal; denn nicht das Schicksal, sondern Menschen sind dafür verantwortlich. Er denkt radikaler als die Funktionäre des neuen Regimes.
Der neue Bergbauminister Juan Lechin hat erklärt, – Spruchband: Die bolivianische Revolution ist tiefgreifender als die Revolution von Guatemala und China. – Großsprecherei! Das wird erst wahr sein, wenn hier nicht mehr die meisten Indios mit dreißig Jahren an TB verrecken, wenn nicht mehr jedes zweite Kind im ersten Lebensjahr stirbt. Bis dahin ist noch viel zu tun.
Ernesto empört sich, als er hört, daß die MNR-Regierung angeboten hat, den Zinnbaronen eine Entschädigung für ihren enteigneten Besitz zu zahlen. »... die haben sich doch lange genug gesund gestoßen«, mault er und sagt voraus, daß eine Abfindung der erste Schritt zur Restauration der alten Zustände sein werde.
Noch immer spricht er davon, nach Caracas zu gehen und in Venezuela als Arzt in einem Leprakrankenhaus zu arbeiten.
Rojo aber ist entschlossen, nach Guatemala zu fahren. Dort werde die radikale Revolution gemacht, behauptet er. – Die wahre, die echte, die wirkliche, die entschiedene, die große Revolution! Ein seltener exotischer Schmetterling, dem diese Jugend durch einen ganzen Kontinent nachjagt.

…etwas von einer Sonnenstadt

Zunächst einmal fahren sie mit dem Bus nach Peru. Dabei ereignet sich ein Vorfall, der bezeichnend ist für Guevaras überschwengliches Verlangen nach Brüderlichkeit. Als er und einige seiner Kameraden die Billets für den Lastwagen kaufen, der Indianer und deren Waren von und nach La Paz transportiert, fragt der Mann am Schalter wie üblich: »Wollen Sie Panagra fahren?«

Panagra ist die Abkürzung für Pan American Grace Airways, ein ironischer Slangausdruck für die etwas bequemeren und deswegen teueren Plätze im Führerhaus, die gewöhnlich von den wenigen weißen Fahrgästen eingenommen werden.

»Panagra?« fragt Ernesto. »Wir wollen mit einem Lastwagen nach Copacabana.«

»Schon recht«, antwortet der Mann, »aber doch Panagra-Klasse, nicht wahr?«

Doch Ernesto besteht darauf, hinten unter den Indios zu sitzen, die diese Geste gar nicht zu schätzen wissen und ihn als einen feindlichen Eindringling behandeln. Vergeblich bleibt jegliches Bemühen, diesen forschenden metallischen Augen auch nur ein Zeichen von Sympathie zu entlocken. Ab und zu öffnet einer der Indios den Mund, und ein Pestilenzhauch von zerkautem Coca weht vorbei.

Als der Lastwagen die Grenze von Peru erreicht, ist die Polizei mißtrauisch, weil Ernesto unter den Indianern sitzt. Auch findet sich im Gepäck der weißen Argentinier hauptsächlich bolivianische Propagandaliteratur. Die Grenzwachen argwöhnen, die jungen Männer hätten unterwegs den Indios mit Berichten von der Agrarreform im Nachbarland die Köpfe verdreht.

Am 11. September, in dem Dorf Yunguyo, jenseits der Grenze, werden Guevara und seine Freunde sehr direkt gefragt: »Seid ihr Agitatoren?«

»Das wäre schwierig«, antwortet Ernesto, »wir sprechen nämlich auch nicht ein Wort Aymará oder Quechua.«

Schließlich erhalten sie doch Geleitbriefe und fahren weiter bis Juliaca, um von dort nach Cuzco zu gelangen.

Guevara zieht es wieder nach Machu Picchu.

Diese Terrasse unter dem Steinturm und dem Himmel, hoch über der Schlucht, umgeistert von Dschungelfingern, hat für ihn etwas von einer Sonnenstadt. Es ist, als ließe sich da entdecken, wie die alte Integrität dieses Kontinents ausgesehen hat, auf welchen Prinzipien sie beruhte. Solchen Trost durch Erkenntnis hätte er nötig, angesichts des Ekels, der sich unter die Haut frißt wie ein tropischer Pilz.

Rojo und er verfehlen sich in Lima, treffen sich dann aber zufällig in dem Dorf Tumba, nahe der Grenze von Ecuador wieder.
Am 26. September 1953 reisen die beiden jungen Männer nach Ecuador ein. An der peruanischen Grenze weht der Wind der indianischen Rebellion. In Peru regiert rücksichtslos ein General, Manuel Odria. Um an die Macht zu kommen, war ihm jedes Mittel recht gewesen. Bei dem Massaker in der Stadt Arequipa ist das Blut von Hunderten von Menschen geflossen.
In Lima sitzt der Führer der APRA, Victor Raul Haya de la Torres, Kopf der Opposition, seit vier Jahren im Asyl in der kolumbianischen Botschaft. Durch die Straßen patroullieren Scharen von Polizisten. Gegen politische Demonstrationen läßt der General Panzer auffahren.
Die architektonische Fassade der Hauptstadt – die Kathedrale des Torre Tagle Palastes und die Universität von San Marcos – symbolisiert die einst von Spanien nach Amerika übertragene Herrschaft und Zivilisation Spaniens. Aber Lima scheint völlig isoliert vom Rest des Landes, in dem neun Millionen Menschen leben, von denen die Hälfte direkt von der indianischen Urbevölkerung abstammt.
Eine Million Landarbeiter schuftet auf den Gütern der Großgrundbesitzer, schindet sich, wird geschunden, damit eine aristokratische Minderheit, die mit den Bankiers, den Importeuren und den Kapital investierenden Ausländern verbündet ist, ihren feudal-luxuriösen Lebensstil weiter aufrecht erhalten kann.
Kriegsstimmung an der Grenze zwischen Peru und Ecuador. Beide Länder führen sich gegenseitig ihre letzten Neuheiten an Kriegsausrüstungen vor. Gestritten wird um ein paar Zipfel Land im Irgendwo. Das heizt die Nationalleidenschaft an, schürt Haß, lenkt von den wahren Problemen ab, hilft, die Anschaffung von Waffen, die Vergrößerung der Armee zu rechtfertigen.
Im Autobus über den Küstenweg, durch die von Nordwinden ausgedörrte und leergefegte Wüste.
Südamerika ist arm, ist elend.
Südamerika ist reich, könnte reich sein.
Überall, wohin man hier blickt, quillt unaufhörlich Erdöl aus dem Boden hervor.
Sie kommen nach Guayaquil. Der Ort liegt am Rio Guayas, 64 Kilometer von der Mündung des Flusses in den Ozean entfernt, kaum einen Meter über dem Meeresspiegel. Eine Stadt, die vom Dschungelgebüsch langsam aufgefressen wird. Das Wasser staut sich. Ein Brutherd, Nährboden

für die furchtbarsten Tropenkrankheiten: Sumpffieber, Wurmseuchen, Gelbfieber.
40 000 Menschen leben in halbverfaulten, von den Termiten zernagten Holzhäusern. Jeden Augenblick kann das riesige Holzdorf niederbrennen. Es ist Trockenzeit. Ständig bimmelt ein lächerliches Feuerwehrfahrzeug durch die Gassen.
Zu Rojo und Guevara stoßen drei weitere Argentinier, Studenten: Oscar Valdovinos, Gualo Garcia und Andro Herrero. Sie haben in der Zeitung gelesen, daß sich zwei argentinische Emigranten in der Stadt aufhalten. Man trifft sich an der Universität, stellt fest, daß die Finanzlage bei allen gleichermaßen miserabel aussieht. Man bleibt zusammen, mietet sich ein Holzhaus nahe am Hafen.
In dem Zimmer gibt es nur zwei Matratzen. Wer abends zuerst heimkommt, darf sie benutzen. Die anderen hüllen sich in ein Bettuch und legen sich auf den nackten Boden.
Manchmal schrickt einer durch das Rascheln einer Ratte oder das Knakken von Ungeziefer, das sich von der Decke herabstürzt, aus dem Schlaf hoch. Am Morgen, wenn die Hitze noch einigermaßen erträglich ist, schlendern die jungen Männer hinunter zum Fluß, sehen zu, wie die großen Bananenfrachter beladen werden, beobachten das Hin und Her der Fähren und Schlepper und das Eintreffen der aus dem Norden herabtreibenden Flöße.
Südamerika könnte reich sein!
In den Straßen drängeln sich zerlumpte, ausgemergelte Menschen, stunden-, tagelang in Apathie versunken, dann plötzlich zu einem Ausbruch der Leidenschaften hingerissen, der vergeht, verdampft wie der Regen unter der Mittagssonne.
»Ihre Energie«, so schreibt Rojo, »diente nur dazu, die kreolischen Demagogen emporzuheben, die sie dann, im Besitz der Macht, verrieten.«
Manchmal in den Nächten, wenn Ernesto, von Laken umflattert, auf den morschen Dielen ausgestreckt daliegt und nicht einschlafen kann, fragt er sich, wo all dieses Reisen hinaus soll.
Er spürt einen Anspruch hinter all den Bildern, Fakten und politischen Ereignissen, die er mitangesehen hat. Rückständigkeit, Machtgier, Ausbeutung, Gewalt, Revolutionen, gewiß. Hier eine Revolution, dort eine Revolte. Eigentlich sind es immer nur Putschs; Schläge, die ausgeteilt werden, um sich den Weg zur Macht freizuboxen, und wenn einer die Macht an sich gebracht hat, bereichert er sich genauso rücksichtslos wie sein Vorgänger.

Wie hat er zu Rojo gesagt, als sie Haya de la Torre in seinem diplomatischen Asyl in Lima besuchten und durch die umliegenden Straßen ständig Lastwagen voller Soldaten und Panzer patroullierten? Er sagte: »Warum fürchten sie ihn so? Er ist doch wie all die anderen. . .«
Etwas ändern könnte nur jemand, der nicht wäre wie die anderen.
Tags wird Ernesto immer schweigsamer. Immer häufiger fühlt er sich von dem Gefühl heimgesucht, nicht mehr viel Zeit zu haben, Zeit zu verschwenden, etwas tun zu müssen.
Reale Dinge nehmen für eine Weile sein Interesse vollständig in Anspruch. Die Finanzlage der Freunde ist prekär geworden. Wenn sie weiterreisen wollen (wohin auch immer!), müssen sie die wenigen Kleider, die sie noch besitzen, verkaufen. In armen Ländern verkauft man Kleider auf der Straße. Aber in Guayaquil können sie ihre Kleidungsstücke nicht loswerden, denn es sind Kleider für ein kühles Klima. Darum fährt einer der Freunde in die 2800 Meter hoch gelegene Hauptstadt Quito, um dort die abgetragenen Anzüge und, als Luxusstück von Rojo, einen in La Paz erstandenen Mantel aus Vigogne-Wolle zu verhökern.
Guevara gibt dem Reisenden alles mit, was er entbehren kann. Er behält lediglich ein Hemd, eine Hose und eine Sportjacke mit ausgebeulten Taschen, in denen er seine gesamte Habe, die nur aus einem Asthmaapparat und ein paar Bananen besteht, unterbringen kann.
Bei dem kolumbianischen Botschafter kommen sie um ein Touristenvisum nach Bogotá ein.
Aber in Kolumbien herrschen Unruhen. Ein General Pinilla hat das ultrakonservative Regime des Laureano Gomez gestürzt. In einer Talschaft haben angeblich 25 000 Bauernguerilleros eine Armee-Einheit eingeschlossen. Kapitulationsverhandlungen sind im Gange. Die Bauern verlangen, daß die Offiziere die schon vollzogene Besitznahme von Grundstücken anerkennen.
Der Botschafter meint, es nicht verantworten zu können, Fremde durch ein Gebiet ziehen zu lassen, in dem praktisch Kriegszustand herrscht. Der Plan einer Reise durch Kolumbien wird fallengelassen.
Rojo besinnt sich auf ein Empfehlungsschreiben, das ihm der chilenische Sozialistenführer Salvador Allende an einen sozialistischen Rechtsanwalt in Guayani mitgegeben hat.
Rojo und Guevara suchen den Mann auf. Er zeigt sich durchaus zu sozialistischer Solidarität gesonnen, als er die beiden abgerissenen Gestalten in seinem Büro vor sich sieht, ist aber dann doch etwas bestürzt, als er hört, daß er Mitfahrgelegenheiten für sechs Personen beschaffen soll.

Schließlich treibt er Fahrkarten für Frachter der United Fruit Company auf. Die einzige Bedingung ist, daß die Freunde nicht auf dem gleichen Schiff fahren, sondern sich auf mehrere, im Abstand von einigen Tagen auslaufende Dampfer verteilen müssen.
Ernesto überlegt, was er tun soll. Rojo sagt zu ihm: »Was willst du in Venezuela? Das ist ein Land, in das man reist, um Geld zu machen. Komm mit nach Guatemala. Dort wirst du endlich eine entschiedene sozialistische Revolution zu sehen bekommen.«
Der Plan geht dahin, daß sie sich in Panama treffen und dann gemeinsam nach Guatemala reisen wollen.
In Venezuela erhält Alberto Granados folgende lakonische Nachricht: »Petiso, ich gehe nach Guatemala. Ich schreibe später. Ernesto.«
Ironie des Schicksals: ausgerechnet jener Konzern, der ganz zu Recht zum Symbol des Yankee-Imperialismus in Mittel- und Südamerika geworden ist, bringt Guevara an den Schauplatz jener Ereignisse, angesichts derer der Anspruch, für sich selbst die Rolle des Revolutionärs und den Weg der Gewalt zu wählen, unabwendbar werden wird. Guatemala wird für Guevara zum Scheideweg. Er trifft dort nach einer neuen Odyssee durch Mittelamerika am Weihnachtsabend 1953 ein.
Unterwegs ist er in San José in Costa Rica zufällig Juan Bosch, dem späteren Präsidenten der Dominikanischen Republik begegnet, der über diese Zeit folgendes berichtet:
»Guevara sprach wenig. Er antwortete auf Fragen, aber sonst blieb er verschlossen. Er konnte stundenlang dasitzen und zuhören. Seine materielle Lage war übel, aber als ich ihm Hilfe anbot, lehnte er ab. Er schien unbefriedigt von allen politischen Lösungen, die sich um diese Zeit abzeichneten, und wenn man ihm gezielte Fragen stellte, kritisierte er alle Parteien, wollte aber niemals seinen eigenen Standort definieren. Nach allem jedoch, was ich aus seinen Antworten heraushörte, war er damals gewiß noch kein Kommunist.«
In San José, im Café de la Reforma, dem Treffpunkt der politischen Emigranten, begegnet Ernesto kubanischen Revolutionären der Castro-Gruppe. Sie erzählen wilde Geschichten von ihren Taten, von Massakern, Sprengstoffanschlägen und Straßenschlachten. Sie verdienen ihren Lebensunterhalt als Hausierer oder leben von Schecks, die ihnen Verwandte aus den USA oder aus Kuba zukommen lassen.
Ernesto hält auch ihnen gegenüber Distanz. Spöttisch begrüßt er sie einmal mit dem Zuruf: »Na, wie wär's mit einem neuen Cowboygarn von der Revolution?«

Nicht sie sind es, die aus einem jungen Mann, der Armenarzt werden will, einen entschlossenen Kämpfer der Revolution werden lassen. Das ergibt sich durch den politischen Anschauungsunterricht über die Machenschaften des amerikanischen Imperialismus, den Ernesto in Guatemala erhält.

»Seit dem März 1951 war hier der demokratisch gewählte, von der Mehrheit der Bevölkerung unterstützte Oberst Schweizer Herkunft, Jacobo Arbenz Guzman, Präsident. Er hat sein Amt aus den Händen seines Vorgängers Arevalo übernommen, dessen soziales Programm er weiterzuführen versprach.
Zu diesem Programm gehörte auch die Durchführung der Bodenreform, die dazu beitragen sollte, den Indios ihre geraubten Ländereien zurückzugeben und aus verproletarisierten landlosen Bauern wieder Besitzer ihres eigenen Bodens zu machen. Aber zu seinem Unglück wurde von seinem Bodenreform-Programm in erster Linie und einige Jahre zu früh die United Fruit Company betroffen, weil außer ihr im Guatemala des Jahres 1951 keiner nennenswerten Großgrundbesitz mehr besaß.
Die vom Gesetz vorgesehenen Enteignungen betrafen allerdings nur jene Landflächen der Gesellschaft, die nachweisbar brachlagen, weil die ›Frutera‹ aus Absatzgründen ihre Produktion längst gedrosselt hatte.
Nach mehreren von ihr finanzierten, aber erfolglos gebliebenen Putschversuchen zog die Propagandaabteilung der Gesellschaft, vom US-Außenministerium unter dem ehemaligen Syndikus der ›United Fruit‹, John Foster Dulles, tatkräftig unterstützt, zunächst alle Register der publizistischen Kampagne. Sie veranlaßte seitenlange Artikel in nordamerikanischen Zeitungen, in denen nachgewiesen wurde, daß die amtierende Regierung Arbenz aus Kommunisten bestehe und die Absicht habe, aus Guatemala einen Satelliten Moskaus zu machen.
Gleichzeitig schickte das State Department 1953 John E. Peurifoy als Botschafter nach Guatemala, einen als ›Schreckdiplomat‹ bekannten Spezialisten für ferngelenkte Umstürze, der weit eher ein Haudegen als ein Diplomat war. Er und die Propagandaabteilung der ›Frutera‹ bereiteten dann in schöner Gemeinschaftsarbeit vor, was bis heute als klassisches Beispiel nordamerikanischer Einmischung in die inneren Angelegenheiten eines lateinamerikanischen Staates gilt und ebenfalls bis heute zur Anti-Yankee-Gesinnung des ganzen südlichen Kontinents geführt hat.
Mit Unterstützung des CIA, des US-Geheimdienstes, belieferte sie den Außenminister mit immer neuen, heute als falsch bekannten ›Dokumenten‹, mit deren Hilfe sich Dulles von Präsident Eisenhower freie Hand für jenes Spiel in Guatemala beschaffte, das alle Merkmale eines Gangsterstücks zeigt.
Die ›Frutera‹ kaufte sich einen unzufriedenen Offizier namens Castillo Armas. Das Außenministerium unter Foster Dulles lieferte Waffen nach Honduras

und Nicaragua, wo sie bis zum Tage X gelagert wurden. Der CIA unter Allen Dulles, dem Bruder des Außenministers, übernahm die Aufstellung und Ausbildung eines Söldnerheeres für Castillo Armas, dem unter anderen auch ehemalige deutsche SS-Leute angehörten, die aus der französischen Fremdenlegion desertiert waren und hier eine neue, für sie wie nach Maß geschneiderte Aufgabe fanden.
Die Vorbereitungen blieben nicht geheim. Wohl versuchte die Regierung Arbenz Waffen für ihre schlecht ausgerüstete Armee zu kaufen, aber alle Verbündeten der USA, auch die europäischen Regierungen, lehnten die Lieferung ab.
Arbenz, der den Einmarsch der in den Nachbarländern einsatzbereit wartenden Truppen von Castillo Armas täglich erwarten mußte, geriet in Panik, weil alle unter der Kontrolle der United Fruit Company stehenden Staaten Zentralamerikas die diplomatischen Beziehungen zu Guatemala abbrachen, und wandte sich in letzter Verzweiflung an Moskau, das ihm auch sofort Waffen (gegen Barzahlung!) verkaufte.
Das Eintreffen des russischen Frachters ›Alphem‹ in Guatemala war das verabredete Zeichen für die Rebellen, deren Anführer das Schiff für einen russischen Truppentransporter mit Raketenbestückung erklärten, was beweise, daß die Sowjetunion in Guatemala eine Militärbasis errichten wolle.
Am Fronleichnamstag, dem 17. Juni 1954, überschritten zwei Rebellenarmeen die Grenze Guatemalas. Zur gleichen Zeit versuchten Kriegsschiffe ›unbekannter Nationalität‹ vergeblich in den Hafen von Puerto Barrios einzudringen. Die Rebellen verfügten – im Gegensatz zur Regierung – über Düsenjäger, deren Piloten fast ausschließlich Nordamerikaner waren.
Zehn Tage später erschien US-Botschafter Peurifoy – entgegen allen diplomatischen Gepflogenheiten mit einem entsicherten Colt im Gürtelhalfter – im Präsidentenpalais und forderte Arbenz auf, sofort zurückzutreten, damit die unhaltbaren anarchistischen und undemokratischen Zustände im Land aufhörten. Der Präsident, einer solchen Dialektik nicht gewachsen, verließ das Amt, ging zu Fuß zur mexikanischen Botschaft und bat um Asyl, das ihm gewährt wurde.
Castillo Armas marschierte in Ciudad Guatemala ein, ernannte sich selbst zum Präsidenten, gab der United Fruit Company alle Rechte zurück, hob das Gesetz zur Bodenreform und alle anderen unter Arevalo und Arbenz erarbeiteten Sozialgesetze auf und übernahm die Macht im Staat, der fortan wieder ein Staat von Gnaden der United Fruit Company war.«

Ernesto hält sich nach dem Sturz von Arbenz noch zwei Monate in der argentinischen Botschaft auf. Er arbeitet dort als Küchenhilfe, analysiert für sich die Gründe für das Scheitern des sozialistischen Experiments in Guatemala.

»Das Volk hätte bewaffnet werden müssen. Das Volk hätte kämpfen müssen«, sagt er zu seinen Kameraden.
Hilda Gadea, eine Peruanerin, die damals in Guatemala im Exil lebt und nicht viel später, nach der Flucht nach Mexiko, seine Frau wird, erzählt über seine Haltung in den Tagen der von den USA gesteuerten Invasion: »Er verlangt, an die Front geschickt zu werden, um zu kämpfen. Aber keiner hört ihn an. Er geht zu den Gruppen, die die Stadt verteidigen, wenn es Bombardierungen gibt. Um etwas zu tun, transportiert er Waffen von einer Seite der Stadt zur anderen.«
Über die eigene Existenz zieht Guevara Bilanz: »Durch besondere Umstände und vielleicht auch wegen meines Charakters begann ich durch ganz Amerika zu reisen, und ich lernte es ganz kennen . . . durch die Umstände, unter denen ich gereist bin, kam ich in engen Kontakt mit dem Elend, mit dem Hunger, mit den Krankheiten, mit der Unmöglichkeit, einen Sohn zu heilen aus Mangel an Mitteln, mit der Entmenschung, die der Hunger und die ständigen Strafen hervorrufen . . . und ich begann zu sehen, daß es Aufgaben gibt, die genau so wichtig sind, wie die, ein berühmter Forscher zu sein oder einen Beitrag zur Wissenschaft der Medizin zu leisten: nämlich, diesen Menschen zu helfen.
Ich hatte begonnen, mir einige Notizen zu machen, um die Haltung eines revolutionären Arztes zu normen. Ich begann, nach dem zu forschen, was nötig ist, um ein revolutionärer Arzt zu sein. Da kam die Aggression, die die United Fruit, das State Department, Foster Dulles – was in Wirklichkeit das gleiche ist – auslösten. Um ein revolutionärer Arzt zu sein, ist das erste, was man machen muß, die Revolution.«
Hilda hat man ins Gefängnis geworfen. Sie ist in Hungerstreik getreten, wird entlassen und flieht, einen Grenzfluß bei Nacht durchschwimmend, nach Mexiko.
In der argentinischen Botschaft in Guatemala City findet eine »Aussonderung« statt. Ernesto wird in die Gruppe der Kommunisten eingestuft. Er widerspricht nicht. Perón, immer noch Präsident in Argentinien, schickt Transportflugzeuge, um jene Männer, denen in der Botschaft Asyl gewährt worden ist, nach Buenos Aires bringen zu lassen. Ernesto weigert sich, den Flug anzutreten. Er kann Guatemala auf dem Landweg nach Mexiko verlassen. Er nimmt im September 1954 den Zug nach Tapachula.
Unterwegs trifft er einen jungen Guatemalteken, Julio Roberto Caceres Valles, ein unscheinbarer, etwas schüchterner, kleingewachsener junger Mann, weshalb ihn Ernesto und seine Freunde später »El Patojo«, den

Kurzbeinigen, nennen. Sie freunden sich an. Sie sind sich in ihrem Bewußtsein recht ähnlich. Sie verachten das Geschwätz über die Revolution. Handeln muß man! Das Handeln muß mit den Erfahrungen übereinstimmen. Es nützt nichts, stundenlang, tagelang die schönsten Theorien zu diskutieren, man muß sie leben. Gewiß, der einzelne ist schwach. Was kann er ausrichten gegen ganze Nationen und Wirtschaftsgruppen? Er kann ein Vorbild geben. Er kann sein bürgerliches Leben opfern, Familie, Wohlstand, wissenschaftliche Interessen, Bequemlichkeit, wenn nicht anders – seine eigene Haut, seinen Körper. So muß man leben, wenn man sich einen Rest Würde erhalten will. Das heißt: revolutionär zu sein.
Vorerst führt die innere Verwandtschaft der beiden Flüchtlinge dazu, daß sie sich in Mexiko City gemeinsam in ein groteskes Geschäftsunternehmen einlassen. Sie betätigen sich als Straßenfotografen. Der Job ist illegal; denn sie besitzen keine Lizenz, und beide »Unternehmer« halten sich ohne gültiges Visum in Mexiko auf.
Für ein paar Monate – ein Bohemeleben: Hilda, Patojo und Ernesto hausen gemeinsam in einem winzigen Zimmer. Hilda führt ihnen den Haushalt. Mit zur Familie gehört auch noch ein Mexikaner, der eine Dunkelkammer besitzt, in der sie ihre Filme entwickeln.
Sie lernen Fidel Castros Bruder Raúl kennen, der bei der Hochzeit von Ernesto und Hilda im Mai 1955 als Trauzeuge fungiert.
Mit Patojo liest und diskutiert Guevara die Schriften von Marx und Lenin. Um sich politische Literatur kaufen zu können, verzichten sie mehr als einmal auf das Essen. Der Kontakt zu Raúl Castro wird enger. Er leitet, bis zu Fidels Entlassung aus dem Gefängnis in Kuba und seinem Eintreffen in Mexiko City, alle im Untergrund anlaufenden Vorbereitungen zu einem Befreiungskrieg auf Kuba.
Dann, am 9. Juli 1955, dem argentinischen Nationalfeiertag, trifft Castro in Mexiko ein. Im Haus der Kubanerin Maria Antonia Gonzales in der Emparánstraße 49 begegnen sich Ernesto und Fidel. Sie reden eine lange Nacht miteinander. Am Morgen ist Guevara der Arzt der geplanten Expedition zur Befreiung Kubas.
»Mein erster Eindruck von Fidel? Ein ungewöhnlicher Mensch. Er suchte und löste Probleme, die unmöglich zu lösen schienen. Er hatte einen unerschütterlichen Glauben, daß, hätten wir erst einmal Mexiko verlassen und seien in Kuba an Land gegangen, wir kämpfen würden, und in diesem Kampf gab es nur Sieg. Ich teilte seinen Optimismus. Es war unausweichlich, endlich etwas zu tun. Es war unausweichlich, mit dem Jammern aufzuhören und mit dem Kampf zu beginnen.«

Steckbrief: Fidel

Fidel Castro, geboren am 13. August 1926. Vater: Angel Castro, stammt aus der Provinz Galicia in Nordwest-Spanien, ist als Soldat im Spanisch-Amerikanischen Krieg nach Kuba gekommen. Arbeitet als Angestellter für die Eisenbahn der United Fruit Company und als Tagelöhner. Abneigung gegen die »Monster aus dem Norden«, die Nordamerikaner. Spart Geld, vergrößert stetig seinen Landbesitz (nicht immer mit ganz sauberen Mitteln), lebt in der Nähe von Mayari, einer Kleinstadt an der Bucht von Nipe. Die Gegend steht völlig unter dem Einfluß der amerikanischen United Fruit Company.
Angel Castros Hacienda hat schließlich die ansehnliche Größe von 10000 acres. 500 Menschen arbeiten dort. Er baut Zuckerrohr an, etwas Mais, hält Vieh für den eigenen Bedarf.
Angel Castro heiratet zweimal, in erster Ehe eine Volksschullehrerin, mit der er zwei Söhne, Pedro und Emilio, und eine Tochter hat. Seine spätere zweite Frau, Lina Ruz Gonzales, ein Mädchen aus Pinar del Rio, kommt während des Zuckerrohrbooms im Ersten Weltkrieg in diese Gegend und wird zunächst Köchin in Angels Haushalt. Später seine Geliebte, bringt sie fünf Kinder (Angels erste Frau lebt noch) zur Welt: Ramón, Fidel, Juana, Emma und Raúl.
(Hugh Thomas schreibt: »Es hat den Anschein, als habe Angel Castro Zeit seines Lebens nie an einer Frau genug gehabt!«)
Ein eigensinniger, jähzorniger, hart arbeitender, herrischer Neureicher.
Auch Castros Mutter liebt Geld und Besitz.
1930 stellt sich für Angel die Frage, welche Schulbildung er seinen Kindern aus der zweiten Nichtehe zukommen lassen soll. Er will Castro im La Salle College in Santiago de Cuba anmelden. Die Marianischen Brüder, bei denen viele Jungen aus den reichen Familien der Oriente-Provinz erzogen werden, bestehen auf Tauf- und Kommunionszeugnissen, wie auch auf einer legalen Eheschließung zwischen Angel (dessen erste Frau inzwischen gestorben ist) und Lina. Durch Beziehungen zum Bischof von Camaguey, einem alten Freund und Landsmann von Angel, lassen sich diese Bedingungen ohne größere Schwierigkeiten erfüllen.
Fidel und später auch Raúl besuchen das La Salle College, wechseln auf das Colegio Dolores in Santiago und später nach Belen, auf die berühmte Jesuitenschule in Havanna, über.
Der Erziehungsstil der Jesuiten macht auf Castro starken Eindruck. Er zeichnet sich als Debattenredner und Sportler aus. Man sagt von ihm, er

habe ein ausgezeichnetes Gedächtnis. 1943/44 wird er der beste Allround-Schulsportler Kubas.
Hat in seiner Knabenzeit sehr unterschiedliche Helden und Vorbilder: Lenin, Hitler, José Antonio Primo de Rivera (der Gründer der spanischen Falange!), Mussolini und Perón. Er kennt die Reden José Antonios auswendig, liest *Mein Kampf* und Lenins *Was tun?*, verfaßt 1940 einen Brief an den amerikanischen Präsidenten Roosevelt, in dem er diesem zu seinem Wahlsieg gratuliert und um 20 Dollar bittet. (Das State Department dankt, bedauert aber, kein Geld schicken zu können.)
Sein Bruder Raúl erzählt: »Es gelang ihm immer alles. Beim Sport wie beim Studium. Jeden Tag prügelte er sich. Er hatte ein explosives Naturell. Er forderte die Stärksten heraus, und wenn er geschlagen wurde, schlug er sich am nächsten Tag wieder mit ihnen. Er gab nie auf.«
Es ist ehrgeizig, hat viel gelesen. Gegenüber seiner Familie verhält er sich aufsässig. Mit 13 Jahren versucht er einen Streik der Zuckerrohrarbeiter gegen seinen Vater anzuzetteln. Als er 18 Jahre alt ist, gibt es wieder ständig Streit mit dem Alten. Er sagt seinem Vater: »Du bist einer von denen, die ihre Macht nur dazu mißbrauchen, andere auszubeuten.« Trotzdem unterstützt ihn der Vater weiter mit Geld. In seiner Kindheit und Jugend wird er ganz und gar vom Lebensstil der Oriente-Provinz geprägt (die manche den »Wilden Westen Kubas« nennen), wo ein Mensch, wenn er sich durchsetzen will, bereit sein muß, seine Fäuste zu gebrauchen, zu schießen.

Die Insel war eine spanische Kolonie, auf die es die USA schon früh abgesehen haben. Beispielsweise erklärt der US-Senator Stephen A. Douglas 1858 in einer Rede in New Orleans: »Es ist uns bestimmt, Kuba zu besitzen, und es ist völlig überflüssig, darüber noch zu debattieren. Die Insel gehört ganz natürlich zum amerikanischen Kontinent.«
1860, erste Aufstände gegen die spanische Kolonialmacht. 1880 erringen die Sklaven auf der Insel die Freiheit. 1895 bricht der große Aufstand gegen Spanien los.
Der geistige Vater der Rebellion ist ein Dichter: José Martí. 1853 in Havanna geboren, schon als 16jähriger zu einer Zuchthausstrafe verurteilt, weil er gegen die spanische Kolonialmacht protestiert hat, zur Zwangsarbeit in einen Steinbruch verschickt, wo er sich seine Gesundheit ruiniert, dann nach Spanien abgeschoben, unentwegt polemisierend, werbend für die Selbständigkeit und Unabhängigkeit seines Volkes. Eine Figur, an der sich romantische Phantasie entzünden kann, aber auch ein origineller politischer Denker. »Radikal sein heißt, ein Ding an der Wurzel packen.« Reisen als Emigrant durch

Südamerika. Aufenthalt in New York, wo er sich als Korrespondent für verschiedene lateinamerikanische Blätter durchschlägt.
Er stellt die Frage: »Welche der beiden Seelen in dieser nordamerikanischen Zivilisation wird letztlich über die andere siegen: die puritanische, die im Bekenntnis zu den Menschenrechten ihren Ausdruck fand, oder die karthagische, die auf Raub, Eroberung und schmutzigen Profit gerichtet ist?«
Martí erkennt als einer der ersten die Problematik der Dritten Welt. Für sein Land verlangt er:
»Es geht mir nicht um den bloßen Umsturz, sondern um die Errichtung eines guten, gesunden und gerechten sozialen Systems, das heißt ohne politische Demagogie und ohne autoritäre Arroganz. Wir dürfen nicht vergessen, daß großes Leid auch ein großes Bedürfnis nach Gerechtigkeit erzeugt, daß Vorurteile unter den Menschen und die soziale Ungerechtigkeit auf die Dauer vor dem Prinzip der Gleichheit nicht bestehen können, nach dem die Natur den Menschen geschaffen hat.«
Und: »Der Schwache sollte unserer künftigen Gesellschaft ebenso heilig sein, wie es der Wahnsinnige der griechischen Antike war.«
Im Frühjahr 1885 gelingt es Martí, nach Kuba zurückzukehren, um den entscheidenden Kampf aufzunehmen. Aber wenige Tage nach seiner Landung fällt er in der Schlacht von Dos Rios, einem der ersten Gefechte des kubanischen Unabhängigkeitskrieges.
Unter seinen wenigen Habseligkeiten findet man einen Brief an einen Freund in Mexiko, in dem es heißt:
»Ich bin jetzt täglich in Gefahr, mein Leben für mein Land und meine Pflicht zu geben – so wie ich sie verstehe und wie ich sie mit all meinen Kräften zu erfüllen suche: noch rechtzeitig zu verhindern, daß die Vereinigten Staaten unter dem Vorwand, Kuba zu befreien, sich bis zu den Antillen ausdehnen, um von diesem Sprungbrett aus unser Amerika zu überrennen. Alles, was ich bis zu diesem Tag getan habe und noch tun werde, dient allein diesem Ziel ... ich habe im Inneren des Monstrums gelebt. Ich kenne seine Eingeweide. Doch meine Waffe ist Davids Schleuder.«
(Castro hat seinen Martí studiert, sich an ihm orientiert.)
Bei Ausbruch des Unabhängigkeitskampfes gegen Ende des 19. Jahrhunderts entsenden die Spanier 200 000 Soldaten nach Kuba (unter ihnen auch Fidels Vater), um die 25 000 Patrioten, die sich aufgelehnt haben, wieder unter ihre Knute zu bringen. Die Soldateska führt sich so blutrünstig auf, daß die ganze Welt Mordio schreit.
Jetzt tritt genau das ein, was der tote Martí befürchtet hat. Die USA intervenieren. Der Zufall will es, daß eben in diesen Tagen auch noch der amerikanische Kreuzer »Maine« im Hafen von Havanna in die Luft fliegt.
Das amerikanische Eingreifen reiht sich ganz natürlich ein in jenen »splendid little war« – den herrlichen kleinen Krieg –, den die Yankees führen und nach dem ihnen die Philippinen, Puerto Rico und Kuba zufallen.

Erst 1902 verlassen die amerikanischen Truppen die Insel wieder. Zuvor ist ein Vertrag abgeschlossen worden, der den USA im Golf von Guatemala einen Marinestützpunkt sichert. Zum Preis dieses Truppenabzugs gehört außerdem noch das sogenannte »Platt-Amendment«, ein Vertragszusatz, nach dem die USA das Recht haben, wann immer sie es für richtig halten, in die inneren Angelegenheiten Kubas einzugreifen, um den Besitz und das Leben amerikanischer Bürger zu schützen.
Dazu ein moderner amerikanischer Politologe:
»Die Vereinigten Staaten besaßen den Schlüssel zum kubanischen Haus, sie traten ein, wann immer sie wollten, und die kubanischen Regierungen, die sie unterstützten, hatten – das lag in der Natur der Sache – von Leuten geführt zu werden, auf die sich Washington verlassen konnte.«
Imperialismus unter dem Tarnmantel der Sorge um Ruhe und Ordnung.
Es folgt ein Reigen von Gangsterpräsidenten: Alfredo Zayas, mit dem Beinamen »der Pesetendieb«. Er nahm ganz offen mit der amerikanischen Unterwelt Verbindung auf, schlug alle Rekorde an Korruption. Washington schloß die Augen und fuhr fort, ihn zu unterstützen.
General Gerardo Machado, Mustertyp eines karibischen Diktators. Als 1933 sich das Volk gegen den brutalen General erhebt, hilft Präsident Roosevelt, »der gute Nachbar«, Machado aus dem Wespennest und setzt eine provisorische Regierung ein.
Schließlich: Fulencio Batista, Sohn aus armer Familie (der Bruder ist an Unterernährung und Tuberkulose gestorben). Er bringt es zum Unteroffizier, gründet im Unteroffizierskorps eine mächtige politische Organisation. Über sieben Jahre hin begnügt sich der rundliche kleine Wachtmeister damit, Präsidenten ein- und abzusetzen, indem er hinter den Kulissen alle Fäden zieht. Als er in wirtschaftliche Schwierigkeiten gerät, erhält Batista Anleihen der American Export-Import Bank. Um im Inneren Ruhe und Ordnung aufrecht zu erhalten, organisiert er die stärkste, bestbezahlteste und bestgenährteste Söldnerarmee, die es je auf Kuba gegeben hat.
1940 ernennt er sich selbst zum Oberst, stellt sich als Präsidentschaftskandidat auf und geht aus den Wahlen selbstverständlich als Sieger hervor. Vier Jahre später zieht er sich (vorübergehend) nach Miami zurück, um dort das süße Leben im Stil eines Multimillionärs zu führen, der er nun in der Tat ist.
Warum diese Gangsterregierungen?
Das System der wirtschaftlichen Abhängigkeit Kubas von den USA oder der Bereicherung der großen amerikanischen Konzerne auf Kosten der Masse des kubanischen Volkes soll aufrechterhalten werden.
Zucker war und ist das Hauptprodukt der kubanischen Wirtschaft. Um die Jahrhundertwende, nach dem Unabhängigkeitskrieg, lag die Zuckerproduktion auf Kuba darnieder. 1901 kauft die United Fruit Company eine riesige Fläche von über 170 000 Morgen Zuckerrohrland. Andere amerikanische Konzerne folgen.

Die Gesellschaften setzen im amerikanischen Kongreß ein Gesetz durch, das Importen aus Kuba eine Zollerleichterung von 20 % und amerikanischen Exporten nach Kuba eine solche zwischen 20 und 40 % verschafft. Die amerikanischen Raffinerien erhalten so den billigsten Rohzucker, den es auf der Welt gibt. Die kubanischen Großgrundbesitzer und die amerikanischen Zuckerproduzenten auf Kuba können ihren Ausstoß erhöhen. Während des Ersten Weltkriegs wird Zucker auf der ganzen Welt knapp. Der Zuckerpreis klettert auf ungeahnte Höhen. Von 5,5 Cent pro Pfund steigt er bis zum Mai 1920 auf 22,5 Cent, um dann bis zum 13. Dezember auf 3,75 Cent zu stürzen. Bei diesem Tanz des Zuckerpreises verlieren zahlreiche nationale Zuckerproduzenten und Banken auf Kuba viel Geld. Amerikanische Banken und Konzerne springen ein. Die amerikanische Herrschaft festigt sich. Das setzt sich fort. In den 50er Jahren heißt es in einem Bericht des US-Handelsministeriums: »Die einzigen ausländischen Investitionen von Bedeutung auf Kuba sind die der USA. Die amerikanische Beteiligung an der Telefon- und Elektrizitätsversorgung übersteigt 90 %, sie beträgt etwa 50 % bei den Eisenbahnbetrieben und ungefähr 40 % in der Rohrzuckerproduktion. Kubanischen Zweigen amerikanischer Banken sind etwa ein viertel aller Einlagen anvertraut.«
Das heißt: die Wirtschaft Kubas gehört praktisch den USA. Aus all diesem Besitz ziehen die amerikanischen Konzerne und einige inländische Großgrundbesitzer hohe Gewinne, die aber ins Ausland abfließen, während die Mehrzahl der Kubaner arm bleibt.
Während das Durchschnittseinkommen im ärmsten Bundesstaat der USA (Mississippi) in den Jahren zwischen 1950 und 1954 bei 829 Dollar, im reichsten aber bei 2279 Dollar liegt, beträgt es in Kuba 312 Dollar.
Durch die Armut und Rückständigkeit ist vor allem der Gesundheitszustand der Landbevölkerung katastrophal. Ray Brennan, ein amerikanischer Journalist aus Chicago, berichtet:
»Parasiten wachsen und vermehren sich im Körper der kleinen Kinder. Einige dieser Würmer von der Größe eines gewöhnlichen Bleistifts sammeln sich zu Klumpen und Knäueln, verstopfen das Verdauungssystem, verhindern den Stuhlgang und verursachen so einen grauenvollen Tod. Oft kommen solche Parasiten über die Füße in den Körper der Kinder, die barfuß über infizierten Boden laufen. Wenn so ein Kind gestorben ist, gleiten die Würmer aus Mund und Nase, auf der Suche nach einem lebenden Organismus, von dem sie sich nähren können. Was aber wurde all die Jahre dagegen getan? Nichts.«
Die Elendsstatistik läßt sich auf anderen Gebieten fortsetzen. Nur 35,1 % aller Kinder im schulpflichtigen Alter besuchen eine Schule (1949). Von 180 370 Kindern, die in der ersten Klasse beginnen, beenden nur 4852 die achte Klasse (1950). Jeder vierte Kubaner kann 1953 weder lesen noch schreiben. Jeder vierte Kubaner ist arbeitslos.
Von den zum Teil riesigen, meist guten, selten geringen Profiten der großen Gesellschaften im Zuckergeschäft wird nichts, aber auch gar nichts für die

Wohlfahrt des kubanischen Volkes ausgegeben. Die selbständigen kleineren Farmen werden nach und nach von den großen Konzernen aufgekauft.
Gesellschaften erwerben ganze Provinzen, holzen, bei entsprechender Konjunkturlage, gewaltige Waldgebiete ab, um mehr Land für Zuckerrohrfelder frei zu bekommen.
Die Konzentration auf den Zuckerrohranbau bindet Kuba vollständig an die USA, seinen Hauptabnehmer.
1883 hat Marti gewarnt: »Ein Volk begeht Selbstmord an dem Tag, an dem es seine Existenz auf einem einzigen Produkt aufbaut.«
Gewiß geben die USA von Zeit zu Zeit den kubanischen Präsidenten Anleihen. Viel von dem Geld verschwindet durch Korruption. Große Summen werden für die Ausrüstung der Armee ausgegeben, die stark sein muß, um das System der Ausbeutung aufrecht zu erhalten.

Das Kuba, in dem Fidel Castro aufwächst, ist in Wahrheit eine Kolonie der USA.
Im Oktober 1945 beginnt Fidel sein Studium an der Universität Havanna. Sein Vater schenkt ihm ein Auto. Der junge Mann stürzt sich sofort in die Studentenpolitik.
Er studiert Jura, aber ohne Neigung. Später erzählt er: »Ich frage mich, warum ich eigentlich Jura studiert habe. Ich weiß es nicht, wahrscheinlich

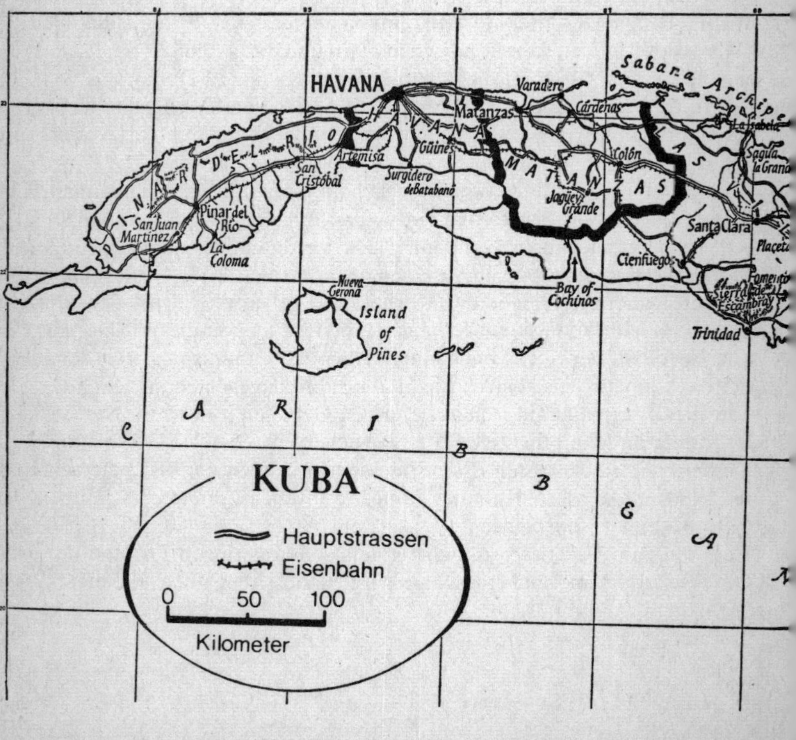

vor allem deswegen, weil manche Leute sagten: Er redet gut, also muß er Rechtsanwalt werden. Weil es mir Spaß machte, zu debattieren und zu diskutieren, redete man mir ein, ich hätte Talent zum Rechtsanwalt.«

Er ist ein Student, der nie Vorlesungen besucht, nie ein Buch aufschlägt, außer kurz vor dem Examen. Später wird er bedauern, nicht ein anderes Fach belegt zu haben.

Studentenpolitik in Kuba verläuft in wesentlich anderen Bahnen als beispielsweise in Europa oder in den USA. Manche Gruppen gleichen Gangsterbanden, die von Politikern der großen Politik angestiftet werden, Rivalen zu beseitigen. Wahlen an der Universität Havanna werden nicht selten durch Faustkämpfe, Schießereien und Entführungen entschieden.

Im Sommer 1947 plant eine Studentengruppe, der Fidel angehört, eine Invasion der Dominikanischen Republik. Im letzten Augenblick wird das Unternehmen abgeblasen. Die Mehrzahl der Beteiligten wandert ins Gefängnis. Fidel entkommt. Er schwimmt, mit einer Maschinenpistole behängt, über die Bucht von Nipe. Haie schnappen nach ihm, aber er erreicht sicher die Hacienda seines Vaters.

Ähnliche Abenteuer sind häufig.

In Bogotá, Kolumbien, findet eine Panamerikanische Konferenz statt.

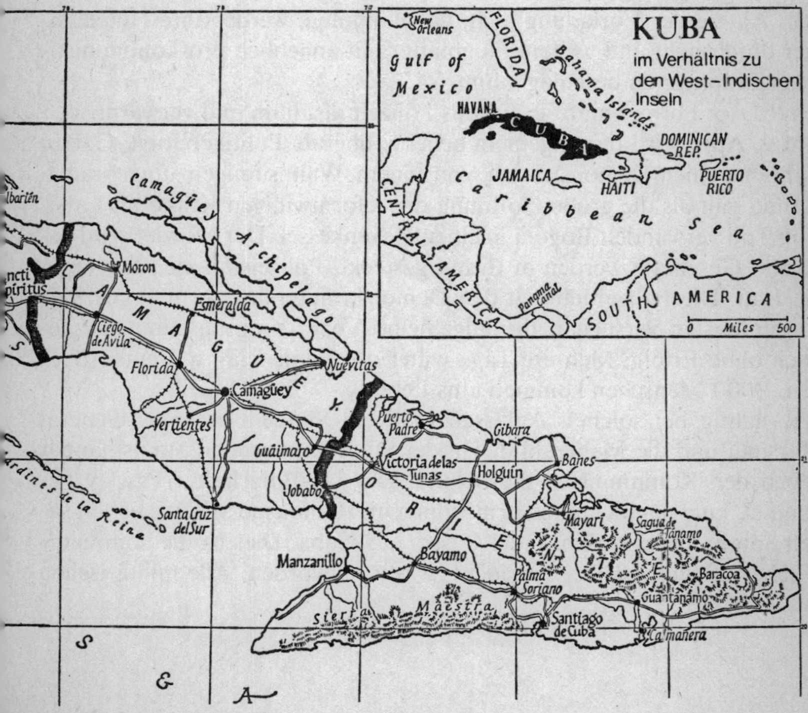

Die Organisation der Union Amerikanischer Staaten soll bei dieser Gelegenheit reformiert werden. General Marshall vertritt die USA. Alle anderen amerikanischen Staaten sind durch ihre Außenminister vertreten. Kubanische und argentinische Studenten planen eine Protestdemonstration. Das Reisegeld zahlt Perón, der dem zunehmenden Einfluß der USA in Lateinamerika gegensteuern will.
Aus Kuba sind der Sekretär einer Studentenunion, ein kommunistischer Studentenführer, Castro als Vertreter der Jura-Studenten und der Kubano-Amerikaner Rafael del Pino eingeladen. Sie wollen außerdem in Bogotá die Gründung einer Interamerikanischen-Studenten-Organisation versuchen. Kommunisten und Peronisten in ganz Südamerika arbeiten bei diesem Plan zusammen.
Am 29. März 1949 treffen Castro und del Pino in Bogotá ein. Während der nächsten Woche verhandeln sie mit den anderen Delegationen.
Am 3. April beginnt das panamerikanische Treffen der Staatsmänner mit einer öffentlichen Zeremonie im Teatro Colono, bei der außer den Außenministern die Prominenz Kolumbiens anwesend ist. Die Studenten werfen von den Balkonen Tausende von Flugblättern hinunter, auf denen gegen den US-Kolonialismus protestiert wird.
Zwei Tage später müssen sich Castro und del Pino auf der Polizei melden. Als sie der Vorladung nicht nachkommen, werden ihre Hotelzimmer durchsucht und weitere Flugblätter mit angeblich pro-kommunistischer Propaganda beschlagnahmt.
Am 6. April bringt man sie auf das Polizeipräsidium und verwarnt sie.
Am 9. April wird der allgemein beliebte liberale Politiker Jorge Gaitan während einer Demonstration von einem Wahnsinnigen umgebracht. Gaitan galt als die große Hoffnung der reformwilligen Kräfte im Land. Sein Tod verwandelt Bogotá in einen Hexenkessel. Der Mörder wird gelyncht. Geschäfte werden in Brand gesteckt. Polizeistationen fliegen in die Luft. Die Polizei händigt den Demonstranten ihre Waffen aus. Die Kommunisten versuchen, die allgemeine Verwirrung auszunutzen. Jedoch ohne Erfolg. Mehrere Tage wütet die »violencia« wie ein Erdbeben. 3000 Menschen kommen ums Leben.
Wie häufig bei solchen Anlässen muß ein Sündenbock her. General Marshall und die Mehrzahl der in der Stadt anwesenden Staatsmänner geben den Kommunisten die Schuld. Der US-Botschafter Pawley behauptet, kurz nach Gaitans Ermordung im Radio eine Stimme haben sagen hören: »Hier spricht Fidel Castro aus Kuba. Dies ist die kommunistische Revolution! Der Präsident ist getötet worden. Alle militärischen

Einrichtungen in Kolumbien sind in unserer Hand. Die Marine hat sich uns ergeben. Diese Revolution ist ein voller Erfolg.«
Der kolumbianische Polizeichef behauptet, Castro und del Pino hätten als kommunistische Agenten fungiert. Sie seien mit der Absicht nach Bogotá gekommen, Unruhen zu inszenieren, und Castro habe in diesen Tagen 32 Menschen getötet.
Am 13. April werden Castro und del Pino vom argentinischen Gesandtschaftssekretär auf die kubanische Botschaft gebracht und später per Flugzeug nach Havanna zurückgeschickt.
Die Ereignisse machen auf Castro einen tiefen Eindruck. Er meint später, Gaitan, den er am Tag des Mordanschlags hatte treffen wollen, sei leider der falsche Mann gewesen, sonst hätten die Massen den Sieg errungen.
Nach seiner Rückkehr aus Kolumbien scheint Castro ein recht konventionelles Leben zu beginnen. Er heiratet, 22jährig, ein Mädchen aus einer konservativen Familie, die über diese Verbindung entsetzt ist. Er tritt der Ortodoxo-Partei bei. Er graduiert zum Doktor der Rechte.
Seine politische Überzeugung?
Auf der Universität ist er, wenngleich ziemlich oberflächlich, von den Gedanken der lateinamerikanischen Nationalisten und vom Marxismus beeinflußt worden. Aber es ist nicht vorwiegend Marx, sondern es sind vielmehr die Chronisten der französischen Revolution, Macchiavelli und Malapartes *Technik des Coup d' Etat* und vor allem Martís Schriften, an denen er sich orientiert.
Er ist immer noch vor allem an Politik interessiert. Obwohl er in eine Anwaltsfirma eingetreten ist, kann von einer Karriere in diesem Beruf keine Rede sein. Seine wenigen Klienten sind meist mittellose Leute. Nur einer seiner Fälle erregt öffentliche Aufmerksamkeit.
Bei einer Studentendemonstration, mit der gegen die Erhöhung der Fahrpreise in den öffentlichen Verkehrsmitteln protestiert wird, erschießt ein Polizeioffizier einen jungen Arbeiter. Castro übernimmt freiwillig das Amt des Anklägers.
Er ist ständig verschuldet. In der Partei der Ortodoxos betrachtet man ihn mit Mißtrauen. Er gilt als zu links.
Dann kommt der Tag, an dem Batista mit einem Staatsstreich vor einer Wahl, von der er weiß, daß er sie nicht gewinnen kann, die Macht an sich reißt.
An diesem Märztag des Jahres 1952, an dem die Nachricht eintrifft, daß der ehemalige Wachtmeister um drei Uhr nachts Camp Columbia, die

größte militärische Anlage des Landes besetzt und das Oberkommando der Streitkräfte übernommen hat, eilt Fidel sofort zur Universität und versucht unter den Studenten den Widerstand gegen den Diktator zu organisieren. Er veröffentlicht ein Manifest mit der Parole: »Das Gebot der Stunde heißt Kampf. In Ketten zu leben, heißt in Schande zu leben.«
Er setzt eine Eingabe an das Oberste Gericht Kubas auf, in der er verlangt, Batista wegen Verbrechen gegen die gültige Verfassung zu bestrafen. Die Studenten halten jeden Widerstand für sinnlos. Die Obersten Richter nehmen den Schriftsatz des jungen Anwalts nicht weiter ernst. Aber all diese Handlungen machen Fidel bei jenen Leuten bekannt, die gegen Batista opponieren.
Er ist nun fast 30 Jahre, noch immer muß ihn sein Vater mit Geld unterstützen. Seine Ehe droht zu zerbrechen. Von einer politischen Karriere kann unter dem neuen Präsidenten keine Rede sein. Aber Fidel hat den Ruf, ein Mann zu sein, der das Risiko liebt.
Seit seinen Studententagen gibt es eine kleine Gruppe von Menschen, die ihm vertraut, sich nach ihm ausrichtet, ihn als ihren Führer betrachtet. Er hat immer originell zu formulieren gewußt. Er gilt als einer der Unruhigen, der Unangepaßten. Er ist alles andere als ein Kommunist, obwohl ein Freund während seiner Studentenzeit mit Eifer versucht hat, ihn zum Kommunismus zu bekehren. Eine von Fidels spöttisch abwehrenden Antworten lautete: »Ich wäre Kommunist, wenn ich Stalin sein könnte.«
Er setzt sich ein Ziel:
»... nicht eine neue Partei zu gründen, sondern all die verschiedenen Gruppen, die gegen Batista stehen, zusammenzuführen. Ich wollte an diesem Kampf als nichts anderes als ein einfacher Soldat teilnehmen. So begann ich, die ersten Aktionszellen aufzubauen, und hoffte, mit den Führern der Ortodoxo-Partei zusammenzuarbeiten, deren elementare Pflicht es gewesen wäre, gegen Batista zu kämpfen. Als sich dann aber herausstellte, daß diese Leute weder die Fähigkeit noch die Entschlossenheit besaßen, Batista zu stürzen, machte ich mich daran, meine eigene Strategie auszuarbeiten.«
Im Frühsommer des Jahres 1953 ist Castro die treibende Kraft einer Gruppe junger Männer und einiger Frauen, die sich einfach »Movimiento«, die Bewegung, nennt. Die meisten Mitglieder dieses Widerstandskreises kommen aus der unteren Mittelklasse oder sind Arbeiter. Da ist ein Uhrmacher, ein Schornsteinfeger, drei Weißbinder, ein Arzt, ein Zahnarzt, ein Buchhändler, ein Fleischer, ein Austernverkäufer, ein Krankenpfleger. Neger und Indianer sind vertreten. Einige sind Angestellte

bei amerikanisch-kubanischen Firmen. Sie sind zu Castro gestoßen, weil sie ihn entweder lange kennen, über Freunde von ihm gehört haben oder selbst zuvor versuchten, kleinere Widerstandskreise zu organisieren, und nun einsehen, daß man sich zusammenschließen muß. Sie haben kein genau ausgearbeitetes politisches Programm. Nur in einem Punkt sind sie sich entschieden einig: Batista muß gestürzt werden. Angehörige der Kommunistischen Jugendorganisation sind in der »Bewegung« überhaupt nicht vertreten, während aus der Jugendgruppe der Ortodoxo-Partei, die bis zum Staatsstreich Batistas das Sammelbecken der liberalen, für den sozialen Fortschritt eintretenden Kräfte darstellte, einige junge Leute zu Fidel gestoßen sind.

Die Waffen, die die Gruppe braucht, hat Castro von Sympathisanten besorgt. Sein Vater hat ihm, statt der 3000 Dollar, die Fidel von ihm forderte, nur 140 Dollar geschickt. Waffen aufzutreiben, ist in Kuba nie sehr schwierig gewesen, besonders, wenn man Bekannte an der Universität hat. Das Unternehmen, das Fidel plant, scheint wahnwitzig: Angriff auf zwei Kasernen in der Provinz Oriente: auf die Moncada-Kaserne in Santiago und auf die Kaserne von Bayamo.

Der Haupttrupp seiner Anhänger, 134 Mann, sind für den Einsatz in Santiago vorgesehen. 28 Männer sollen den Überfall in Bayamo durchführen. Die Rebellen wollen die Wachen am Eingang überrumpeln, die Kasernen besetzen, die dort lagernden Waffen an andere Freiwillige verteilen, die dann, wie Fidel erwartet, zu ihrer Unterstützung herbeieilen werden.

Danach könnte sich der Volksaufstand auf die gesamte Oriente-Provinz ausweiten, die als Ausgangsbasis zu einem Volkskrieg gegen das Regime Batista besonders geeignet erscheint.

Die Tat ist, ob Sieg oder Scheitern die Folge sein wird, als ein Fanal angelegt. Castro hat die Vorliebe seiner Landsleute für romantische Handlungen in Rechnung gestellt. Es ist eine Tat aus dem Geist Martís.

Das Datum des 26. Juli scheint insofern besonders günstig, als es mit dem Karneval von Santiago zusammenfällt. Die meisten Soldaten und Offiziere werden an den Tanzveranstaltungen am Abend des 25. Juli teilgenommen haben und gegen 5.30 Uhr, dem Zeitpunkt des Überfalls, kaum schon wieder voll aktionsfähig sein.

Als Basis der Rebellen dient eine Farm in der Nähe der Stadt. In Santiago selbst sind mehrere Zimmer gemietet worden.

Die Chancen für den Erfolg stehen und fallen damit, ob der Überraschungseffekt gelingt oder nicht. Die Kasernen sind mit 1000 Soldaten belegt. Die Rebellen werden sich also einer zehnfachen Übermacht gegenübersehen. Sie hoffen auf die Verwirrung in den Reihen der Armee und auf ihre eigene überlegene Moral.

Als Waffen stehen ihnen nur drei amerikanische Armee-Gewehre, sechs Winchester-Flinten, ein altes Maschinengewehr und eine größere Anzahl von Jagdbüchsen zur Verfügung.

Neun Mitverschwörer fallen in letzter Minute aus. Sie haben Angst bekommen. Andere Mitglieder der Gruppe besuchen am Abend des Vortags das Gnadenbild der Virgen del Cobre. Nur sechs unter den Verschwörern wissen überhaupt genau, was in dieser Nacht geschehen wird. Ein Mann nimmt an, es gehe, als Belohnung für ein erfolgreich abgeschlossenes Übungsschießen, auf eine Tanzveranstaltung beim Karneval. Auf der Farm in Siboney warten zwei Frauen, Melba Hernandez und Haydee Santamarin, die mit zwei der Rebellen verlobt sind.

Wer zu den Eingeweihten gehört, sieht wohl klar voraus, daß die Chancen, mit dem Leben davonzukommen, gering sind. Dr. Muñoz, der Arzt, macht Fidel Vorwürfe, daß er die Männer in ein solches selbstmörderisches Unternehmen führe.

Gegen fünf Uhr am Morgen sind 111 Männer (alle tragen Uniformen von Sergeanten der Armee) auf mehrere Fahrzeuge verteilt von Siboney unterwegs nach Santiago. Castro sitzt in dem zweiten Wagen. In dem folgenden Auto fährt Raúl, sein Bruder, der mit zehn Mann den Justizpalast besetzen soll, von dem aus man ein ausgezeichnetes Schußfeld auf den Innenhof der Moncada-Kaserne hat.

Dr. Muñoz und die beiden Frauen, die mit dabei sind, haben den Auftrag, die Verwundeten in ein nahegelegenes Krankenhaus zu schaffen und sie dort zu behandeln. Eines der Autos hat unterwegs eine Reifenpanne und muß zurückgelassen werden. Etwa die Hälfte der Wagen verfährt sich am Stadtrand und ist im entscheidenden Augenblick nicht zur Stelle.

Der erste Wagen hält am Kasernentor. Sechs Mann und ihr Anführer Guitart befehlen dem Posten, den Weg freizugeben für einen General. Die drei Wachsoldaten lassen sich durch die Uniformen der Rebellen tatsächlich täuschen und werden darauf entwaffnet. Die Rebellen stürmen treppauf, treiben die Soldaten vor sich her.

Draußen ist der zweite Wagen, in dem Castro sitzt, von zwei Soldaten, die ein Maschinengewehr in Stellung bringen, und einem bewaffneten Sergeanten aufgehalten worden. Fidel fährt rücksichtslos gegen das in Stellung gebrachte Maschinengewehr an. Die Schützen und der Sergeant fliehen.

Aus den übrigen Autos springen die Männer heraus. Vergeblich versucht Fidel, Ordnung in den Angriff zu bringen.
Im Inneren der Kaserne haben die Männer aus dem ersten Wagen einen Schlafsaal voller entkleideter Soldaten aufgeschreckt. Sie finden sich von einer Übermacht umringt und schießen im Handgemenge mehrere Sergeanten und den wachhabenden Offizier, Leutnant Morales, nieder.
Alarm wird ausgelöst, und es folgt eine wilde Schießerei zwischen den Soldaten an den Fenstern im ersten Stock und den Angreifern auf der Straße, die hinter den geparkten Autos Deckung suchen.
Was dann geschieht, darüber gibt es nur höchst widersprüchliche Auskünfte.
Fidel stößt mit seinem Wagen an den Randstein, erregt die Aufmerksamkeit einer Wache, die feuert und seinen Beifahrer verwundet.
Raúl Castro hat nach Plan das unbewachte Justizgebäude besetzt. Abel Santamarin ist es gelungen, das Bürgerhospital einzunehmen.
Aber diese beiden Erfolge bedeuten wenig, angesichts der Tatsache, daß der Überrumplungsversuch der Kaserne mißlungen und nun ein heftiges Gefecht zwischen 100 mit Sportgewehren bewaffneten Männern und 1000 gut ausgerüsteten Soldaten in Gang gekommen ist.
Castro gibt den Befehl zum Rückzug. Die Verwundeten und Toten läßt man liegen. Auch Raúl und die Besatzung des Justizgebäudes fliehen.
Im allgemeinen Durcheinander wird vergessen, jene Rebellen zu verständigen, die sich im Bürger-Hospital befinden. Sie verkleiden sich später als Kranke und verstecken sich in dem Haus, das sie bewachen und sichern sollten. Bis zu diesem Zeitpunkt sind zwei von Castros Männern getötet worden. Einer ist tödlich verwundet. Die Armee hat drei Offiziere und 16 Mann verloren.
Auch in Bayamo ist der Überfall mißglückt. Die Angreifer sind durch wiehernde Pferde verraten worden. Raúl Arara zögert, den Befehl zum Rückzug zu geben, trotzdem dauert das Gefecht insgesamt nur etwa eine Viertelstunde. Das Fiasko ist noch weit größer als in der Moncada-Kaserne. Es ist zu Streitigkeiten unter den Rebellen gekommen. Einige der Männer haben Zweifel an Castros Führereigenschaften geäußert. Sechs der Angreifer sind gefallen.
Etwa 80 von den 160 Rebellen werden am 27. Juli und am darauf folgenden Tag gefangen. Die meisten von ihnen werden auf der Stelle erschossen. Andere sterben an den Folgen brutaler Mißhandlungen. Nur 32 der Aufständischen bleiben als Gefangene am Leben und werden später vor Gericht gestellt.

48 Rebellen entkommen. Sie fahren mit dem Bus nach Havanna zurück oder tauchen in Santiago bei Freunden unter.
Die Soldaten und Offiziere in der Moncada-Kaserne waren teilweise zu Beginn des Überfalls noch betrunken. Höhere Offiziere erschienen erst, nachdem der Kampf vorbei war. Sie unternehmen nichts, um die Brutalitäten der Soldaten zu unterbinden, im Gegenteil, sie beteiligen sich an den Folterungen.
Überhaupt reagieren Polizei und Armee außerordentlich nervös. In den Straßen um die Kaserne schießen Soldaten und Beamte auf alles, was sich bewegt. Bei der Suche nach Personen, die den Rebellen geholfen haben, werden Unschuldige wie Schuldige verhaftet – und ermordet.
Da die Polizei und das Militär davon ausgehen, daß einige »Fidelistas« verwundet sind, besteht für jeden, der eine Verletzung hat, die Gefahr, festgenommen und mißhandelt zu werden. Ein Bürger von Santiago, der nach einem Verkehrsunfall mit einem gebrochenen Arm in Gips herumläuft, wird ergriffen, nach Moncada gebracht und dort übel geschlagen.
Für jeden bei dem Gefecht erschossenen Soldaten sollen zehn Gefangene hingerichtet werden. Die Grundrechte, von Batista schon immer mißachtet, werden nun offiziell aufgehoben, eine strenge Pressezensur eingeführt.
Fidel ist es gelungen, mit einigen seiner Freunde in das Gebirge La Gran Pedra zu entkommen.
Nachdem es in der Öffentlichkeit und selbst aus Kreisen von Batista-Anhängern zu Protesten gegen die Brutalitäten des Militärs und der Polizei gekommen ist, hat der Erzbischof von Santiago interveniert. Der Oberkommandierende der Streitkräfte in der Stadt hat ihm das Versprechen gegeben, daß von nun an die Rebellen, falls sie sich stellen, von Gerichten abgeurteilt, aber nicht mehr auf der Stelle ermordet würden. Insgeheim aber geben die hohen Offiziere Weisung, wo immer möglich, gefangene Aufständische zu liquidieren.
Der Erzbischof, Monsignore Pérez Serantes, läßt sich ins Gebirge fahren und wandert dort mehrere Stunden mit einem Megaphon umher, mit dem er die Rebellen auffordert, aus ihren Verstecken hervorzukommen. Castro selbst wird von dem humanen Armeeleutnant Sarría schlafend in einer Hütte in den Vorbergen der Sierra Maestra aufgestöbert. Pedro Sarría, der Fidel von der Universität her kennt, beugt sich über ihn, tastet ihn scheinbar nach Waffen ab und flüstert ihm dabei ins Ohr: »Nenn nicht deinen richtigen Namen, sonst wirst du erschossen.«
Auch eine Anzahl führender Kommunisten werden nach dem Moncada-Überfall verhaftet. Sie hatten sich zu der Geburtstagsfeier eines Genos-

sen in Santiago versammelt, was die Polizei vermuten ließ, sie könnten direkt oder indirekt an dem Unternehmen beteiligt gewesen sein. In Wirklichkeit wissen sie nichts von Castros Plänen und mißbilligen später die Rebellion ganz entschieden.
Im Oktober wird gegen Castro und seine Kameraden vor Gericht verhandelt. Es soll der Versuch gemacht worden sein, Fidel zu vergiften oder jedenfalls sein Erscheinen im Gerichtssaal zu verhindern. Aber das ist mißlungen. Zweimal wird er in den Verhandlungen vorgeführt. Am 16. Oktober hält er seine brillante Verteidigungsrede.
In Wirklichkeit wird es eine Anklagerede gegen das Regime Batista, eine Programmrede für die »Bewegung«.

Er weist zunächst auf die Elendssituation hin. »Und dies ist das Volk, auf das wir in unserem Kampf setzen: 700 000 Arbeitslose, die nichts anderes wünschen, als ehrlich ihr tägliches Brot zu verdienen, ohne auf der Suche nach einem Lebensunterhalt emigrieren zu müssen.
500 000 Landarbeiter, die in elenden Hütten hausen, vier Monate im Jahr arbeiten und in der übrigen Zeit hungern, die das Elend mit ihren Kindern teilen, die nicht einen Zoll Boden besitzen und deren Lebensweise Mitleid erregt in jedem, dessen Herz nicht aus Stein ist.
400 000 Industrie- und Hafenarbeiter, deren Renten veruntreut und deren Vergünstigungen ihnen weggenommen werden, deren Wohnungen Elendsquartiere sind und deren Löhne aus den Händen der Fabrikanten in die der Wucherer wandern, deren Zukunft Lohnsenkungen und Entlassung sind, die ihr ganzes Leben lang schuften und erst im Grabe Ruhe finden.
100 000 kleine Farmer, die auf einem Stück Land leben und sterben, das nicht ihnen gehört und das sie traurig betrachten wie Moses das Gelobte Land, wissend, daß sie es nie besitzen werden; die wie feudale Leibeigene für die Nutzung ihrer Parzellen einen Teil der Ernte abgeben müssen, die dieses Land nicht lieben können, nicht verbessern, nicht verschönern und nicht mit Zitronen- oder Orangenbäumen bepflanzen können, weil sie niemals wissen, wann ein Sheriff kommen wird oder ein Landhüter, um sie von ihrem Land zu vertreiben.
30 000 Lehrer und Professoren, die so notwendig sind für ein besseres Schicksal zukünftiger Generationen, die sich ganz dieser Aufgabe widmen und doch so schlecht behandelt und bezahlt werden...«
Sehr geschickt zieht er damit diese sozialen Gruppen auf die Seite der »Bewegung«. Dann folgt ein konkretes Programm der revolutionären Regierung, also die Antwort auf die Frage: Was würde die »Bewegung« tun, wenn ihr das Volk von Kuba zum Siege verhilft?
»Zunächst würde sie – wie die Verfassung es übrigens vorschreibt – eine maximale Größe des Landbesitzes für jeden Typ landwirtschaftlicher Unterneh-

men festsetzen und das überschüssige Land an sich bringen: durch Enteignung und Rückgewinnung von Ländereien, die dem Staat gestohlen wurden; sie würde Sumpfgebiete trockenlegen, riesige Baumschulen anpflanzen und bestimmte Gebiete für die Wiederaufforstung reservieren. Zweitens würden wir das verbleibende Land unter die Bauernfamilien – und hier vorzugsweise die kinderreichen – aufteilen, wir würden landwirtschaftliche Genossenschaften mit einer zentralen, in Anbauverfahren und Methoden der Viehzucht ausgebildeten Leitung ins Leben rufen und den Bauern jede nützliche Hilfe zukommen lassen.
Eine revolutionäre Regierung würde das Wohnungsproblem anpacken, indem sie sämtliche Mieten um die Hälfte senkt, steuerliche Ausnahmeregelungen einführt für Häuser, die von ihren Besitzern bewohnt werden, die Steuern auf Miethäuser jedoch verdreifacht. Sie würde die Hütten niederreißen, sie durch moderne Mehrfamilienhäuser ersetzen und den Wohnungsbau auf der ganzen Insel in einem nie gekannten Ausmaß fördern, mit dem Ziel, daß – ebenso wie jede ländliche Familie ihr eigenes Stück Land besitzt – jede städtische Familie eine eigene Wohnung hat.«
Wo soll das Geld dazu hergenommen werden?
»Wenn die verbreitete Unterschlagung von Regierungsgeldern abgestellt wird, wenn die Staatsbeamten aufhören, von den großen Gesellschaften, die dem Staate Steuern schulden, statt Steuern Schmiergelder zu nehmen, wenn die enormen natürlichen Hilfsquellen des Landes voll ausgeschöpft werden, wenn wir nicht länger Bomber, Panzer und Gewehre kaufen für dieses Land (das keine Grenzen zu verteidigen hat und in dem all das Kriegsgerät, das man heute kauft, gegen die eigene Bevölkerung eingesetzt wird), wenn mehr Interesse daran besteht, die Menschen auszubilden, als sie zu töten, dann wird es mehr als genug Geld geben.«
In einem langen Abschnitt seiner Rede geht Fidel auf das Recht auf Widerstand gegen die Tyrannei ein:
»Das Recht auf Widerstand gegen die Tyrannei, Hohes Gericht, wurde seit ältester Zeit bis in unsere Tage von Anhängern jedes Glaubens und jeder Lehre anerkannt.
In den theokratischen Monarchien des alten China gab es eine Art Verfassungsbestimmung, die besagte, daß ein Monarch, der grausam und despotisch regiert, abgesetzt und durch einen edleren Fürsten ersetzt werden soll.
Die Philosophen des antiken Indien kannten den Grundsatz aktiven Widerstandes gegen eine Willkürherrschaft. Sie rechtfertigten die Revolution und setzten ihre Prinzipien oft in die Praxis um. Einer ihrer geistigen Führer pflegte zu sagen: ›Die Meinung der Mehrheit ist stärker als selbst ein König. Ein Strick aus vielen Seilen ist stark genug, einen Löwen zu binden.‹
Die Stadtstaaten Griechenlands und das republikanische Rom kannten und verteidigten die Möglichkeit des Tyrannenmordes. Im Mittelalter stellt Johann

von Salisbury in seinem *Buch vom Staatsmann* fest, daß, sobald ein Fürst nicht nach dem Gesetz regiere und zum Tyrannen werde, sein gewaltsamer Sturz legitim und gerechtfertigt sei. Er empfiehlt zu diesem Zweck die Verwendung eines Dolches und rät von Gift ab.
Der Heilige Thomas von Aquin weist die Lehre vom Tyrannenmord zurück, doch hält er die These aufrecht, daß Tyrannen vom Volke abgesetzt werden soll. . .«
Die Rede schließt mit einer Anklage der doppelt geschändeten Gerechtigkeit:
»Ich selbst, Hohes Gericht, bin jener naive Bürger, der eines Tages hinging, um den machthungrigen Gesetzesbrecher, der unsere gesetzlichen Institutionen zerfetzte, bestrafen zu lassen. Nun werde *ich* angeklagt, der ich dieses ungesetzliche Regime überwinden und die rechtmäßige Verfassung wiederherstellen wollte. Man sperrt mich 76 Tage ein und verweigert mir das Recht, mit irgendwem zu sprechen, selbst mit meinem kleinen Sohn; bewacht von zwei schweren Maschinengewehren, werde ich durch die Stadt geführt. Man bringt mich in dieses Krankenhaus, um mich unter äußerster Geheimhaltung zu verhören. Und der Ankläger, das Gesetzbuch in der Hand, beantragt 26 Jahre Gefängnis.
Sie werden antworten, daß damals der Gerichtshof nicht handeln konnte, weil Gewalt ihn daran hinderte. Nun, geben Sie nur zu: Diesmal wird diese Gewalt Sie dazu zwingen, mich zu verurteilen. Damals waren Sie nicht in der Lage, den Schuldigen zu bestrafen, jetzt sind Sie gezwungen, den Unschuldigen zu bestrafen. Die Göttin Justitia wurde zweimal vergewaltigt.
Ich komme zum Schluß meines Plädoyers, aber ich werde nicht so schließen, wie Anwälte das zu tun pflegen: mit dem Antrag auf Freispruch des Angeklagten. Ich kann nicht für mich um Freispruch bitten, während meine Kameraden im schrecklichen Kerker der Pinien-Insel schmachten. Schicken Sie mich zu ihnen, damit ich ihr Los teile. Es ist nur recht und billig, daß in einem Lande, dessen Präsident ein Verbrecher und Dieb ist, die ehrlichen Männer tot sind oder im Gefängnis.
Ich weiß, daß die Gefangenschaft für mich nicht leichter sein wird als für jeden anderen: sie wird aus feigen Drohungen und kriminellen Foltern bestehen. Aber ich habe keine Angst vor dem Gefängnis, ebensowenig wie vor der Wut des elenden Tyrannen, der 70 meiner Brüder ermorden ließ.
Verurteilen Sie mich. Ich werde mich nicht daraum kümmern. Die Geschichte wird mich freisprechen.«

Er wird zu 15 Jahren Kerker verurteilt, Raúl Castro erhält 13 Jahre; die Anklage gegen die Kommunisten wird fallengelassen.
Die Wirkung der Moncada-Rebellion und der Gerichtsverhandlung ist durchschlagend. Hätten das Militär und die Polizei nicht so brutal rea-

giert, so wäre das ein wilder, halb gangsterhafter Zwischenfall gewesen, wie es viele in der politischen Geschichte Kubas gegeben hat. Aber die Art der Unterdrückung und der Prozeß machen aus Castro einen populären Helden.
Das Bürgertum, Intellektuelle, Katholiken, die Liberalen und die Mittelklasse sind empört. Erinnerungen an die unseligen Zeiten unter dem Diktator Machado sind wachgeworden. Wie weit die proletarische Landbevölkerung über die Ereignisse genaue Nachrichten erhält, ist schwer zu sagen. Aus den Zeitungen, die zensuriert sind und die viele der Landarbeiter und Bauern auch nicht lesen könnten, wohl nicht. Aber es gibt Gerüchte. Mündlich wird vieles weitergetragen. Leute, die sich nur vom Sehen kennen, raunen sich die letzten Neuigkeiten über den Prozeß zu.
Im Oktober 1953, zehn Tage nach dem Gerichtsverfahren gegen Castro, werden für den 1. November 1954 allgemeine Wahlen ausgeschrieben.
Aus seinem Gefängnis auf der Pinien-Insel greift Castro mit Briefen, die von seinen Freunden in Pamphlete umgeschrieben werden, in den Wahlkampf ein.
Er liest im Kerker Hugos *Les Miserables* und den *18. Brumaire des Louis Bonaparte* von Karl Marx. Im Juni 1954 erscheint seine Rede *Die Geschichte wird mich freisprechen* als Broschüre und findet insgeheim große Verbreitung.
In zwei Briefen, die aus diesem Monat datiert sind, berichtet Castro, wie er im Gefängnis den ganzen Tag zu lesen versucht, wie um ihn die Leichen seiner Mitgefangenen liegen, die auf mysteriöse Weise umgekommen sind oder die man auf der anderen Seite der Zelle aufgehängt hat.
Am 1. November finden die Wahlen statt. Batista zieht wieder ins Präsidentenpalais ein, ohne Opposition, nur die Hälfte der Wählerschaft hat gestimmt, obwohl die Stimmabgabe gesetzliche Pflicht gewesen ist.
Am 15. Mai 1955 verlassen Castro, sein Bruder und 18 ihrer Mitstreiter die Pinien-Insel. Sie sind begnadigt worden. Das Batista-Regime wähnt sich sicher.
Sofort publiziert Fidel einen Artikel mit der Überschrift *Sie lügen Chaviano!*, in dem er den befehlshabenden Oberst wegen der Folterungen nach dem Angriff auf die Moncada-Kaserne angreift.
Beunruhigt von den Mordanschlägen, mit denen die Batistapolizei unliebsame Personen aus dem Weg zu räumen versucht, entschließt sich Fidel, nach Mexiko zu gehen und dort eine disziplinierte Gruppe um sich zu sammeln, die den Kern für einen Guerillaverband bilden soll, mit dem er zurückkehren und Batista stürzen will. Sein Bruder Raúl befindet sich

schon, nachdem man ihn auf Kuba fälschlich der Brandstiftung bezichtigt hat, in Mexico City.
Castro und seine Freunde suchen und finden Geldgeber für ihre Expedition unter in den USA lebenden wohlhabenden kubanischen Emigranten. Ein Ausbildungskurs für die Guerilleros wird eingerichtet. Zu diesem Zeitpunkt begegnen sich Castro und Ernesto Guevara, und ihre Freundschaft beginnt.

Fidel – Sierra Maestra

Transit Mexiko

Ernesto sagt: »Nach all meinen Erfahrungen auf den Reisen durch Südamerika und bei dem Staatsstreich in Guatemala bedurfte es nicht mehr viel, um mein Interesse an der Beteiligung an irgendeiner Revolution gegen die Tyrannei zu erwecken.«

Hilda, seine Frau, erzählt: »Ernesto und Fidel sprachen in diesen Tagen über nichts anderes als über die kubanische Revolution. Ich wußte, daß ich meinen Ehemann an die Revolution verlieren würde. Am 15. Februar 1956 wurde unsere Tochter Hildita geboren.«

Die militärische Ausbildung findet unter Anleitung von General Alberto Bayo, gebürtiger Kubaner und Offizier des republikanischen Heeres während des Spanischen Bürgerkrieges, statt. Ernesto wird von seinen Kameraden »Che« genannt. Die Kubaner leiten diesen Spitznamen von Guevaras Angewohnheit ab, seine Freunde stets mit diesem argentinischen Ausdruck für Kumpel oder Kollege anzureden.*

Das Training erfolgt auf einer Ranch im Distrikt Chalco, zu der ein Gebiet von 15 km Länge und 9 km Breite gehört – was die Vegetation angeht, eine ganz ähnliche Landschaft wie die, in der sich die Guerillas bald in Kuba werden zurechtfinden müssen.

Batista hat Geheimagenten nach Mexiko geschickt, die Fidel und seine Leute überwachen sollen. Durch ihre Denunziation werden einige der Revolutionäre von der mexikanischen Polizei vorübergehend festgenommen.

Personen aus Guevaras Bekanntenkreis und seine Frau berichten.

María Antonia: »Als wir verhaftet werden, bringen sie uns ins Gefängnis. Es ist ein Gefängnis für Emigranten, das Gefängnis Schultz. Dort sehe ich Che, der eine von diesen billigen Regenhauben trägt, aus Nylon, fast durchsichtig, und ein altes Hütchen. Er sieht wie eine Vogelscheuche aus, und ich sage es ihm, damit er lacht.«

Dario Lopez: »Schon damals sind diese äußerlichen Dinge für ihn von zweitrangigem Wert. In Mexiko hat er nur einen Anzug in brauner Farbe. Natürlich hat er Wäsche, um sich umzuziehen, aber er hat nur einen Anzug.«

Hilda: »Ich erinnere mich: Als er einmal verhaftet wird, wird ihm im Gefängnis seine wenige Wäsche gestohlen. Wir denken daran, eine Samm-

---

* »Che (amerik. Spanisch), Ausruf der Freude, Bewunderung, des Schmerzes.« – Universelle Illustrierte Enzyklopädie, Espasa-Calpe –.

lung für ihn zu veranstalten, um ihm neue Wäsche zu kaufen, aber es ist uns klar, daß er das nicht annehmen wird. Dann überrascht uns sein Ja und seine Begeisterung für diese Idee. Er sagt uns sogar, er wolle sich selbst den Anzug aussuchen, einen dunkelbraunen Anzug. Und wie er nun einmal ist, vergeht keine halbe Stunde, und er schenkt den neuen Anzug an Calixto Garcia weiter, der mit ihm verhaftet worden ist.«
Die Inhaftierten kommen wieder frei. Das Guerillatraining geht weiter. Notwendigerweise gibt es wegen der Polizeiaufsicht mehrere Hütten und mehrere Häuser. Die Expeditionsteilnehmer leben in kleinen Gruppen. Langsam lernen sie sich gegenseitig kennen.
Die anderen über Che.
Pablo Hurtado: »Ich lerne ihn kennen, als er mit Fidel und Raúl die Häuser, die wir in Jalapa und Veracruz haben, inspiziert. Ich bin krank in Veracruz, eine Folge des Trainings; er behandelt mich.«
Aquedo Aguiar: »Bei meinem ersten Gespräch mit Che habe ich einige Vorbehalte. Ich bin gerade aus dem Untergrund aus Kuba gekommen und mißtraue jedem. Außerdem ein Ausländer...«
Carlos Bermudez: »Ich lerne ihn kennen, nachdem er mir einen Bluterguß behandelt und einen Zahn gezogen hat. Damals fällt es mir schwer zu lesen. Da sagt er zu mir: ›Ich werde dich schnell Lesen und Analysieren lehren‹«.
Dario Lopez: »Die Sitzungen zur politischen Bildung werden im Rancho abgehalten. Man lernt an marxistischen Texten. Che selbst hat die Werke ausgewählt.«
Arbentosa: »Ich erinnere mich nicht mehr genau, wie die Unterhaltung damals gelaufen ist, aber einmal hat er uns gesagt, daß, wenn der Kampf in Kuba beendet ist, und wenn er noch lebt, er den Kampf in Lateinamerika fortsetzen will.«
Bermudez: »Einmal sagt er zu mir: ›Du mußt viel lesen, damit du nicht ein Landarbeiter von drei Ohrfeigen bist.‹ Dann verlange ich von ihm, daß er mir erklärt, was er damit meint, und er sagt: ›Ja, damit, wenn du verhaftet wirst, man dir nicht eine Ohrfeige geben muß, damit du sprichst, und zwei, damit du wieder ruhig bist.‹ Wir lachen beide, wir sind schon gute Kameraden. Einmal geht er mit mir in eine Buchhandlung (und er hat doch auch kaum einen Pfennig) und kauft mir zwei Bücher.«
Ende 1956 finden die Rebellen ein Boot, das für ihre Expedition geeignet ist, die Yacht »Granma«. Sie liegt im Hafen von Tuxpán zwischen Veracruz und Tampico, ist 18 Meter lang. Sie haben dem schwedischen Eigentümer, Werner Green, dafür 12 000 Dollar zahlen müssen.

Bei der Abschlußprüfung gibt Ex-General Alberto Bayo an seiner Untergrund-Guerillaakademie Guevara in allen Fächern eine zehn, die beste Note.
Fidel erhält die Noten acht und neun. Als er protestiert, erklärt Bayo: »Das ist ganz einfach, Fidel. Guevara ist in der Tat der bessere Mann.«
María Antonia: »Und wenn sie zu diesem Zeitpunkt nicht endlich aufgebrochen wären, wer weiß, ob sie je hätten losfahren können. Einen Tag nach der Abfahrt der ›Granma‹ erfahren wir, daß die Bundespolizei im Besitz einer Liste aller Häuser und Lager ist. Es wäre alles der Polizei in die Hände gefallen.«
Am 25. November 1956 gegen zwei Uhr morgens hat die »Granma« mit 82 Männern an Bord den Hafen von Tuxpán verlassen. Ernesto ist jetzt 28 Jahre alt.
Mehr als zwei Jahre später, nach einer Guerilla, die zunächst mit den furchtbarsten Mißerfolgen begonnen hat, am 2. Januar 1959, ist der Diktator Batista vertrieben. Die Revolutionäre ziehen in Havanna ein. Der Aufbau einer sozialistischen Gesellschaft soll Wirklichkeit werden.
Während dieser zwei Jahre in der Sierra Maestra geht Che durch alle Höllen des Dschungelkrieges. Er verlangt seinem von Asthmaanfällen immer wieder heimgesuchten Organismus höchste physische Anstrengungen ab. Er gibt es auf, Arzt zu sein. Er erlebt, wie eine Utopie durch extreme menschliche Willensanstrengung in die Tat umgesetzt werden kann, und er entwickelt aus diesen Erfahrungen sein Ideal, das er niemals aufgeben wird, das er intensiver und kompromißloser als andere in die Zeit nach dem Sieg hinüberrettet: »Es handelt sich nicht darum, wieviel Kilogramm Fleisch jemand ißt, nicht darum, wie oft man an den Strand baden geht und nicht um die importierten Annehmlichkeiten, die man mit seinem Lohn erwerben kann. Es gilt, ein Individuum zu schaffen, das sich vollkommener, innerlich reicher und viel verantwortlicher fühlt.«

Die Verkörperung dieses Individuums, das an sich wie an andere höchste Ansprüche stellt, das von einem schon fast übermenschlichen Opfermut beseelt sein soll, ist der Guerillero, der als Avantgarde die Massen anzuführen, sie wachzurütteln und die Befreiung aller unterdrückten und ausgebeuteten Völker der Dritten Welt in Angriff zu nehmen hat, und zwar selbst dann, wenn, gemäß orthodox-marxistischen Vorstellungen, die Voraussetzungen zur Revolution noch nicht gegeben sind.
»Es handelt sich darum, eine Formel zu finden, um im täglichen Leben diese heroische Haltung fortbestehen zu lassen. Das ist eine unserer grundlegenden ideologischen Aufgaben.«

Das Grundübel für alles Böse, »die Wurzel für hunderttausendfaches absurdes Leiden, das Menschen anderen Menschen täglich zufügen«, besteht nach Che in der Verdinglichung des Besitzes und dem damit verbundenen Bewußtsein der Besitzenden.
Das bedeutet: Auf der Erde sterben jeden Tag mindestens 10 000 Menschen an Hunger, bloß weil andere Reichtümer im Überfluß anhäufen. Die Besitzenden machen sich nicht klar, daß ihr Besitz die zum Produkt kristallisierte Arbeit anderer ist. Sie betrachten ihren Reichtum als etwas Selbstverständliches, als ein Ding, als zur Natur der Sache gehörend, aus der Natur geworden.
Arbeit aber verdinglicht nur unter bestimmten Herrschaftsverhältnissen. Deshalb muß man die Herrschaftsverhältnisse ändern.
Damit wird das Problem der Gewalt berührt. Ches Gewaltvorstellung ist nicht so einfach, wie sie später oft hingestellt wurde. Sein Denken läßt sich nicht auf die Formel bringen: repressive Gewalt ist des Teufels, revolutionäre Gewalt ist zu bejahen.
Der Ausgangspunkt ist vielmehr, daß ein Mensch, angesichts der unerhört großen Summe des Elends, dazu getrieben wird, zur Überwindung dieses Elends Gewalt anzuwenden, da er erkannt hat, daß die Unterdrücker nur mit Gewalt zu schlagen sind.
Der Guerillero handelt gewalttätig, nicht aus Gewinnsucht, nicht aus dem Verlangen nach Macht, nicht um seine individuelle Aggressionslust zu befriedigen, sondern aus moralischer Notwendigkeit. Gewalt zu üben schließt beim Guerillero immer auch die Bereitschaft zum Selbstopfer des eigenen Lebens mit ein. »Siegen (und damit ist gemeint, ein neues gesellschaftliches Sein zu verwirklichen) heißt prinzipiell zu akzeptieren, daß das Leben nicht das höchste Gut des Revolutionärs ist.«
Diese existentielle Anstrengung, die bewußt durchlebt wird, führt schließlich zu dem, was Che als »Geburt des neuen Menschen« bezeichnet.
Am besten findet sich dieser Prozeß in einem Aufsatz von Jean Ziegler, der Guevara persönlich kannte und mit ihm im Frühjahr 1964 in Genf eine lange Nacht lang diskutierte, beschrieben:
»Algerische Revolutionäre haben mir von einer ähnlichen Erfahrung berichtet: Nach einigen Monaten Untergrundtätigkeit, im vollen Bewußtsein der Folter und des Leidens, die ihn bei seiner Gefangennahme erwarten, verliert der Revolutionär plötzlich eines Tages die Angst und damit seinen ganzen bisherigen psychischen Bezugsrahmen. Seine Motivationsstruktur verändert sich qualitativ. Etwas von der Verklärtheit, der Erdungebundenheit und der unendlich zielgerichteten Liebe des Heiligen erwacht in ihm und transzendiert seine physische Person.«
Es kann keinen Zweifel darüber geben, daß Guevara getreu dieser Philosophie in der Realität gelebt hat, daß er für sich radikal versuchte, jeden Unterschied zwischen Vorstellungen und Handlungen aufzuheben.

Sein Menschenbild ist utopisch. Um es wenigstens in sich real werden zu lassen, muß er sich selbst Opfer abverlangen, die fast unmenschlich sind. Er zeigt sich immer wieder dann enttäuscht und empört, wenn andere nicht mit der gleichen Intensität leben, wenn sie Zugeständnisse machen, Kompromisse schließen, wenn sie eher vorsichtig Erreichtes sichern wollen, statt weiter fortzuschreiten auf dem Weg der Mammutaufgabe der Befreiung der Dritten Welt.

Ihn treibt, drängt eine Schuld, die nicht seine individuelle Schuld ist, zu der er aber eine besonders entwickelte individuelle psychische Affinität entwickelt hat: die unerhörte, vom Imperialismus und Neokolonialismus verschuldete Summe menschlichen Elends. Angesichts dieses Elends, das für ihn nicht nur ein abstrakter Begriff, sondern eine tausendfach erlebte reale Erfahrung ist, werden bei ihm alle anderen Wünsche, die gewöhnlich das Leben von Menschen bestimmen, hinfällig: Familie, Besitz, Sicherheit, Macht, Ansehen, Nationalität. Das bedeutet, daß für einen Menschen Freiheit entsteht. Freiheit, trotz aller Beschränkungen und Zwänge, die Ernesto erleben sollte, als er in die Kreise der Mächtigen gelangt. Der Satz: »Das Land, das ich mit meinem Blut tränke, ist das einzige Stück Erde, das mir gehört«, ist nicht nur ein entschlossenes, sondern auch ein bitteres Wort.

Angesichts dieses Elends

Guerilla auf Kuba

Die »Granma« ist für den Transport von acht bis zehn Personen gebaut, aber 82 Männer haben sich hineingezwängt, 82 junge Leute, Juristen, Techniker, Ingenieure. Sie leiden unter den unregelmäßigen Bewegungen des Schiffes, das wie ein Korken auf der groben See treibt. Die Pumpe an Bord funktioniert nicht. Eindringendes Wasser muß mit Konservendosen ausgeschöpft werden. Es geht ein Wind von 40 Knoten. Zu essen gibt es nur Fleischkonserven und Vitamintabletten, die Che, einer der fünf Nichtkubaner der Expedition, sparsam austeilt.
Unter diesen Umständen braucht die »Granma« sieben Tage bis zur Küste von Oriente, wo ein Mitverschwörer die Expedition erwartet, der dazu ausersehen ist, den jungen Rebellen den Weg ins Herz des gebirgigen Hinterlandes zu weisen.
Das Gebiet, in dem sie sich vorerst verstecken wollen, die Sierra Maestra, ist die wildeste Gegend von Kuba. Hier erheben sich die höchsten Berge auf der Insel, unter ihnen der Pico Turquino im Blau-Gebirge. Es ist eine Landschaft von großer Schönheit, die oft die kubanischen Dichter inspiriert hat. Manuel Navarro Luna schreibt in seinen *Poemas Mambises:*

Das Blaue Gebirge,
der Fluß Cauto:
die Muskelstränge der Ewigkeit,
die uns zeugten.
Das Gebirge wärmte uns
an seinem großen Herzen:
herrlicher Sohn der Unendlichkeit.

Die Sierra ist bewaldet. Die Vegetation ist recht verschiedenartig: Kakteen an den tiefer gelegenen und trockenen Hängen, Regenwälder mit Farnbäumen höher hinauf. Der Kamm verläuft parallel zur Küste und fällt zu ihr hin in seltsam geformten, natürlichen Terrassen ab. Das Gebirge ist etwa 100 Meilen lang und 20 bis 30 Meilen breit. Im Süden wird diese Region von der See begrenzt, im Westen liegt eine Küstenebene, im Osten setzen sich die Gebirge fort, das heißt, die Sierra geht dort in das Kupfergebirge über, das sich zu einer Hauptstraße und zur Bucht von Santiago absenkt.
Es ist ein armer Landesteil. Seit Menschengedenken hat das Land einer kleinen Gruppe von reichen Familien gehört, die für seine zivilisatorische Entwicklung wenig getan haben. Die Grenzen des Grundbesitzes sind umstritten.

Die meisten freien Bauern, die hier leben, haben keine Rechtstitel. Über die Hälfte der Bevölkerung ist nie zur Schule gegangen. Fast die Hälfte aller Neugeborenen kommen unehelich zur Welt. Die Zahl der Arbeitslosen ist hoch. Fast alle Wohngebäude sind bohios, also Hütten mit Erdboden. Eisschränke, fließendes Wasser, ein Bad, elektrisches Licht sind nahezu unbekannt.
Die nächsten größeren Städte liegen im Osten. Es sind dies Santiago mit 160 000 Einwohnern und El Cobre, von den Spaniern 1558 als ein Zentrum des Kupferbergbaus gegründet und bekannt wegen seiner schwarzen hölzernen Madonna, die angeblich im 17. Jahrhundert von zwei Indianern und einem Neger in der Bucht von Nipe gefunden worden ist.
Die Zuckermühlen im Distrikt Niquero gehören kubanischen Besitzern. Der gesamte Ostteil der Sierra Maestra besteht aus Latifundien, wie beispielsweise die der Hacienda Sevilla.
Doch ist das Kulturland auf die Umgebung der Flußläufe beschränkt. Kaffee gedeiht dort. Einige Köhler schlagen sich mehr schlecht als recht durch. Aus den östlichen Ausläufern der Sierra kommen große Mengen Honig, im äußersten Westen, nahe Cabo Cruz, liegen die Besitzungen der alten Cespedés-Familie. Diese Güter werden von sogenannten mayorales, also Verwaltern, geleitet. Ihre Hauptaufgabe besteht darin, freie Bauern daran zu hindern, sich hier und dort ein Stück Kulturland abzuzwacken. Das führt zu ständigen Fehden. Die mayorales brennen das Haus eines freien Siedlers nieder. Die Siedler rächen sich durch den Mord an einem mayoral. Beide Lager haben ihre Anführer und Parteigänger. Oft kämpfen in den Banden Kriminelle mit, die sich aus den großen Städten hierher geflüchtet haben.

Auf See haben die Revolutionäre schon ihre olivgrünen Uniformen angelegt, ihre Waffen gereinigt und geladen, die Kisten mit Proviant und Versorgungsgütern für die Landung bereitgestellt.
Aber als sich die »Granma« dem Strand nähert, wird sie von den Wellen derart durchgeschüttelt, daß der Steuermann über Bord geht. Es scheint unmöglich, ihn in der pechdunklen Nacht wiederzufinden. Irgendwo, aus der Dunkelheit, schreit eine Stimme. »Solange er ruft«, erklärt Fidel, »suchen wir ihn.«
Kostbare Zeit geht mit dem Rettungsmanöver verloren. Als es endlich gelungen ist, den Schiffbrüchigen an Deck zu zerren, bemerkt man, daß die »Granma« weit von der Küste abgetrieben ist und daß die Navigationsinstrumente fortgespült worden sind.
Am 30. November hört die Besatzung über Radio, daß die von Frank País in Santiago geleitete Zelle der »Bewegung« eine Revolte gegen Batista ausgelöst hat, die eigentlich mit der Ankunft der »Granma« zusammenfallen sollte.

Frank País, 24 Jahre alt, hat das Unternehmen, unterstützt von Veteranen des Moncada-Überfalls, mit großer Sorgfalt und Umsicht geplant. Die Untergrundorganisation in Santiago gilt als die schlagkräftigste Gruppe auf der ganzen Insel. Sie hat Ableger und Kontakte in mehreren Städten der Oriente-Provinz.
Obwohl País sich noch Anfang November mit Castro in Mexiko getroffen hat, ist jetzt die Koordination zwischen der Invasionsexpedition und den Verschwörern auf der Insel durch unklare Nachrichten verhindert worden. País hat gehört, Castro werde in einer Nacht ohne Mond im November landen und hätte daraufhin beinahe schon am 15. November die Rebellion in Santiago ausgelöst. Dann trifft am 27. November bei einem Mitglied der Gruppe ein Telegramm mit dem Text ein: *Erbetenes Buch vergriffen. Verlag Divulgación.* Das bedeutet verabredungsgemäß, die Erhebung soll in den nächsten 72 Stunden losbrechen.
País und seine Gruppe führen einen recht erfolgreichen Schlag gegen das Batista-Regime. Im Morgengrauen des 30. November 1956 greifen 300 junge Männer in olivgrünen Uniformen mit den schwarz-roten Armbinden der Bewegung das Polizeipräsidium, das Zollgebäude und die Hafenkommandantur an. Waffen haben sie sich bei einem Einbruch in den Schießklub von Santiago beschafft. Das Zollhaus wird in Brand gesteckt, die beiden anderen Gebäude werden vorübergehend besetzt. Zur selben Zeit dringt eine Abteilung der Fidelistas (Fidel-Anhänger) in das Boniato-Gefängnis ein und befreit alle politischenen Gefangenen. País zieht seine Leute aus der Stadt zurück. Am nächsten Tag schlägt er wieder zu. Diesmal geht die Hafenkommandantur in Flammen auf. Das gesamte öffentliche Leben in der Stadt kommt zum Erliegen. Batista wirft mit einer Luftbrücke 280 gutausgebildete Männer unter dem Befehl des Oberst Pedro Barrera in die Stadt. Die Rebellen werden gefangen und in eine Schule eingesperrt, können aber durch die Hintertür entkommen. Zwischen dem 30. November und dem 2. Dezember ist País praktisch Herr über die Stadt gewesen. Allerdings sind drei seiner besten Männer gefallen. Es stellt sich aber nun auch heraus, daß die Väter der Mittelklasse, selbst wenn sie sich nicht an der Erhebung beteiligt haben, ihre Söhne nicht im Stich lassen. Nicht nur Väter und Verwandte, auch wildfremde Menschen haben die Revolutionäre, als sie untertauchen müssen, bei sich versteckt.
Am 2. Dezember, zu spät, um in die Kämpfe in Santiago eingreifen zu können, erreicht die »Granma«, mehr durch Zufall als durch planmäßige Navigation, die kubanische Küste.

...wir kauten Gräser und rohen Mais

Statt, wie vorgesehen, bei Niquero, an einem günstigen Landeplatz, wo zudem Freunde warten, treibt das Fahrzeug an der Playa de las Coloradas in Landnähe oder genauer, in ein Sumpfdickicht mit dichtem Unterholz. Es ist unmöglich, alle Munition und alle Waffen zu bergen. Die Yacht kentert, wird von einem Flugzeug entdeckt, ein Fahrzeug der Küstenwacht taucht auf. Maschinengewehrsalven trommeln ins Leere.
Erst nach drei Stunden haben die Revolutionäre festen Boden unter den Füßen.
Ein Bauer lädt die Männer zum Essen ein, aber kaum haben sie sich hingesetzt, da fallen Schüsse. Sie ziehen eilig weiter landeinwärts. Einen Tag lang sind sie ohne Nahrung. Einige der Rebellen verirren sich.
In den nächsten zwei Tagen beeilt sich der Verband, zur Sierra vorzudringen. Man zieht durch die Zuckerrohrfelder der Niquero-Plantage.
Die Stiefel der Männer sind neu und drücken. Die Männer sind durstig und lassen sich dazu verleiten, Zuckerrohr zu lutschen, wovon sie noch mehr Durst bekommen. Die Verirrten schließen wieder zum Haupttrupp auf. Was soll nun geschehen? Keiner weiß es so recht.
Sie werden verraten. Der Scout, der sich am Morgen des 5. Dezember von ihnen verabschiedet, geht zu dem nächsten Posten der Landpolizei. An diesem Tag will keiner der Rebellen mehr weiter. Sie machen Rast in einem Zuckerrohrfeld bei Alegría del Pio, nicht weit vom Gebirge entfernt.
Guevara behandelt gerade wundgelaufene Füße, als plötzlich kleine wendige Aufklärungsflugzeuge auf das Feld herabstoßen. Das Geräusch der Flugzeuge nimmt die Aufmerksamkeit der Rebellen ganz gefangen. So merken sie erst im letzten Augenblick, daß eine Armee-Einheit sie umstellt hat.
Che erzählt:
»Um vier Uhr an diesem Nachmittag, ohne die leiseste Warnung und zu unserer völligen Überraschung, hörten wir den ersten Schuß, gefolgt von einer Symphonie von heulendem Blei über unsere Köpfe hinweg. Wir waren an solch männliches Vergnügen noch nicht gewöhnt. Einer unserer Kameraden fiel, und ich selbst spürte die unerfreuliche Sensation in meinem Fleisch, gleichzeitig von Feuer und Blut getauft zu werden. Wir versuchten, uns davon zu machen, so gut es eben ging, einzeln oder in Gruppen. Keiner hörte mehr auf die Befehle unseres Anführers. Es bestand kein Kontakt zu unseren Offizieren. Wir waren völlig verwirrt. Ich erinnere mich daran, daß mir Major Juan Almeida einen Stoß versetzte, weil ich einfach nicht mehr laufen wollte. Und es war nur seinen drohenden

Zurufen zu verdanken, daß ich mich aufrappelte und zu rennen begann. Die ganze Zeit meinte ich, bald sterben zu müssen.
In einer kaleidoskopischen Szene rannten Männer brüllend umher, die Verwundeten schrien um Hilfe, einige der Männer versuchten, hinter den dünnen Zuckerrohrstengeln in Deckung zu gehen, als handle es sich um Baumstämme, während andere vom Schrecken übermannt regungslos dastanden und in dem Lärm des Gefechts ihren Finger auf die Lippen legten.«
Guevara ist leicht verwundet. An den Boden gepreßt, denkt er an einen Helden aus einer Geschichte von Jack London, der den Erfrierungstod stirbt. Er will mit Anstand sterben. Das ist alles, was er noch weiß. Das Zuckerrohrfeld beginnt zu brennen, was die Guerillas erst recht entnervt. An einem bestimmten Punkt sieht sich Che vor die Entscheidung gestellt, entweder eine Tasche mit Medikamenten oder einen Kasten voll Munition weiterzuschleppen.
»Dies«, schreibt er, »war vielleicht das erste Mal, daß ich mich dem Dilemma gegenübersah, zwischen meiner Neigung, Arzt zu sein, und meiner Pflicht als revolutionärer Soldat entscheiden zu müssen.«
Er greift nach dem Munitionskasten.
Die Überlebenden der Gruppe suchen Zuflucht in einem Waldgebiet, Che fährt fort:
»Wir schliefen aneinandergelehnt. Alles, außer unseren Waffen und zwei Feldflaschen, die Almeida und ich trugen, war verloren. Unter diesen Bedingungen schleppten wir uns neun endlos sich dehnende Tage dahin. Wir kauten Gräser und rohen Mais. Einige der Mutigeren unter uns, zu denen Camilo Cienfuegos zählte, aßen rohe Krabben. In diesen neun Tagen ging alle Moral zum Teufel. Alle Vorsicht außer acht lassend, näherten wir uns der Hütte eines Bauern, um uns etwas zu essen zu verschaffen. Einige unserer Leute brachen dort zusammen.
Die Neuigkeiten, die wir hörten, waren einerseits entmutigend, andererseits machten sie uns auch wieder etwas Hoffnung. Wir hatten idiotische Fehler begangen, gewiß, aber Fidel lebte. Die haarsträubenden Berichte der Bauern bestimmten uns, unsere Gewehre zu verstecken und zu versuchen, die scharf bewachte Straße nur mit der Pistole in der Hand zu überqueren.
So verloren wir alle Waffen, die wir in der Obhut des Bauern zurückgelassen hatten, während wir uns in die Sierra Maestra davonstahlen.«
Die bei Alegría del Pio Versprengten haben es schwer wieder zusammenzufinden. In kleinen Grüppchen irren sie durch die Gegend. Einige wol-

len nicht mehr. Guillermo García rennt vor einem Bauern wie ein Kaninchen davon, ein Mann weint und jammert: »Warum habe ich nur mitgemacht?« In Mexiko wartet seine Frau auf ihn.
Castro bleibt mit zwei Männern in einem Zuckerrohrfeld versteckt. Ein Bauer bringt ihnen etwas zu essen, García stößt zu diesem Trupp, und sie machen sich auf zur Sierra.
Für einige Tage werden sie auf einer Farm versteckt. Es ist das Gehöft von Mongo Pérez, dessen Bruder, Cresencio, ein in der ganzen Gegend bekanntes Original ist.
Cresencio ist ein Brigant, dem man nachsagt, er habe schon einen Mord auf dem Gewissen und ein uneheliches Kind in jedem Dorf der Sierra. Seit Tagen ist er unterwegs, um mit Castro Kontakt aufzunehmen, nachdem man sich an dem ausgemachten Landeplatz verfehlt hat. Jetzt sammelt er nach und nach die Versprengten ein, und bringt sie in die Sierra hinauf, wo sie in Sicherheit sind.
Von den 82 Mann, die an Land gegangen sind, treffen im Gebirge noch ganze 15 wieder zusammen. Cresencio und seine Freunde beschaffen ihnen Waffen. Castro hält vor den Überlebenden eine Rede, die, wie später einer der Revolutionäre erzählt, seinen Ansprachen vor einer riesigen Menschenmenge im Central Park von Havanna an Vehemenz um nichts nachsteht. Er teilt ihnen mit, er habe nicht den geringsten Zweifel, daß sie nun über kurz oder lang siegen würden.
Das Batista-Regime begeht einen schweren Fehler. Es nimmt an, daß ein paar Männer, die in die Sierra entkommen, keine ernsthafte Bedrohung mehr darstellen. Sie werden sich dort nicht halten können, entweder verhungern oder von selbst herauskommen und sich ergeben. Ausgehend von dieser Annahme zieht die Regierung ihre Truppen zurück.
Aber sobald die Guerilleros wieder zusammen sind, sich etwas erholt und mit ihren neuen Waffen vertraut gemacht haben, tauchen auch schon neue Rekruten auf, von denen jeder eine Waffe mitbringt.
In Kuba läuft die Parole um: *Con Fidel en las Montañas – mit Fidel in die Berge.*
Es folgt eine Zeit der Anpassung. Castro berichtet:
»Zuvor hatten wir nicht einen einzigen Bauern in der Sierra Maestro gekannt, und was wir an Informationen besaßen, hatten wir aus Geographiebüchern gelernt. Wir wußten höchstens, daß die Flüsse Cauto, Contramaestre und Yara dort entspringen – aber schon, was wir über den Yara wußten, war nicht mehr als der Text eines Liedes. Trotzdem wurde nun unsere Gruppe sofort von der Bevölkerung unterstützt.«

Das Problem, sich Lebensmittel zu beschaffen, löst sich dadurch, daß Cresencio stets einen Bauern weiß, der etwas verkauft und ihnen auch die Stellen nennt, an denen sie Wasser finden.
»Wie war das damals in der Sierra Maestra? Wir trafen die ersten Bauern, die sich uns anschließen wollten, und auch einige Landarbeiter. Es begann mit der Enttäuschung, der Verstreuung, dann halfen einige Bauern den Überlebenden wieder zusammenzufinden. Wie sah die Lage für die Bauern um diese Zeit aus? Als erstes hatten sie mit noch stärkerem Terror der Armee zu rechnen ... zum zweiten, konnten sie nicht wissen, daß unsere Gruppe schlecht gekleideter, hungriger Männer mit wenig Waffen eine Armee, die über Lastwagen, Züge und Flugzeuge gebot, würde besiegen können ... wir mußten oft umziehen ... ohne daß uns die Bevölkerung sah ... in jeder Ortschaft mit über 100 Einwohnern gab es mindestens einen Batistiano ... und wenn man sich nicht in acht nahm, rief der die Armee herbei.«
Am 16./17. Januar wagt der Trupp einen Überfall auf die Kaserne bei La Plata. Das Gebäude wird gestürmt, dann in Brand gesteckt. Darauf ziehen sich die Fidelistas wieder in den Dschungel zurück. Immerhin haben sie Gewehre, ein neues Thompson-Maschinengewehr, einige tausend Schuß Munition, Feuerholz, Kleider, Proviant und Messer erbeutet. Einer der Gefangenen schließt sich ihnen später an.
Die Rebellen begegnen bei ihrem Rückzug dem Exodus der Bauern aus den Vorbergen. Die Aufseher und die Landpolizei haben die Nachricht verbreitet, daß die Gegend mit Bomben belegt werden solle. Jedem, dem sein Leben lieb ist, wird zur Flucht geraten.
Castro erzählt:
»Fast jede Gruppe, die wir trafen, hatte irgendwelche Klagen. Natürlich versuchten wir, sie politisch zu überzeugen. Sie arbeiteten in der Ebene 15 Tage, verdienten 15 oder 20 Pesos, kauften Salz und etwas Fett und kehrten dann auf ihre kleinen Kaffeeplantagen zurück. Die Landwirtschaftsbank gab nur Bauern Kredit, die wohlhabend waren. Wenn die Landpolizei an ihren Häusern vorbeikam, ließ sie zumindest ein fettes Huhn mitgehen. Die Kaufleute nahmen von den Bauern sehr hohe Preise. Dies waren die Bedingungen, die wir in der Sierra antrafen ... objektive Bedingungen für eine Revolution.«
Von nun an wendet Castro die klassische Guerillataktik des Zuschlagens und Ausweichens an.
Besorgt über die Aktivität der Rebellen, setzt Batista die Grundrechte im Land außer Kraft und verhängt eine scharfe Pressezensur. Die Regierung

leiht sich fünf Transportflugzeuge und schafft 800 Soldaten von Havanna in das Krisengebiet. Die Armee, mangelhaft ausgebildet und schlecht ausgerüstet für einen Feldzug im Gebirge, setzt den Guerillas fast nie entschieden nach.

Castros Streitmacht wächst langsam aber stetig. Mehr und mehr Freiwillige aus den Städten finden den Weg ins Gebirge.

Für einige Zeit ändert sich die Lage kaum. Die Guerillas unternehmen Vorstöße in entlegene Gebiete, während die Armee die Vorberge des Sierra-Massivs bewacht.

Auf der ganzen Insel setzt eine Folge von Terrorakten und Sabotageunternehmen ein. Bomben explodieren, Brände werden gelegt, Züge zum Entgleisen gebracht.

Batista beantwortet den Terror mit noch härterem Gegenterror. Wer seiner Polizei in die Hände fällt und im Verdacht steht, Kontakt mit den Rebellen zu haben, wird zuerst gefoltert und dann umgebracht.

Fidel hat von Anfang an darauf gedrungen, daß seine Männer die Bauern freundlich behandeln, daß Nahrungsmittel bezahlt werden und Gefangene der Armee wenig zu fürchten haben. Verräter und Denunzianten hingegen bestraft er rücksichtslos.

Batista verfügt über eine 30 000 Mann starke Armee, über von den USA gelieferte Panzer und Flugzeuge.

Die Rebellen besitzen in der ersten Zeit zumeist nicht einmal genügend Munition. Aber sie wissen sich zu helfen. Ein Veteran erzählt:

»Da Batistas Truppen viele grüne dumme Jungen in ihren Reihen hatten, verlangten ihnen die Mädchen beim Flirten als Andenken ein oder zwei Patronen ab. Und so habe ich eines Tages 150 Schuß bekommen.«

Es ist ein Krieg, der auf seiten der Guerillas mit Witz, Tollkühnheit und Sinn für Publizität geführt wird. Ein Beispiel:

Während auf dem Boulevard Melecón in Havanna wie jeden Samstagabend die endlosen Automobilkolonnen wie Leuchtschlangen zu den Vergnügungsstätten streben, unterhält sich in der Halle des Hotels Lincoln der berühmte Rennfahrer Manuel Fangio mit seinen Mechanikern und einem befreundeten Paar über sein morgiges Rennen. Der Sieg scheint ihm kaum zu nehmen. Da kommt ein junger Mann und nähert sich der Gruppe. »Sind Sie Fangio?«

Der Rennfahrer glaubt, es mit einem seiner unzähligen Bewunderer zu tun zu haben und bejaht.

Ein eigenartiger Bewunderer! Er stößt ihm eine Pistole in die Hüfte und sagt: »Kein Wort mehr!«

Ein Wagen wartet vor dem Eingang des Hotels. Die Revolutionäre haben den Meisterfahrer des Automobilsports entführt.
48 Stunden später, am 25. Februar 1957, wird Fangio wieder freigelassen, nach einem alles in allem ganz angenehmen Wochenende. Er hat sogar im Fernsehen das Rennen verfolgen können.
Der junge Mann, der die Entführung inszeniert hat, wird von der Polizei Batistas bald entdeckt und bezahlt seine Kühnheit mit dem Tod.
Che notiert, daß die Monate März und April des Jahres 1957 vor allem der Neuzusammenstellung und dem Training der Rebellentruppen gewidmet sind. Die Guerilleros zählen jetzt 80 Mann. Che berichtet auch von mehreren Asthmaanfällen in dieser Zeit. Einmal kann er kaum mehr laufen, so sehr plagt ihn der Husten, ein andermal löst das Material eines Schlafsacks eine so heftige Allergie bei ihm aus, daß er auf dem Erdboden nächtigt, bis ihm Castro seinen Schlafsack aus Segeltuch gibt.
Die erste Hälfte des Mai vergeht mit ausgedehnten Märschen. Guevara verirrt sich. Es dauert drei Tage, bis er wieder zu seiner Einheit zurückfindet. Er ist bestürzt, wie unterernährt die Bauern sind, denen er begegnet ist, und notiert, eine Agrarreform sei nach dem Sieg unumgänglich, schon allein um die Gesundheitsprobleme zu lösen.
In der zweiten Jahreshälfte 1957 wird die Herrschaft über die Sierra-Maestra-Region so weit ausgebaut, daß die Guerillas nun daran gehen können, hier eine Art eigener Zivilverwaltung zu errichten. Außerdem legen sie die ersten eigenen Fabriken und Werkstätten an, und es werden feste Lager eingerichtet. Eine Bäckerei wird gebaut, Schuhwerk und Sättel werden gefertigt. »Radio Rebelde« nimmt sein Programm auf, und die hektographierte Zeitschrift *El Cubano libre* erscheint.
Als am 29. August die Guerillas eine Armee-Einheit bei El Hombrito schlagen, nimmt Che zum erstenmal wahr, daß sich nun die Regierungsverbände definitiv aus dem Sierra-Gebiet zurückziehen.
In der Abteilung, die von Guevara geführt wird, kommt es häufig zu Verstößen gegen die Disziplin. In solchen Fällen greift er hart durch. Einmal wird ein Guerillero, der einen Befehl nicht befolgt hat, an einen Baum gefesselt, bekommt die Augen verbunden, und man erklärt ihm, er werde jetzt erschossen. Die Schüsse werden jedoch nur in die Luft abgegeben. Der Augenblick der Angst scheint Strafe genug.
Aber Cienfuegos, ein anderer Unterführer in der Guerilla, erzählt auch: »Er war kein Chef, er war ein Freund und uns allen ein Helfer. Zu den Soldaten war er wie ein Vater, er lehrte sie, er behandelte sie alle mit der gleichen liebevollen Ehrlichkeit, er zeigte ihnen, was es heißt, menschlich

zu sein, er bestand immer darauf, daß die Gefangenen als erste etwas zu essen bekamen.«
Guevaras 180 Guerilleros stoßen in die Zentralprovinz Las Villas vor. Sie verfügen über Lastwagen, und es besteht auch eine geheime Luftbrükke für den Nachschub. Der Vormarsch der Truppen aber muß zu Fuß vonstatten gehen. Einer der Männer erinnert sich:
»40 Tage Marsch, oft mit der Südküste und einem Kompaß als einzige Anhaltspunkte. Während 15 Tagen standen uns Wasser und Schlamm bis an die Knie, und wir marschierten nur bei Nacht, um nicht in einen Hinterhalt zu geraten . . . während der 31tägigen Reise durch die Provinz Camaguey aßen wir 11mal. Das war alles. Nach einer Hungerzeit von vier Tagen schlachteten wir ein Pferd.«
Als Anführer teilt Guevara das asketische Leben seiner Kameraden, anders als Castro, der in der Sierra gewöhnlich gut lebt und sich selbst Privilegien einräumt.
»Der erste im Kampf, der erste, der einem Verwundeten hilft, der erste, wenn es darum ging, zusätzliche Opfer zu bringen«, lautet ein anderes Urteil über Che.
Gegen Ende des langen Marsches lassen die Revolutionäre völlig erschöpft mehr und mehr den Mut sinken. Dann sehen sie in der Ferne die blauen Ketten von Las Villas. Am 1. Oktober erreichen sie endlich das Gebirge.
Bei dieser Kampagne begegnet Guevara einem Mädchen, das später seine zweite Frau wird. Er hat Hilda in Mexiko zurückgelassen. (Fast zwei Jahre sind sie voneinander getrennt.) Aleida March fungiert als Kurier zwischen einer Zelle in der Stadt und den im Gebirge operierenden Guerillas. Später kommt sie zu ihnen ins Lager. Das Zusammenspiel zwischen Untergrundgruppen in der Stadt und Guerillaverbänden in Gebirgsgebieten ist typisch für diese Phase des Kampfes.
Im Frühjahr 1958 hat der Diktator eine umfangreiche Offensive eingeleitet, die ein für allemal mit den Rebellen aufräumen soll. 12 000 Mann sind in den Kampf geworfen worden, unterstützt von Sherman-Panzern, Napalm abwerfenden Bombenflugzeugen. Aber die durch ihre schwere Ausrüstung unbeweglichen Verbände sind nicht sehr einsatzfreudig und stoßen nur selten auf den Feind, der immer wieder geschickt ausweicht. Den Rebellen gelingt es überdies, sich eines Senders der Regierung zu bemächtigen, samt allen nötigen Instruktionen und dem Verschlüsselungsplan. Ein wunderbarer Fund!

...in der Ferne die blauen Ketten von Las Villas

Unverzüglich geben die barbudos, wie die Castristen wegen ihrer Barttracht genannt werden, falsche Befehle durch.
Die Luftwaffe bombardiert Batistas eigene Truppen und wirft über den von den Aufständischen beherrschten Gebieten Lebensmittel ab.
Zur selben Zeit schickt die Armee einen Panzerzug nach Santa Clara, der Hauptstadt der reichen Zuckerprovinz von Las Villas. 17 gepanzerte Waggons, von vier Lokomotiven gezogen, mit Waffen im Wert von nahezu einer Million Dollar, Verpflegung für zwei Monate, 400 Soldaten und ihren Offizieren, mit Ingenieuren, mit Minen und Munition, ja selbst mit elektrischen Küchenherden.
Wenige Kilometer vor Santa Clara versperrt Guevara das Gleis mit einem Tankwagen. Als der Zug anhält, wird er sofort mit einem Hagel von Molotow-Cocktails empfangen. Er versucht, rückwärts zu fahren, aber auch dieser Weg ist inzwischen abgeschnitten. Vor der Schießscharte eines Waggons erscheint ein weißes Handtuch.
Im November und Dezember 1958 beherrschen die Revolutionäre fast alle Verbindungsstraßen auf der Insel. Guevara erobert die Stadt Sancti Spiritus. Auch die Eisenbahnverbindungen werden unterbrochen. Nach und nach fällt Armeeposten um Armeeposten, Garnison um Garnison.

Inzwischen sind zwei Jahre vergangen. Aus den Guerillaverbänden ist nun eine revolutionäre Armee geworden. Die Rebellen erhalten regelmäßig Verpflegung, zumeist Reis und Rindfleisch, sie haben jetzt weit bessere Kleidung, Schuhe und Decken. Die meisten Waffen haben sie ihrem Gegner abgenommen. Sie besitzen ein halbes Dutzend Jeeps (ebenfalls erbeutet) und einige Lastwagen.
Etwa die Hälfte der mit ihnen kämpfenden Männer sind Landarbeiter von den Kaffee- und Zuckerplantagen aus der Sierra Maestra, der Rest rekrutiert sich aus Arbeitern aus den Städten oder Landarbeitern aus anderen Teilen Kubas. Die meisten haben eine Grundausbildung in entlegenen Gebieten der Sierra erhalten. Sie wissen, wenn sie die Armee fängt, wird man sie foltern oder töten. Oberkommandierender ist Fidel Castro. Seine wichtigsten Unterführer sind Guevara (in Las Villas) und Raúl Castro, der an der Nordküste der Oriente-Provinz in der Sierra Cristal das Kommando führt. Hinzukommen Camilo Cienfuegos mit der Antonio-Maceo-Kolonne im Norden von Las Villas und der Mulatte Juan Almeida, Kommandant der Dritten Front im Osten, der Gegend um Guatánamo. Alle haben den Rang eines Majors. Ende 1958 zählt die Streitmacht der Rebellen einschließlich der Zivilisten etwa 3000 Mann.

Am 1. Januar 1959 ist die Lage des Batista-Regimes so prekär geworden, daß der Diktator sich entschließt, das Land zu verlassen. Von einem Mi-

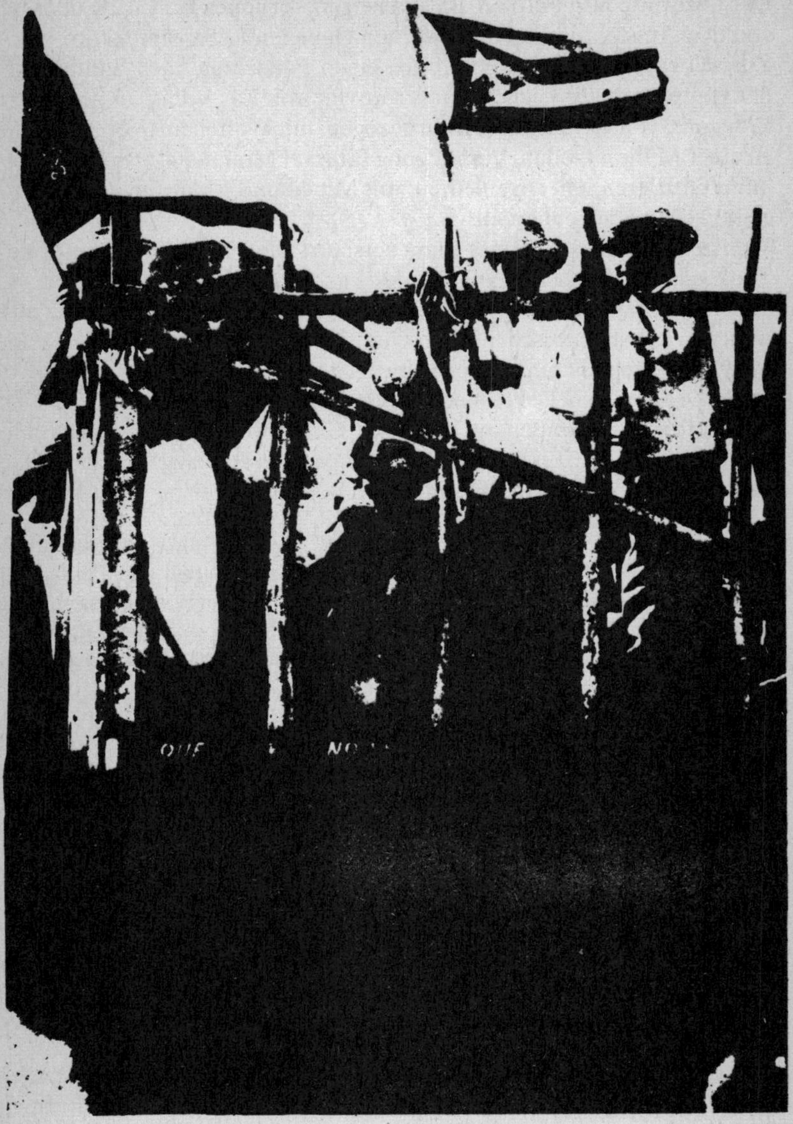

Ya ya ya, ihr habt den Sieg gewonnen…

litärflughafen entschwindet er unter Mitnahme von Millionensummen in die Dominikanische Republik. Schon zuvor hat er ein riesiges Vermögen, das durch Schmiergelder zusammengekommen ist, in der Schweiz, Florida, New York und Mexiko angelegt.
In Santa Clara, wo zwischen den Guerillas und den Regierungstruppen noch heftige Kämpfe im Gang sind, erfährt Oberst Casillas, der Verteidiger der Kasernen, von Batistas Flucht. Er vertauscht rasch seine Uniform mit Zivilkleidung, überträgt das Kommando einem Untergebenen und flieht ebenfalls. Am Nachmittag ergibt sich die Garnison bedingungslos. Oberst Casillas wird auf der Flucht gestellt und bei dem Versuch, sich abermals davonzumachen, erschossen.
In der Nacht vom 1. auf den 2. Januar trifft Guevara mit seinen Männern in Havanna ein und begibt sich sofort auf die Festung La Cabana, die ihm um vier Uhr morgens übergeben wird.
Camilo Cienfuegos hat inzwischen mit 700 Guerillas das Militärlager Columbia besetzt. Die Einnahme von Havanna geht ohne Kampfhandlungen vonstatten. Hier und da fraternisieren Batista-Anhänger mit den Rebellen. Selbst der amerikanische Botschafter muß den Revolutionären bescheinigen: »Unter den gegebenen Umständen blieben sie recht beherrscht.«
Castro ist unterdessen in Santiago eingetroffen und spricht in der Nacht vom 1. auf den 2. Januar vor einer großen Menschenmenge.
Am 2. Januar ruft die »Bewegung des 26. Juli« zu einem Generalstreik auf, der das Ende des alten Regimés markieren soll und in fast allen Städten vollständig befolgt wird. Im Central Park in Havanna findet eine große Kundgebung der Gewerkschaft FONU, die Castro unterstützt hat, statt. Ein Guaracha-Tänzer in der Menge singt:

> Ya ya ya, ihr habt den Sieg gewonnen,
> aber nun müßt ihr den Frieden gewinnen.
> Er, der so grausam war,
> laßt ihm gerechten Lohn zuteil werden.

Letztes Gefecht

Am Morgen des 8. Oktober 1967 (Sonntag) gegen 10.30 Uhr, bei der Ablösung der ersten Wache, hatte die Gruppe Pérez Feindberührung. Die Soldaten schossen zuerst. Gewehr- und Granatwerferfeuer zerfetzte das dünne Blattwerk der Bäume. Vom Boden der Schlucht aus erwiderten die Guerilleros das Feuer mit automatischen Waffen, und bald gab es auf seiten der Armee zwei Tote und einen Verwundeten. Diese Verluste dämpften den Enthusiasmus der jungen Rekruten spürbar. Der Schußwechsel flaute ab.

Ches Männer hatten das Vordringen der Truppen auf den Höhen der Schlucht seit etwa zehn Uhr beobachtet. Ernesto hatte seinen Leuten gesagt, die Situation werde dann nicht kritisch werden, wenn die Armee erst am Nachmittag angreife. In diesem Fall bestand eine Chance, hinhaltenden Widerstand zu leisten, bis die Dunkelheit hereinbrach, und im Schutz der Nacht die Schlucht zu verlassen. Die Guerillas erkannten die Umfassungsbewegung der Truppen, aber sie hofften immer noch, sie seien nicht völlig umstellt. Guevara entschied sich, eine Abteilung zurückzulassen, die die Soldaten hinhalten sollte, während der Rest seiner Gruppe versuchen wollte, die Schlucht in südöstlicher Richtung hinabzuziehen und zum Rio Grande durchzustoßen.

Fidel Castro hat die Situation beim letzten Gefecht offenbar falsch gesehen, als er später bei seiner Fernsehrede über den Tod Guevaras erklärte:

»Es wird immer gesagt, die Guerillas seien umstellt gewesen. Wir (bei der kubanischen Guerilla) waren immer umstellt: wir hatten die See im Rücken, die Ebene und die Reisfelder vor uns, und für lange Zeit spielten sich unsere Bewegungen auf einem Raum ab, der in etwa nur sechs Meilen lang und sechs Meilen breit war.«

Die Position der Guerillas in der Churo-Schlucht ließ sich damit aber in keiner Weise vergleichen. Ches Männer hockten auf dem Boden eines Tales, dessen Höhen und Ausgänge fest besetzt und abgeriegelt waren. Weniger als eine Meile trennte sie von der Position des Feindes. Außerdem waren zur Operation »Parabano«, mit der die letzten Guerilleros liquidiert werden sollten, in der weiteren Umgebung zwischen 1000 und 1500 Mann zusammengezogen worden.
Die Zone, in der sich Che und seine Männer jetzt befanden, war völlig verschieden von den wilden, dicht bewaldeten Gebirgen, in denen sich der Anfang der bolivianischen Guerilla abgespielt hatte. In der Churo-Schlucht war die Vegetation dürftig. Dornenbüsche und verkümmerte Bäume krallten sich in die Abhänge. Nur am Grund, entlang des schmalen Wasserlaufes, war das Blattwerk etwas dichter.
Zur Nachhut hatte sich als Anführer Inti gemeldet. Guevara zögerte. Die Lösung wurde ausführlich durchgesprochen. Inti und Pombo waren seine besten Männer, und eben sie sollten zurückbleiben und den Rückzug ihres Führers und ihrer Kameraden decken?
Schließlich war Che doch einverstanden und teilte der Nachhut noch Urbano, Benigno, Darío, Nato und Aniceto zu. Diese Männer nahmen sofort jene Standorte ein, von denen aus sie die Soldaten aufhalten sollten. Che und die anderen brachen auf.
Kurz darauf aber bewies den Zurückgebliebenen das Gehämmer eines Maschinengewehrs, etwas mehr als eine Meile talabwärts – eines der Geschosse verwundete wahrscheinlich Che –, daß auch in dieser Richtung eine Gruppe der Armee einen Sperriegel vorgeschoben hatte.
Bei der Armee hatte die Abteilung unter Prado bisher noch nicht in die Kampfhandlungen eingegriffen. Der Offizier hatte seine Soldaten als Postenkette über eine ziemlich weite

Strecke auf der Höhe ausschwärmen lassen. Er hielt es nicht für ratsam, in dieser Formation in die Schlucht hinabzugehen, ehe nicht Leutnant Huerta eintraf.
Da rief ihm ein Soldat, der hinter einem schweren Maschinengewehr lag, zu: »Capitano, die Guerilleros kommen die Schlucht herunter!«
Prado befahl: »Schieß, sobald du ein genaues Ziel erkennen kannst!«
Es wurden zwei Gurte verschossen, und der Rekrut zählte mißmutig nur einen sicheren Treffer. Dann wurde es still. Nur das Echo der Detonationen mehr als eine Meile aufwärts ließ erkennen, daß dort das Gefecht auch wieder in Gang gekommen war.
Der Kommandoposten war mit drei Mann besetzt. Die Rekruten wollten kämpfen, aber in Anbetracht ihrer Position auf der Höhe des Abhangs war das kaum möglich. Es war ihnen fast langweilig. Plötzlich rief einer von ihnen: »Zwei Männer kommen den Abhang herauf!«
»Nur ruhig ... die fangen wir.«
Die beiden Guerilleros keuchten beim Aufstieg. Sie achteten kaum darauf, sich hinter Büschen zu decken. Einer der beiden war offensichtlich verwundet; der andere, ein kleiner, gedrungener, dunkelhaariger Mann, stützte ihn und ließ seine Maschinenpistole über den Boden schleifen.
»Halt! Ergebt euch!«
Zwei M-1 und ein FAL-Gewehr richteten sich auf die völlig erschöpften Guerilleros. Der dunkelhaarige Mann ließ seine Waffe fallen. Den anderen schüttelte ein Hustenanfall. Die Drohungen eines Soldaten schienen darauf hinzudeuten, daß der Posten nicht vorhatte, Gefangene zu machen. Da keuchte der Verwundete zwischen zwei Hustenstößen: »Hört doch auf. Seid doch vernünftig. Warum wollt ihr mich töten. Ich bin Che. Ich bin für euch lebendig mehr wert als tot.«

Einer der Soldaten sprang auf, um Capitano Prado zu suchen, der weiter oben am Hang stand. »Capitano, wir haben zwei von ihnen gefaßt. Der eine behauptet, er sei Che.«
Es war gegen 13 Uhr.
Capitano Prado und zwei seiner Männer stiegen zu der Stelle herunter, wo der Posten mit den Guerilleros auf einem kleinen Plateau wartete. Er befahl, die Gefangenen mit Stricken und Lederseilen zu binden.
Der Offizier erkannte augenblicklich, daß er den legendären Guerillero-Anführer vor sich hatte. Das Aussehen, die Sprechweise, alles stimmte mit den Angaben des Steckbriefs überein, die die amerikanischen Instrukteure während des monatelangen Trainings in La Esperanza ihren Schülern wieder und wieder eingeprägt hatten.
»Wer bist du?«
»Ich bin Che!« erwiderte der Gefangene ruhig. Der andere Guerillero sagte, er heiße Willy.
Guevara wurde entwaffnet. Seine M-2 hatte er seit dem ersten Gefecht am Vormittag nicht mehr benutzen können. Ein Geschoß hatte ihm die Waffe aus der Hand geschlagen und sie unbrauchbar gemacht. Über der Schulter trug er einen Knappsack. Eine lederne Dokumentenmappe hing rechts an seinem Gürtel; eine andere Tasche aus Segeltuch baumelte auf der linken Seite. Sie enthielt das Tagebuch, Bücher, Notizen, einige Gedichte und persönliche Habseligkeiten. Das Tagebuch war in zwei Notizbüchern einer pharmazeutischen Firma aus Deutschland geführt worden, ein Band für 1966, der zweite für das Jahr 1967.
Ein Geschoß steckte in Ches rechter Wade, und er bat um einen Arzt. Der Capitano sah sich die Wunde an und erklärte, so schlimm sei das nicht.
Das Bein wurde lediglich behelfsmäßig bandagiert, um eine Blutung zu verhindern.

Unten, auf dem Grund der Schlucht, ging das Gefecht unterdessen weiter. Prado ließ zwei Soldaten bei den Gefangenen zurück und befahl ihnen, Guevara und Willy sofort zu töten, falls Guerillas in der Nähe auftauchen sollten. Er glaubte, Ches Kameraden würden nichts unversucht lassen, ihren Anführer zu befreien. Aber Guevara sagte: »Keine Angst, Capitano, es ist alles vorbei...«
Prado beeilte sich, seinen Vorgesetzten über Funk Meldung zu machen. Eine Verbindung mit Valle Grande, dem Hauptquartier des Taktischen Stabes, wurde über die Radiostation GRC 9 in Abra del Picacho hergestellt.
»Hier dünner Mann, hier dünner Mann«, meldete sich Prado, »ich habe Papa. Ende.«
Einige Minuten verstrichen. Dann kam die Stimme aus Valle Grande: »Hier spricht Saturn. Geben Sie mir dünnen Mann. Er soll bestätigen, daß er Papa hat, Ende.«
»Hier dünner Mann. Ich habe Papa. Ende.«
»Saturn hat verstanden.«
»Hallo, Saturn?«
»Ja, dünner Mann. Sprechen Sie!«
»Wie wollt ihr Papa haben?«
»Lebendig!«
»Gut. Dann schickt einen Hubschrauber her und laßt Papa abholen.«
Das war das letzte Gefecht der bolivianischen Guerilla...

Gefangen

Die Soldaten trugen dürres Holz und Gras zusammen, um ein Feuer zu machen, an dem sich der Hubschrauber orientieren sollte. Man wartete etwa 20 Minuten. Die Stimmung war gespannt und nervös.

Der Offizier und einige seiner Männer kamen zu dem Guerillaführer, sprachen mit ihm, stellten ihm Fragen.

Warum er nicht in seinem eigenen Land gekämpft habe? Warum er gerade nach Bolivien gekommen sei? Die Antwort kam augenblicklich: »Die Revolution kennt keine geographischen Grenzen. Das Schlachtfeld ist überall dort, wo der Imperialismus herrscht.«

Weiter aufwärts in der Schlucht hörte man immer noch Detonationen. Dann war das surrende Geräusch des Hubschraubers in der Luft. Bald sahen sie, wie die Maschine den Hügel umkreiste. Die Soldaten wollten gerade ein Signalfeuer anzünden, als ein Schuß fiel. Die Guerillas schossen auf den Hubschrauber.

Capitano Prado, dem jetzt die Landung zu gefährlich schien, gab dem Piloten Anweisung, nach Higuera zurückzufliegen und dort zu landen.

Der Pilot antwortete über Sprechfunk, es sei schon zu spät am Tag, um in Higuera auf Prado zu warten. Man einigte sich darauf, daß er nach Valle Grande fliegen und zeitig am nächsten Tag zurückkommen sollte.

Dann begann der Fußmarsch hinunter in die Ortschaft. Zwei Patrouillen blieben zurück, um zu verhindern, daß die restlichen Guerillas während der Nacht aus der Schlucht entwischten.

Die Männer kamen nur mühsam voran. Die Schwerverwundeten und Toten, Soldaten wie Guerillas, wurden auf Tragbahren mitgeschleppt.

Guevara stützte sich auf einen Soldaten und unterhielt sich mit einem anderen, der leicht verwundet worden war.
Einmal bat Che um eine Zigarette. Capitano Prado bot ihm eine bolivianische Pacific-Zigarette an, die aus hellem Tabak hergestellt ist.
»Danke, aber hellen Tabak rauche ich nicht.«
«Welches ist denn Ihre Marke?«
»Astorias ... Ich rauche nur schwarze.«
Ein Soldat steckte ihm eine schwarze Zigarette zwischen die Lippen.
Che forderte Prado auf, man möge ihm die Fesseln abnehmen: »Meinen Sie nicht auch, Capitano, daß es völlig überflüssig ist, mich gefesselt zu halten? Ich kann doch gar nichts machen. Ich bin verwundet und hilflos.«
Die Fesseln wurden gelöst.
Higueras ist kaum mehr als eine Ansammlung von Schuppen und Hütten mit einigen baumbestandenen Gassen. Das Schulhaus, ein kastenartiger Schuppen, dessen Außenwände einmal weiß gewesen sein mochten, liegt in der Mitte des Ortes. Nachdem die Armee das Dorf als Operationsbasis gewählt hatte, war in der Schule ein Befehlsstand eingerichtet worden. Oberst Andres Selic, der Kommandeur des Pionierregiments, dessen Hauptquartier sich in Valle Grande befand, war einige Stunden zuvor mit dem Hubschrauber eingetroffen. Die Gefangenen wurden dem Leutnant Toty Aguilera übergeben und getrennt voneinander in die zwei Klassenräume eingesperrt.
Che verbrachte den ersten Augenblick im Klassenzimmer damit zu lesen, was auf den Tafeln stand. Die Lehrerin von Higuera, Julia Vallejos, kam hinzu und wechselte mit ihm ein paar Worte.
»Ah, Sie sind also die Lehrerin hier. Wissen Sie nicht, daß man bei einsilbigen Worten nie einen Akzent setzt? Sehen Sie

dort diesen Satz ... tengo fé en Dios (ich glaube an Gott) ... das Wort ›fe‹ hat keinen Akzent.«
Später erzählte Julia: »Ich hatte Angst, ihn anzusehen. Ich hatte mir vorgestellt, er sei ein brutaler Kerl, ein Gangster, statt dessen traf ich einen ganz sympathischen Mann.«
Che sagte: »Wissen Sie, daß solch eine Schule, wie diese hier, in Kuba unmöglich wäre? Wir würden das gleich ein Gefängnis nennen. Wie sollen die Kinder der Bauern hier etwas lernen?«
»Wir sind ein armes Land.«
»Aber die Regierungsbeamten und die Generäle besitzen Mercedes-Autos und viele andere Dinge mehr ... stimmt das etwa nicht? Dagegen kämpfen wir.«
»Sie sind hierher gekommen, um unsere Soldaten zu töten«, antwortete die Lehrerin.
»Ach, wissen Sie, ein Krieg wird nun einmal entweder verloren oder gewonnen.«
Unterdessen hatte Oberst Selic sich über Sprechfunk mit seiner Frau in Valle Grande unterhalten und sie angewiesen, die Frauen der Honoratioren der Stadt aufzusuchen und mit ihnen am nächsten Tag auf den Flugplatz zu kommen. Offenbar war ihm daran gelegen, daß Guevara von Valle Grande nicht weiter abtransportiert wurde. Der 300 Jahre alten Stadt sollte die Ehre vorbehalten bleiben, Schauplatz des Prozesses gegen Che zu werden.
Es wurde eine lange Nacht für die Gefangenen. Sie wurden mehrmals verhört, unter anderem auch von einem Agenten des CIA. Er gab sich als Doctor Eduardo Gonzales aus und war ebenfalls mit dem Hubschrauber gekommen.
Che ließ sich keine Informationen entlocken.
Die Offiziere kamen und gingen in dem Klassenzimmer. Zwischen zwei der Offiziere, die Che gefesselt auf dem Fußboden sitzen sahen, entspann sich folgendes Gespräch:

»Was meinst du, was der jetzt wohl denkt?«
»Ich wette, er denkt über die Unsterblichkeit der Maultiere nach.«
»Falsch, meine Herren ... über die Unsterblichkeit der Revolutionäre«, rief Che dazwischen.
Während eines der Verhöre beleidigte Oberst Zenteno Anaya Che. Der sprang, trotz seiner Fessel, auf und schlug Anaya ins Gesicht.
Wütend geworden, zog der Offizier seinen Revolver und schoß den Gefangenen in den rechten Arm.
Draußen drängten sich die Soldaten um den Rucksack, den man Che abgenommen hatte. Sie durchwühlten ihn nach Souvenirs. In einer kleinen Schachtel hatten sie Manschettenknöpfe gefunden. Sie konnten sich nicht vorstellen, daß Che jemals ein weißes Hemd getragen haben sollte, und machten darüber Witze. Leutnant Pérez stieß mit einem Fußtritt die Tür zum Klassenzimmer auf und hielt die Manschettenknöpfe ins Licht.
»Gehören die dir?«
»Ja, und ich will, daß man sie meinem Sohn schickt.«
Ein anderer Offizier, Espinosa, will eine von Ches Tabakpfeifen für sich haben. Die Pfeife, die sich im Rucksack fand, hatte schon jemand an sich genommen. Espinosa wollte tauschen. Der Soldat, dem die Beute zugefallen war, ging nicht darauf ein. Da erinnerte man sich daran, daß man Che eine seiner Pfeifen gelassen hatte. Espinosa stürmte ins Klassenzimmer, baute sich vor dem Gefangenen auf, beutelte ihn an den Haaren und riß ihm die Pfeife fort.
Che bewegte seine Füße, trat Espinosa gegen das Schienbein – der stolperte.
Oberst Selic kam hinzu. Er wollte Guevara noch einmal verhören...

Nach einem Sieg

Nach dem Ende des Befreiungskrieges auf Kuba verwandelt sich der Guerillero Guevara zunächst in einen hohen Regierungsbeamten, in den Chefideologen der Neuen Gesellschaft, den Wirtschaftsplaner und den Botschafter Kubas in der Welt. Die Anstrengungen der letzten Monate des Befreiungskrieges führen dazu, daß er krank wird. Den März 1959 verbringt er zeitweise in einer luxuriösen Villa in Tarara, einem ehemaligen Privathaus, das vom Ministerium für Wiedergewonnenes Eigentum beschlagnahmt worden ist. Er schreibt einen Brief an den Herausgeber einer Zeitschrift und erklärt, sein Gehalt gestatte es ihm nicht, sich ein Haus zu mieten. Er gebe zu, seine gegenwärtige Unterkunft stelle eine Beleidigung der Gefühle des Volkes dar, er habe auch vor, sie sogleich wieder zu verlassen, wenn er gesund geworden sei.

In diesem Monat läuft seine Scheidung von Hilda, die ihm trotz der Entfremdung nach Havanna gefolgt ist. Am 2. Juni 1959 heiratet er die Lehrerin Aleida March, die er während der Guerilla kennengelernt hat. Aus dieser Ehe gehen drei Kinder hervor: Aleidita, die 1960 zur Welt kommt, Camilito, geboren im Mai 1962, und Celia, geboren 1964.

In einem seiner letzten Aufsätze hat Che einige Bemerkungen über das Privatleben von Revolutionären seines Schlages einfließen lassen:

»Sie (die Revolutionäre) haben Kinder, die sprechen lernen, aber nicht lernen, den Namen ihres Vaters zu sagen; sie haben Frauen, von denen sie zumeist getrennt sind, ein Aspekt des allgemeinen Opfers, das sie mit ihrer Lebensweise für die Revolution bringen. Die Zahl ihrer Freunde ist auf die Zahl ihrer zuverlässigen revolutionären Kameraden beschränkt. Es gibt für sie kein Leben außerhalb der Revolution.«

Auch Aleida verliert ihren Mann schon wenige Tage nach ihrer Heirat an die Revolution. Am 13. Juni 1959 verläßt Che Havanna zu einer längeren Auslandsreise nach Afrika, Asien und Europa, die vor allem dem Zweck dient, Kontakte zu den sogenannten »blockfreien Staaten« herzustellen.

Als er am 8. September nach Kuba zurückkehrt, übernimmt er sehr bald das Wirtschaftsdepartment des Nationalen Instituts für Agrarreform, ohne, wie es in einer offiziellen Verlautbarung heißt, »seine Verpflichtungen bei der Führung der revolutionären Streitkräfte aufzugeben«. Am 22. November ernennt ihn Castro zudem noch zum Präsidenten der Nationalbank von Kuba. Der Mann, der das Geld verachtet, wird Verwalter der kubanischen Staatsfinanzen.

Eine seiner ersten Fragen an seine Untergebenen, als er die Bank übernahm, soll gelautet haben: »Wo hat Kuba seine Goldreserven und seine Dollars deponiert?« Als er zur Antwort bekommt: »In Fort Knox«, befiehlt er sofort, zu verkaufen und die Goldreserven in Devisen umzuwandeln, die auf kanadischen und Schweizer Banken deponiert werden. Dank dieser Maßnahme entgehen diese Werte später der Beschlagnahmung kubanischen Eigentums in den USA.
Sowohl in der INRA (Institut für Agrarreform) als auch in der Bank sind manche Leute, vor allem ausländische Bankiers, von seinem Auftreten und seinem Arbeitsstil etwas verstört. Er arbeitet oft 36 Stunden ohne Unterbrechung durch und nimmt sein Mittagessen und sein Abendbrot hinter dem Schreibtisch ein. Geschäftsbesprechungen beginnen bei ihm nicht selten um zwei Uhr morgens. Die amerikanische Angewohnheit, Geschäfte beim Essen zu besprechen, das auch auf Kuba üblich gewordene »business lunch«, behagt ihm nicht. Er meint dazu: »Geschäftsessen sind Zeitverschwendung. Mit vollem Mund kann kein Mensch reden.«
Wenn er einmal ausspannt, hört er klassische Musik, mit Vorliebe Beethoven. Er ißt einfach: ein Steak (wenn möglich), dazu grünen Salat und Tomaten. Er geht salopp gekleidet: eine ausgeblichene Uniform, Kampfanzug, das Hemd über der Hose, schwarze Fallschirmjägerstiefel und eine Baskenmütze, die er selten abnimmt, dazu (fast wie ein Kleidungsutensil) die schwere Monte-Cristo-No.-4-Zigarre, erhaben darüber, daß Rauchen bei seiner Neigung zu Asthmaanfällen alles andere als zuträglich ist.
Er sucht nicht das Rampenlicht. Wenn Castro ihn dazu drängt, öffentlich zu reden, ist sein Sprechstil nie eine Imitation des Freundes. Er spricht ruhig, mehr als ob er eine Vorlesung zu halten habe, mit dem Zeigefinger zur Betonung in die Luft deutend.

Seine Gedanken spiegeln sich in seinen Schriften; und es sind dies auch die Jahre, in denen er – man fragt sich wann, bei all den Ämtern und offiziellen Verpflichtungen – seine wichtigsten Bücher veröffentlicht.
Noch heute ist Guevaras Name vor allem mit einer bestimmten Theorie über den Guerillakrieg verbunden, wie er sie in dem 1960 in Havanna unter dem Titel *La Guerra de Guerillas* erschienenen Buch niedergelegt hat.
Drei Thesen werden aufgestellt:
1. *Man muß nicht immer darauf warten, bis alle Bedingungen für die Revolution gegeben sind. Der insurrektionelle Herd* (und damit ist ein kleiner Guerillaverband gemeint) *kann sie schaffen.*

2. *Im unterentwickelten Amerika ist das Land das entscheidende Terrain des bewaffneten Kampfes.* (Das Wort Land wird hier im Gegensatz zur Stadt gebraucht.)
3. *Der in den Bergen und Dschungeln kämpfende Partisanentrupp und nicht eine in der Stadt ansässige Partei bildet die militärisch-politische Vorhut einer möglichen sozialistischen, antiimperialistischen und antioligarchistischen Revolution.*

Es fällt sofort auf, daß es sich bei diesen Sätzen um formelhafte Verkürzungen der in der kubanischen Guerilla gewonnenen Erfahrungen handelt. Als Fazit des Freiheitskampfes in Kuba sind sie treffend, mit einer Einschränkung: Der Anteil der städtischen Bevölkerung am Sieg wird wohl mit Absicht etwas heruntergespielt und das Bild des bäuerlich-ländlichen Guerillero fast mythisch überhöht.

Aber Guevara formuliert seine drei Thesen nicht nur als Quintessenz seiner Erfahrungen aus der Vergangenheit, sondern auch als Regel, wie der revolutionäre Kampf in Zukunft in den Ländern des unterentwickelten Amerika zu führen sei. Daß sich Guevaras Guerillatheorie eben *nicht* auf jedes unterentwickelte Land Südamerikas anwenden ließ und daß sie für Afrika erst recht keine Gültigkeit hatte, dafür ist sein eigenes Schicksal eine tragische Probe aufs Exempel.

Wie aber ist es zu dieser Verherrlichung des Guerillero gekommen? Das wird klar, wenn man zunächst noch ein paar Sätze aus Régis Debrays Schrift *Revolution in der Revolution* zitiert. Sie lauten:

»Jeder Mensch, auch ein Genosse, der sein Leben in der Stadt verbringt, ist, ohne es zu wissen, ein Bourgeois im Vergleich zu dem Partisanen oder Guerillero ... der Stadtmensch lebt als Konsument ... Die Berge proletarisieren Bürger und Bauern, während die Stadt sogar Proletarier verbürgerlichen kann.«

Anders ausgedrückt ließe sich auch sagen: Als Guerillero in Dschungeln und Gebirgen wirft der Mensch seine Verfremdung ab, wird der Mensch neu. Er muß sich neu begreifen. Er muß seine Gewohnheiten, seine Bequemlichkeit aufgeben. Er muß sich höchste Anforderungen abverlangen. Die Notwendigkeit, sich unbedingt aufeinander verlassen zu müssen, schafft eine neue Moral. Das alte Wertsystem, in das sich der Mensch als Konsument und Besitzer von Privateigentum verstrickt sah, existiert plötzlich nicht mehr. Nun sieht er auch ein, wie lächerlich es doch eigentlich war, sich zum Sklaven dieses Systems erniedrigen zu lassen. Er hat die Chance, neu zu beginnen, ein anderer, ein neuer Mensch zu werden und gleichzeitig die Gesellschaft der Neuen Menschen kämpferisch zu verwirklichen.

Nach dem Sieg der Revolution in Kuba wurde versucht, dieses Glücksgefühl, das die Männer der Guerilla trotz aller Schwierigkeiten in der Sierra Maestra empfunden hatten, in die neu zu bauende Gesellschaft einzubringen und diesen Staat zu einer Gesellschaft der Partisanen, der Guerilleros zu machen.

Das drückt sich äußerlich aus: in der Haartracht, in der Kleidung, in der Vernachlässigung alter Umgangsformen. Das setzt sich fort im Bedürfnis, dem Volk immer wieder nahe zu kommen, ohne Übernahme der Mechanik der Demokratie, sondern durch Erfindung anderer Formen der Kommunikation. Man denke an Castros endlos das eigene Denken und die eigenen Gefühle öffentlich darlegende Reden, an die Mitarbeit aller bei der Zuckerrohrernte. Freilich hat vieles aus dem Blickwinkel des alten Europa teils lächerliche, teils naiv-kitschige Züge. Und es muß auch den Guerillaveteranen allmählich deutlich geworden sein, daß man einen modernen Staat nicht im Guerillastil führen und verwalten kann. Trotzdem macht sich der Wunsch, mobil und offen zu leben und zu denken, noch lange im Verhalten Castros und Guevaras immer wieder Luft.

Insofern kann die Wende zum Marxismus im kubanischen System nicht nur durch die machtpolitische Konstellation erklärt werden. Sobald die castristischen Guerilleros Marx sorgfältiger lasen, mußten sie, vor allem in den Frühschriften, eine Tendenz erkennen, die ihrem Verlangen verwandt war, nur daß sie im Werk dieses politischen Denkers im Rahmen höchst differenzierter und weitgespannter Überlegungen auftaucht.

Mit seinem Begriff von der Entfremdung hatte Marx beschrieben, was der Partisan und der Guerillero hatten von sich abfallen spüren. Entsprechend sind Guevaras theoretische Überlegungen zum Begriff »Arbeit«. Seine Versuche, hier und sofort Schluß zu machen mit der Entfremdung, muten freilich grotesk an.

»Arbeit«, so schreibt er, solle nicht länger »eine traurige Pflicht, eine unglückselige Notwendigkeit sein, sondern etwas, das die größte Würde des Menschen ausmacht, soziale Aufgabe, echtes Vergnügen, höchster menschlicher Schöpfungsakt.«

Wie stellt er sich das vor?

»Damit der Mensch wieder von seiner Natur Besitz ergreife«, heißt es in dem Aufsatz *Mensch und Sozialismus auf Kuba,* »ist es nötig, daß der Mensch aufhört, Ware zu sein, und daß die Gesellschaft ihm ein anteiliges Quantum aushändigt als Gegenleistung für die Erfüllung seiner gesellschaftlichen Pflicht ... der Mensch beginnt, sein Denken von der Angst zu befreien, die durch die Notwendigkeit bedingt ist, seine unmittelbaren Bedürfnisse vermittels der Arbeit zu befriedigen. Er beginnt, sich in seinem Werk wiederzuerkennen und seine menschliche Größe durch den geschaffenen Gegenstand und die verwirklichte Arbeit zu erfassen. Seine Arbeit setzt nicht mehr das Aufgeben eines Teils von seinem Sein in Gestalt verkaufter, ihm nicht mehr gehörender Arbeitskraft voraus...«

Die Arbeit also soll vom materiellen Anreiz getrennt und nur aus sozialer Verantwortung getan werden. Andererseits soll die Gesellschaft die notwendigen – und das heißt human gerechtfertigten – Bedürfnisse des einzelnen befriedigen.

Der Mann aus Havanna

Das zielt darauf ab, daß der einzelne es nicht mehr nötig hat, Besitz zu raffen, und dies mit dem Hinweis begründet, er müsse sich sichern.
Gier, Habsucht und Macht werden als Wurzeln kapitalistischer Gesellschaftsordnung bloßgelegt. Diese Laster gilt es in der sozialistischen Gesellschaft neuen Stils zu überwinden.
Che ist sich darüber im klaren, daß sich eine moralisch-sozial orientierte Haltung gegenüber der Arbeit nicht sofort einstellen kann. Um ein solches Bewußtsein zu erreichen, bedarf es neben der Überführung der Produktionsmittel in Gemeinbesitz eines ständigen Lernprozesses. »Die Gesellschaft als Ganzes muß eine gewaltige Schule werden.«
Castro scheint von Guevaras Überlegungen zwar fasziniert, doch seine Haltung bleibt schwankend. Im Theoretikerstreit, der sogenannten »Oekonomiedebatte«, die sich von 1963 bis 1965 hinzieht, ergreift er einmal in einem Aufsatz der Zeitschrift *Cuba Socialista* Ches Partei. Im Interview mit Lockwood sagt Castro:
»Von einem sehr frühen Alter an muß dem Menschen das egoistische Gefühl, das sich aus der Freude an materiellen Dingen ergibt, wie auch der Sinn für individuelles Eigentum abgewöhnt werden.«
Aber fast zur gleichen Zeit, im Sommer 1965, Guevara ist schon von der politischen Szene Kubas verschwunden, erklärt er in einer Rede vor Arbeitern, die sich bei der Zuckerrohrkampagne V besonders ausgezeichnet haben:
»Wir können nicht die idealistische Methode wählen, die davon ausgeht, daß sich der Mensch von seiner Pflicht leiten läßt ... denn in Wirklichkeit sieht es nicht so aus. Es wäre absurd, wenn man erwarten wollte, daß die große Masse der Menschen, die ihren Lebensunterhalt durch Zuckerrohrschneiden verdienen, ihr letztes geben, nur, weil es ihre Pflicht ist und gleichgültig, ob sie nun mehr oder weniger verdienen, das wäre zu idealistisch gedacht.«
Nach Guevara sollten alle gesellschaftlichen und wirtschaftlichen Entscheidungen in der kubanischen Gesellschaft derart getroffen werden, daß sie sofort das Werden des Neuen Menschen fördern.
Das hat seine Auswirkungen auf die ökonomische Werttheorie. Wenn der Neue Mensch, das neue Sein von Arbeit, wichtiger ist als Nutzeffekt und Leistungsfähigkeit, dann bemißt sich der Wert einer Unternehmung nach ihrer sozialen Funktion und nicht unbedingt nach ihrem materiellen Erfolg. Konkret: als Leiter der Nationalbank hält Guevara es für unrichtig, die Bierindustrie mit größeren Investitionen auszustatten als einen Verlag für Schulbücher, nur, weil der eine Betrieb durch die größere Nachfrage profitabel ist und der andere nicht.
Nach dieser »moralischen Werttheorie« sind freilich auch gegen Zinsen gewährte Auslandskredite verwerflich. Che ist der Meinung, diese Anleihen sollten Geschenke sein – eine Forderung, die bei Kommunisten alter Schule helle Empörung auslöst und immer wieder als bezeichnend für seinen ökonomischen Dilettantismus herausgestellt wird.

Ches sozialistisch-utopisches Gesellschaftsbild zielt also vor allem auf menschliches Glück, auf Freundlichkeit, auf Solidaritätsbewußtsein, auf Beseitigung von Gier. John Gerassi schreibt in diesem Zusammenhang über den Eindruck, der sich ihm aus Gesprächen mit Guevara mitteilte.
»Che begriff mehr als andere Menschen, die ich getroffen habe, daß Liebe nicht zwischen Herr und Knecht bestehen kann. Er wußte, daß dieses Verhältnis zuerst zerstört werden müsse. Und er wußte auch, daß, ist es zerstört, sich eine neue Beziehung – die der Liebe (hier verstanden als Liebe zu den Menschen, als Brüderlichkeit) – nicht automatisch einstellt. Liebe kommt nicht aus dem Establishment, nicht von oben (läßt sich nicht verordnen), sie kann nur von der Basis wachsen. (Sich im Volk einstellen.) Liebe, würde Che gesagt haben, ist kein Blitz, kein augenblickliches mystisches Ereignis. Es ist Anstrengung dazu nötig. Sie ist etwas, das sich ergibt, indem man ständig daran arbeitet.
Aber ehe die Menschen an ihrer Liebe (Freundlichkeit, Brüderlichkeit) arbeiten können, ehe sie Vergnügen aus dem Vergnügen der anderen schöpfen, Befriedigung daraus ziehen, sich für andere einzusetzen, müssen sie miteinander kommunizieren können. Dazu ist es notwendig, daß sie sich gleich gegenüberstehen. Ein reicher Mann, der zu einem Armen freundlich ist, bietet Wohltätigkeit, nicht Liebe. Um freundlich sein zu können, muß man den Haß zerstören, der von den Gierigen, von denen, die es nach Allmacht gelüstet, genährt wird.«
Und hier wird nun einsichtig, warum Che die Gewalt bejaht, warum er sagen konnte: »Schafft drei, vier, viele Vietnam.«
Hier wird deutlich, warum die Ausdehnung des Befreiungskampfes über Kuba hinaus, auf Südamerika, auf die gesamte Dritte Welt, für ihn nicht nur eine theoretische, sondern auch eine persönliche existentielle Notwendigkeit ist und warum sich der Zwang, entsprechend zu handeln, in dem Maße verschärft, in dem er durch seine Position Einblick in die globale Konstellation bekommt.
Es werden später, in der *Botschaft an die Völker der Welt* Worte fallen, in denen sich der Haß zu verfestigen scheint:
»Unsere Soldaten müssen eine wirksame, gewalttätige, selektierende und kalte Tötungsmaschine sein ... ein Volk ohne Haß kann nicht über einen Feind siegen, dessen wesentliches Merkmal seine Brutalität ist.«
Da kommen pathologische Züge ins Bild. Sie sollen nicht verschleiert werden, aber man muß sich immer die Szenen des Elends und der Unmenschlichkeit hinzudenken, die einen eher mitleidbereiten Menschen in diese Übersteigerung stießen. Es ist dies dieselbe psychologische Situation, die Brecht mit den Zeilen umschreibt: »Auch der Haß gegen die Niedrigkeit/ Verzerrt Die Züge./ Auch der Zorn über das Unrecht/ Macht die Stimme heiser. Ach, wir,/ Die wir den Boden bereiten wollten für Freundlichkeit,/ Konnten selber nicht freundlich sein.«

Zwei wirtschaftspolitische Forderungen Guevaras sind es, die bald das Mißtrauen der orthodoxen Altkommunisten erregen, die inzwischen in Kuba in wichtige Schlüsselstellungen aufgerückt sind. Zum einen die moralische Werttheorie und die sich aus ihr ergebenden, weitreichenden Konsequenzen, zum anderen die von Che in den ersten Jahren nach dem Sieg der Revolution auf Kuba betriebene Forcierung der Industrialisierung, um so der sich nach dem Boykott durch die USA schon abzeichnenden wirtschaftlichen Abhängigkeit von der Sowjetunion wenigstens etwas gegensteuern zu können.
Bei den orthodoxen Kommunisten (vor allem in dem Altkommunisten Carlos Rafael Rodríguez und dem Parteisekretär Anibal Escalante erwachsen Che zwei gefährliche Gegner) ist die Vorstellung, daß die Utopie sogleich in der Gesellschaft verankert werden müsse, freilich nur ein Anklagepunkt unter vielen. Für sie war, wie man in inzwischen zugänglichen Berichten nach Moskau und in den von ihnen in Blättern des Ostblocks lancierten Artikeln nachlesen kann, Guevara abwechselnd »ein Anarchist«, »ein Trotzkist«, »ein romantischer Abenteurer«, »ein Mann, dessen kleinbürgerliche Vorstellungen von den Pariser Existentialisten herrühren, und der, statt sich an unsere erfahrenen Freunde im Osten zu halten, unter dem Einfluß der Hyperintellektuellen Frankreichs steht.«
Che spricht von den Altkommunisten stets als von der »Kamarilla«.
Diese Verächtlichkeit wird verständlich, wenn man weiß, daß beispielsweise Carlos Rafael Rodríguez (und er steht hier stellvertretend für einen Typ, den des Alten-Garde-Kommunisten!) vor der kubanischen Revolution mit Batista und anderen korrupten Präsidenten der Ära vor Castro zusammengearbeitet hatte.
Der entscheidende und schließlich wohl auch von der sowjetischen Führungsspitze als gefährlich angesehene politische Programmpunkt fällt in der Ansprache, die Guevara 1961 auf der von Präsident Kennedy inspirierten »Interamerikanischen Konferenz« in Punta del Este hält. Er sagt: »Wir können nicht aufhören, unser Beispiel, wie es die USA wünschen würden, zu exportieren, denn dieses Beispiel ist von einem Geist beseelt, der alle Staatsgrenzen überspringt ... wir können nicht versprechen, daß die kubanische Idee nicht auch anderswo Wurzeln schlägt. Fidel sagt: ›Falls die sozialen Mißstände fortbestehen, werden die Anden die Sierra Maestra Amerikas sein.‹ «
Eine solche Ausweitung der kubanischen Revolution nach Südamerika läuft der weltpolitischen Parteilinie der Sowjets in diesen Jahren zuwider, die auf einen Status quo mit den USA abzielt.

Durch das berüchtigte Schweinebuchtunternehmen der Amerikaner im April 1961 mag Che in seinen Vorstellungen noch bestärkt worden sein. Über die Umstände, unter denen er die Invasion der vom CIA ausgerüsteten und in Sold genommenen kubanischen Emigranten auf der Insel erlebt, erzählt er:
»Ich befand mich in einer Hütte nahe der Küste und wartete auf die Ankunft dieser Burschen. Plötzlich fiel ein Schuß, und ich spürte Blut in meinem Mund. Meine eigene Pistole, entsichert, war mit dem Patronengürtel, den ich immer trug, zu Boden gefallen. Durch den Aufprall löste sich der Schuß. Die Kugel traf mich in die Wange. Um einen Zentimeter, und sie wäre mir ins Gehirn gedrungen...«
Etwa seit dem Jahr 1961 zeichnet sich ein alternativer Kurs in den politischen Vorstellungen von Castro und Guevara ab, der seine Ursachen nicht zuletzt auch in dem unterschiedlichen Temperament und den verschiedenartigen Lebenserfahrungen dieser beiden Männer in ihrer Jugend gehabt haben mag.
Che will die Ausweitung des Befreiungskampfes auf Südamerika. Castro ist vorsichtiger, für ihn steht die Sicherung seines kubanischen Experiments durch ein geschicktes politisches Balancespiel, durch eine wechselnde Anlehnung – mal mehr an die Sowjetunion, mal mehr an China – im Vordergrund. Che ist Purist. Fidel, der illegitime Großgrundbesitzersohn mit Vorfahren aus dem spanischen Galizien, ist Realist.
Immer entschiedener hebt Che draußen in der Welt seine Meinung ab.

Am 11. Dezember 1964 greift er in einer Rede vor der UNO die USA hart an. Einige Tage später erklärt er in einer Fernsehsendung mit CBS in New York, kubanische Freiheitskämpfer seien in Venezuela aktiv und würden sehr bald in jedem Land Lateinamerikas kämpfen. Am 17. Dezember verläßt er New York und reist über Kanada nach Algerien. Bei der sich anschließenden Blitzreise durch acht junge afrikanische Staaten, erklärt er öffentlich, der revolutionäre Kampf in Lateinamerika werde nun bald in das Stadium der bewaffneten Aktion treten, und sagt eine brutale Konfrontation zwischen den Völkern Lateinamerikas und den USA voraus.
Am 18. Februar 1965 verkündet er in Dar-es-Salaam: »Nachdem ich sieben afrikanische Staaten besucht habe, bin ich davon überzeugt, daß es möglich sein wird, eine gemeinsame Front im Kampf gegen den Imperialismus und Neokolonialismus zu schaffen.«
In privaten Gesprächen warnt er die afrikanischen Politiker davor, in denselben Fehler wie Kuba zu verfallen und zu enge Bindungen mit Moskau und Peking einzugehen.
In einem Interview mit einer ägyptischen Zeitung im März 1965 gibt er zwar

zu, daß bei der wirtschaftlichen Entwicklung von den Kubanern selbst schwere Fehler gemacht worden sind, kritisiert aber gleichzeitig die sowjetischen Berater, die den Kubanern immer die CSSR als Beispiel vor Augen halten. Er schreckt auch nicht vor dem Sakrileg zurück, zu erklären, eine Stillhaltepolitik, wie sie die Sowjets in Südamerika im Zeichen der Koexistenz wünschen, sei glatter Verrat an der Revolution. Das kommt dem chinesischen Standpunkt ziemlich nahe.

Aber die Altkommunisten aus Kuba haben unterdessen schon dafür gesorgt, daß man auch in Peking Che die kalte Schulter zeigt. Bei einem Abstecher nach Peking weigert sich Mao Tse-tung, Guevara zu empfangen. Statt ihm Unterstützung zuzusichern, kritisieren die chinesischen Führer Castro heftig wegen »Mangel an revolutionärem Fortschritt in Südamerika« und beschuldigen ihn, auf den sowjetischen Pfad des Revisionismus eingeschwenkt zu sein. Maos Haltung ist eine Reaktion auf den kurz zuvor erfolgten Besuch von Carlos Rafael Rodríguez, dem alten Widersacher, der, wahrscheinlich auf Weisung der Sowjets, die Chinesen brüskiert hat. Ernesto erhält einen Eindruck von dem Ränkespiel der Großmächte, denen es nur darum geht, ihre Machtpolitik zu verfolgen, der alle anderen Erwägungen untergeordnet werden.
Dann ist da noch eine mehr private Erfahrung, die sich entscheidend auf seinen Bewußtseinszustand in diesen Monaten ausgewirkt hat.
1963 ist durch Ches Initiative von Havanna aus ein ehrgeiziges Unternehmen eingeleitet worden. Ernesto hat seinen Landsmann Jorge Masetti, der seit 1959 die kubanische Nachrichtenagentur geleitet hat, mit einigen Veteranen des kubanischen Befreiungskrieges nach Bolivien reisen lassen, um von dort aus eine Kette von Guerillagebieten aufzubauen, die als Fernziel von Peru bis nach Nordargentinien reichen sollte.
Masetti mietete sich eine Farm auf bolivianischem Territorium, lehnte aber jeden Kontakt mit schon in Argentinien bestehenden oppositionellen Organisationen ab.
Zwischen dem 20. und 25. September 1963 dringen die Guerillas – es sind vorwiegend Intellektuelle und Studenten – in Argentinien ein. Doch sie werden bald von der Polizei eingekesselt. Drei der Guerilleros sterben an Hunger. Einer wird von Gendarmen in einer Baumkrone entdeckt. Er muß sich vor Raubkatzen dahin geflüchtet haben.
Eine andere Abteilung ergibt sich nach einem Feuergefecht, bei dem fünf Guerilleros gefallen sind. Die 14 Überlebenden, die in Gefangenschaft geraten, zieht man mit vorgehaltenen Gewehren an den Haaren herbei und zwingt sie, ihre Köpfe in die Eingeweide der Toten zu stecken.

Masetti hat sich unterdessen allein ins Innere des dichten Urwaldgebiets von Yuto geflüchtet. Eine Hölle voller Gestrüpp, giftiger Pflanzen und wilder Tiere, durch die man tagelang irren kann, ohne das Licht der Sonne wahrzunehmen. Er kommt nie mehr zurück. Niemand hört je wieder etwas von ihm. Der Urwald hat ihn verschluckt.
Dies alles erfährt Guevara Anfang 1965 in Paris.
Wir wissen genug über Che, um seine Empfindungen angesichts dieser Nachrichten rekonstruieren zu können. Ein Mann, für den die Übereinstimmung von Worten und Handlungen ein Lebensgesetz ist, muß zumindest unbewußt ob des grausamen Scheiterns seiner Freunde schwere Schuldgefühle gehabt haben. Warum ist er nicht dabeigewesen? Was soll diese Reisediplomatie, die er betreibt? Wie hat doch Régis Debray so treffend paradox formuliert: »Um die revolutionäre Politik nicht zu blockieren, muß man sie einfach von der Politik befreien!«
Am 14. März 1965 kehrt Che nach Havanna zurück. Fidel und Raúl Castro sind gekommen, um ihn auf dem Flughafen zu begrüßen. In ihrer Begleitung befinden sich der Altkommunist Carlos Rafael Rodríguez, Emilo Aragonés und einige Minister. Auch Aleida ist gekommen, und Roca, ein gemeinsamer Freund von Che und Masetti. Aber die Frau und der Freund können Che kaum begrüßen, denn fast fluchtartig fährt er nach einem schroffen Wortwechsel in der Empfangshalle mit Castro davon. Zwei Tage später trifft Roco Che wieder. Guevara erzählt ihm, er habe fast 40 Stunden lang mit Castro gesprochen.
Eine Woche nach seiner Rückkehr hält Che im Auditorium des Industrieministeriums einen Vortrag über seine Eindrücke in den jungen Staaten Afrikas. Danach ist er aus der Öffentlichkeit verschwunden. Der Posten des Industrieministers wird von dem Abgeordneten Arturo Guzmán übernommen, ohne daß eine Erklärung erfolgt. In Guevaras Wohnhaus in der Quinta Avenida bleiben die Fensterladen geschlossen. Wo ist Che? Was ist mit ihm? In Havanna kursieren die tollsten Gerüchte. Erst am 3. Oktober 1965 sieht sich Fidel genötigt, öffentlich und im Beisein von Aleida, einen Brief Ches zu verlesen, der das reichlich ungenaue Datum »Havanna, im Jahr der Landwirtschaft« trägt (Castro gibt aber an, der Brief sei Anfang April verfaßt worden). In dem Schreiben heißt es:
»Ich verzichte hiermit formell auf meine Positionen in der Parteiführung, auf meine Stelle als Minister, auf meinen Rang als Kommandant und auf meine kubanische Staatsbürgerschaft. Kein Gesetz bindet mich mehr an Kuba. Die einzige Bindung ist anderer Art, sie kann nicht zerrissen werden wie Bindungen kraft Gesetzes...

Andere Völker der Welt verlangen nach meinen bescheidenen Bemühungen. Ich kann das tun, was Dir (Fidel) verwehrt ist, weil Du als Führer der Revolution in Kuba die Verantwortung trägst. So ist denn die Zeit gekommen, da wir uns trennen müssen.
Ich sage noch einmal ausdrücklich, daß ich Kuba von jeder Verantwortung freispreche, außer von der, die sich aus meinem Beispiel ergibt...«

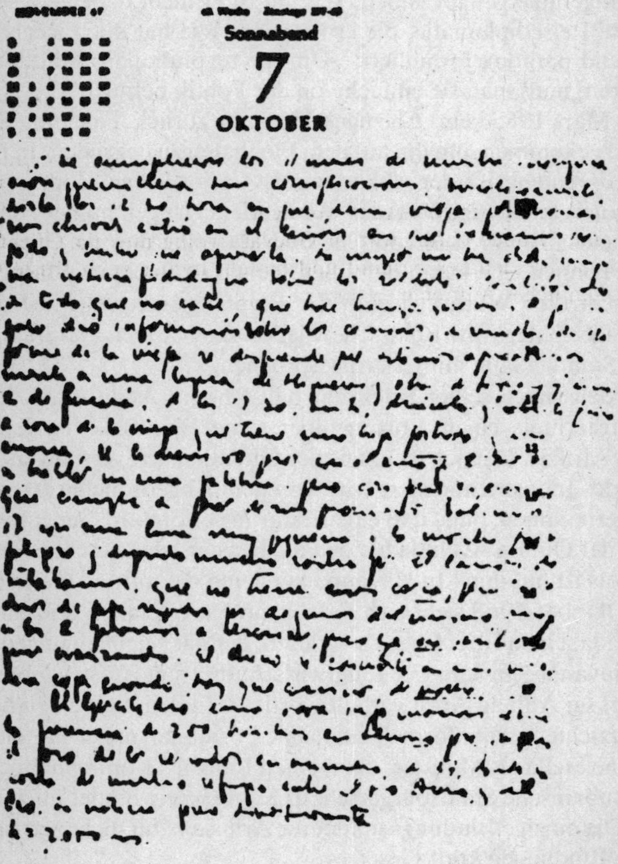
Sonnabend
7
OKTOBER

Letzte Eintragung

Eine zumindest höchst wahrscheinliche Auskunft über Ches Situation in den ersten drei Monaten nach seinem Verschwinden aus der kubanischen Öffentlichkeit im März 1965 bietet ein unter der Bezeichnung »R-Bericht Havanna« später bekannt gewordenes Geheimdokument, das eine schwere körperliche und psychische Krise Ches nachweisen will.

Inhalt und Tenor des Schriftstückes legen die Vermutung nahe, daß es entweder von Anibal Escalante, dem Altkommunisten und Guevara-Gegner, selbst geschrieben worden ist, oder es – falls dieser gezögert hat, seine Unterschrift unter dieses für ihn eines Tages möglicherweise belastende Dokument zu setzen – ein Memorandum darstellt, das auf Unterhaltungen zwischen Escalante mit Vertretern einer ausländischen Macht zurückgeht. Dabei könnte es sich um den zweiten Sekretär der sowjetrussischen Botschaft in Havanna, Rudolf P. Schiliapnikow, um sowjetische Journalisten, Mitglieder einer DDR-Handelsdelegation oder um in Kuba auf Besuch weilende tschechoslowakische Funktionäre gehandelt haben.
Der Hauptteil des R-Berichts lautet wörtlich:
»Es gibt gute Gründe dafür, warum Guevara völlig aus der Öffentlichkeit verschwunden ist, denn es bestand und besteht immer noch ernste Gefahr, daß sein öffentliches Auftreten oder seine Äußerungen große Unruhe und Bestürzung hervorrufen würden.
Selbst seine Frau, Aleida March, erhält keine Erlaubnis, ihn zu sehen. Nur durch besondere Kontakte zu dem Stab des Calixto-Garçia-Krankenhauses wurden uns Informationen über Ches Zustand zugänglich.
Er befindet sich jedoch nicht im Krankenhaus selbst (oder war dort, wenn überhaupt, nur kurze Zeit), sondern in einem dieser abgeschlossenen Sanatorien mit Krankenhausausstattung und einem entsprechenden Stab, die jeweils eine Art Ein-Mann-Klinik darstellen.
Guevara hat einen Zusammenbruch erlitten, der sowohl physische wie auch psychische Ursachen haben muß. Der Zusammenbruch trat ein durch das Zusammenwirken verschiedener Faktoren, zu denen unter anderem die mit der Weltreise verbundenen Anstrengungen und Aufregungen zu rechnen sind.
Die Aufmerksamkeit und Bewunderung, die ihm überall auf der Welt, angefangen bei seinem Auftritt vor den Vereinten Nationen, entgegengebracht wurden, haben ihm eine übertriebene Vorstellung von seiner eigenen Bedeutung eingegeben.
Hinzukommt: häufig hat er an verschiedenen Orten im Ausland seinen ungesunden Gedanken Ausdruck verliehen. Darüber ist viel berichtet worden, ja, es kamen sogar glaubwürdig klingende Gerüchte auf, die besagten, daß man ihn zum Außenminister ernennen werde.

Zusammen mit einer physischen Erschöpfung, die ihn wie eine Vergiftung überkommen hat, zeigte Guevara psychische Reaktionen, die es Castro geraten erscheinen ließen, drastische Maßnahmen zu ergreifen.
Die unterschiedlichen Ernährungsweisen auf der Reise haben Guevaras Allergien wieder aufflammen lassen, und sein Asthma ist fast unerträglich geworden. Die Behandlung mit Cortison hat nicht nur dazu geführt, daß er stark zunahm, sie hatte auch Nebenwirkungen, die nicht nur physischer Art sind.
Wenn dies hier freilich auch kein Krankenbericht sein soll, muß doch darauf hingewiesen werden, daß der psychologische und physische Zustand eines Menschen, den der Personenkult in der Welt zu einem Image für Kuba hat werden lassen, ernste politische Folgen haben kann. Gemäß den Mitteilungen von Q. (möglicherweise Emilio de Quesada, ein Arzt am Calixto-Garcia-Hospital und Mitglied der Escalante-Gruppe) wird die Behandlung von Guevara zweifellos auf lange Sicht erfolgreich sein, wenngleich die den Beschwerden zugrundeliegenden psychosomatischen Zustände als chronisch anzusehen sind.
Wir haben hier zum erstenmal Einblick in die Mentalität jenes Mannes, dessen rätselhafte Handlungsweise soviel dazu beigetragen hat, unser Land zu isolieren, die Wirtschaft in Unordnung zu bringen, und dessen persönliche Abenteuerlust eine Bedrohung für die nationale wie die internationale Politik darstellt.
Seine gegenwärtige Gemütsverfassung ergibt sich nur durch eine Zuspitzung der Eigenarten, die bei ihm auch schon in der Vergangenheit zu beobachten gewesen sind und immer Anlaß zu Besorgnis gaben.
Die vielleicht erregendste Nachricht aus einem der oben erwähnten Sanatorien spricht davon, daß Che im Fieber und in einem Zustand extremer geistiger Verwirrung gesagt haben soll, er höre die Stimme von Cienfuegos. (Camilo Cienfuegos war ein Freund Guevaras aus den Tagen der kubanischen Guerilla. Er kam bei einem Flugzeugunglück 1959 ums Leben, also sieben Jahre vor Abfassung des Memorandums.)
Camilos Geist oder Stimme, so bildet sich Guevara ein, dränge ihn, die Revolution durch weitere bewaffnete Aktionen voranzutreiben und sich dem Rat seiner zur Mäßigung ratenden Gegner zu widersetzen.
Wir sind gewiß, daß es sich bei alldem nur um vorübergehende Abirrungen handelt, aber sie beleuchten doch die Instabilität, die bei Guevara schon häufig zu Tage getreten ist, während seiner Weltreise, bei Reden in der Öffentlichkeit und stärker noch in privatem Kreis nach seiner Rückkehr nach Kuba. Er beschäftigt sich damit, alle Arten von Büchern zu lesen (darunter Trotzkis Bericht über die Oktoberrevolution). Er schreibt unzählige Briefe, die an Fidel gerichtet sind. Man sagt, Fidel wisse nicht, ob er sie alle als Zeugnisse für die Nachwelt aufheben solle oder ob es nicht klüger sei, sie zu verbrennen. Fidel versucht, dies alles von der komischen Seite zu nehmen, aber auch er soll beunruhigt sein.

Guevaras Briefe aus dem Krankenhaus beziehen sich auf grandiose Pläne für eine permanente Revolution – eine Phrase, die wir nur zu gut kennen. Er will seine eigenen Lieblingstheorien und Guerillatechniken auf andere Länder und Kontinente anwenden.
Gerade jetzt schwärmt er davon, nach Ghana zu gehen, um Nkrumah zu zeigen, wie man den gesamten afrikanischen Kontinent mit disziplinierten Guerillas erobern könnte. Manchmal erwähnt er auch Sansibar. Dort will er mit den Chinesen zusammenarbeiten und ihnen beweisen, daß die kubanischen Erfahrungen sich auf dieses Gebiet besser anwenden lassen als die Errungenschaften Chinas, oder er hat dann auch wieder plötzlich den Einfall, nach Mozambique zu reisen, um dieses Land vom Imperialismus Lissabons zu befreien.
Während all diese möglichen Unternehmungen realistische Ansatzpunkte enthalten mögen, erscheinen sie doch bestürzend aus dem Mund eines Mannes, dessen mangelndes Verständnis für die Wirklichkeit der Arbeiterklasse hinreichend bekannt ist und dessen Vorstellungen von wirtschaftlichen und kulturellen Kontakten nicht auf unsere erfahrenen Kameraden im Osten hinzielen, sondern auf die Hyperintellektuellen in Frankreich. Seine Ideen haben immer noch großen Einfluß auf verschiedene Ministerien, wie beispielsweise auf das Ministerium für Außenhandel und das Industrieministerium, das Guevara selbst einmal leitete und in dem noch heute einige seiner Freunde sitzen.
Es wäre sinnlos, all diese Fakten zu protokollieren, ohne gleichzeitig konstruktive Maßnahmen zu erwägen, wie die Auswirkungen der katastrophalen politischen und taktischen Erbschaft, die Guevara hinterließ, eingedämmt werden können.
Angenommen, daß er sich wieder erholt und abermals zu einer seiner Safaris aufbricht, so ist nur zu hoffen, daß er sich nicht Venezuela aussucht.
In Hinblick auf die ökonomischen Realitäten wäre es wünschenswert, Maßnahmen zu erwägen, die in Zukunft von jenen ausgeführt werden könnten, denen die sowjetisch-kubanische Freundschaft wahres Anliegen ist.«

Aber es gibt noch andere Anhaltspunkte dafür, daß die Zeit des Verschwindens bei Che mit einer schweren körperlichen und psychischen Krise in Zusammenhang steht.
Am 16. März hat er noch einmal seinen Freund Roca getroffen und ihm davon erzählt, daß er in den letzten Tagen fast 40 Stunden unaufhörlich mit Castro diskutiert und ihm ausführlich Bericht erstattet habe. Nähere Einzelheiten über dieses lange Gespräch teilt Guevara nicht mit.
Daß solche Marathon-Diskussionen durchaus nichts Ungewöhnliches waren, geht aus dem Bericht von Ches argentinischem Freund Ricardo Rojo hervor, der erzählt:

»Ende 1959, als Castro von einer Reise durch die Vereinigten Staaten zurückkam, hatte Che eine ähnliche Situation erlebt. Er war damals der Meinung, Castro werde den Verlauf der Revolution gefährden, wenn er auf die Vereinigten Staaten baue. Er sagte es ihm freimütig und ging mit seiner Leibwache zu seiner Residenz. Solange sich Castro in dieser Krise befand, schloß sich Guevara mit seinen Freunden ein, und sie kamen erst wieder heraus, als der Führer der Revolutionsregierung diese Versuchung überwunden hatte.«

Guevara hat Rojo gebeten, einen Brief an Celia de la Serna nach Buenos Aires mitzunehmen. In diesem Brief steht auf zwei Seiten, wie das vielstündige Gespräch hinter verschlossenen Türen verlaufen ist. Bis heute ist der genaue Text dieses Briefes nicht zugänglich. Soviel aber ist bekannt:

Guevara kündigt seiner Mutter seinen Rücktritt aus der Führungsgruppe in Kuba an und teilt ihr mit, er gedenke, 30 Tage lang an der Zuckerrohrernte teilzunehmen (was, kennt man die Verhältnisse in Kuba, nicht allzu ungewöhnlich ist) und danach fünf Jahre in einer Fabrik zu arbeiten, um den Betrieb in einer der vielen Industrien, die er von seinem Ministerposten aus geleitet hat, von innen kennenzulernen.

Che gibt der Mutter zudem zu verstehen, daß sie auf keinen Fall nach Kuba reisen dürfe.

Sie antwortet mit einem Brief, den ein argentinischer Gewerkschaftler mitnehmen soll, der zu den 1. Mai-Feiern nach Kuba eingeladen worden ist. In diesem Brief heißt es:

»... jedenfalls ist es eine große Verschwendung Deiner Fähigkeiten, wenn Du fünf Jahre als Leiter eines Betriebes arbeitest. Und es ist nicht die Mutter, die dies sagt. Es ist eine alte Frau, die den starken Wunsch hegt, daß sich die ganze Welt zum Sozialismus bekenne. Ich glaube, daß Du, wenn Du tust, was Du sagst, kein wahrer Diener des Weltsozialismus sein wirst.

Wenn aus irgendeinem Grund die Wege in Kuba für Dich gesperrt sind, so lebt in Algerien ein Herr Ben Bella, der Dir danken würde, wenn Du ihm seine Wirtschaft aufbauen oder ihm als Berater zur Seite stehen würdest, oder in Ghana ein Herr Nkrumah, der dasselbe täte. Ja, Du wirst immer ein Fremder sein. Dies scheint Dein ewiges Schicksal.«

Der Gewerkschaftsfunktionär, der diesen Brief befördern soll, wird im letzten Augenblick von der Einladungsliste gestrichen, weil er Perónist ist. Er gibt das Kuvert an Guevaras Freund Rojo, dessen Aufzeichnungen wir die Kenntnis um diese Ereignisse verdanken.

Celia de la Serna liegt im Sterben. Ihre Krebserkrankung ist nach 20 Jahren jetzt im Alter wieder aufgebrochen.
Rojo verständigt sie davon, daß es mit der Beförderung des Briefes nicht geklappt hat. Sie bittet ihn, das Kuvert zu behalten, bis sich ein anderer Bote findet. Am 16. Mai wissen die Ärzte, daß Celias Tod unmittelbar bevorsteht.
Die Bindung zwischen Sohn und Mutter ist immer besonders eng gewesen. Ricardo Rojo ruft in Havanna an, um Che zu verständigen. Er erreicht aber nur dessen Frau, Aleida. Sie scheint aufgeregt, ebenfalls besorgt. Sie weiß nicht mehr zu sagen, als daß Che nicht in Havanna, wohl aber auf Kuba ist.
Rojo erklärt ihr, daß Celia nicht mehr lange zu leben hat, und bittet sie, Ernesto zu verständigen. Das werde schwierig sein, antwortet Aleida.
Am 18. Mai ruft Ernestos Frau aus Havanna im Sanatorium an, in dem Celia im Sterben liegt.
Die alte Frau richtet sich im Bett auf. Das Telefongespräch geht unter in ihren Schmerzensschreien.
Am Mittag gibt Rojo ein Telegramm auf: »An den Kommandanten Ernesto Guevara, Industrieminister, Havanna. Deine Mutter todkrank, möchte Dich sehen. Es umarmt Dich Dein Freund Ricardo Rojo.«
Auf das Telegramm erfolgt keine Antwort. Am 19. Mai stirbt Celia de la Serna in Buenos Aires. Am 21. Mai veröffentlicht die Presse in Havanna die Nachricht von ihrem Tod.
»Er selbst«, so vermutet Rojo, »erfuhr es immer noch nicht. Also hatte er kein Telefon und keine Möglichkeiten, Zeitungen zu lesen.«
Rojo meint, Che habe sich in einer Art freiwilliger Haft befunden, der eine ausführliche und freiwillige Selbstkritik vorausgegangen sei.
Die Version des R-Memorandums klingt glaubhafter. Wenn sich Che zu dieser Zeit in recht kritischem Zustand in einer Prominentenklinik befunden hat, dann leuchtet auch ein, warum man ihm zunächst vom Tod seiner Mutter keine Mitteilung machte. Die Ärzte dürften befürchtet haben, die Nachricht könne seinen Zustand noch weiter verschlechtern.
Aus den Angaben des R-Berichts wird auch ersichtlich, wie mächtig die Zwangsvorstellungen, aktiv in den Befreiungskampf der Dritten Welt einzugreifen, bei Che inzwischen geworden sind. Von hier aus würde sich dann auch ein bisher wenig beachteter Ansatzpunkt zur Kritik der Guerillatheorie Guevaras ergeben, deren Schwächen, nicht zuletzt durch seine eigenen katastrophalen Erfahrungen in Bolivien, heute klar auf der Hand liegen.

Afrikanisches Abenteuer

»Man muß nicht immer darauf warten, bis alle Bedingungen für die Revolution gegeben sind. Der insurrektionelle Herd (damit ist eine kleine Partisanengruppe gemeint) kann sie schaffen.«
Es ist zu fragen, ob nicht in diese Theorie mehr utopische Hoffnung (bestärkt durch das Gelingen des Befreiungskampfes in Kuba) als realistische Verarbeitung der ganz anderen Voraussetzungen in Südamerika und in anderen Teilen der Dritten Welt eingeflossen ist.
Offenbar ist es den Ärzten gelungen, den körperlichen und seelischen Zustand ihres Patienten bis Juni 1965 wieder so weit zu stabilisieren, daß es Che möglich wird, in den Kongo zu reisen und dort mit 125 Kubanern am Kampf und den Guerillaaktivitäten Muleles und Soumialots gegen die weißen Söldnertruppen teilzunehmen.
Seine Vorstellungen über sich selbst und seine Aufgabe spiegelt ein Abschiedsbrief an die Eltern:
»Meine lieben Alten,
wieder einmal spüre ich unter meinen Fersen das Gerippe Rosinantes. Ich kehre auf den Weg zurück, meinen Schild unter dem Arm.
Etwa zehn Jahre ist es her, seit ich Euch einen anderen Abschiedsbrief schrieb. Wenn ich mich recht erinnere, bedauerte ich damals, kein besserer Soldat und kein besserer Arzt zu sein; letzteres interessiert mich nicht mehr; Soldat aber bin ich kein so schlechter. Im wesentlichen hat sich nichts geändert, außer daß ich viel bewußter bin, daß mein Marxismus tiefer verwurzelt und reiner ist. Ich glaube an den bewaffneten Kampf als einzige Lösung für die Völker, die um ihre Freiheit kämpfen, und ich bin konsequent in meinen Überzeugungen. Viele werden mich einen Abenteurer nennen, und ich bin auch einer; nur von einem anderen Typ, einer von denen, die ihre Haut hinhalten, um ihre Wahrheit zu beweisen. Mag sein, daß dies mein letzter Brief ist. Ich suche das nicht, aber es liegt im logischen Kalkül der Wahrscheinlichkeiten. Wenn es so ist, umarme ich Euch ein letztes Mal...«
Was führt Guevara nach Afrika?
Die ersten Pläne zu »einer afrikanischen Front« scheinen während der ausgedehnten Weltreise Ende 1964 und Anfang 1965 gefaßt worden zu sein. Um sie zu begreifen, muß man sich die politischen Ereignisse im Kongo ins Gedächtnis rufen.

1960 entläßt Belgien seine Schatzkammer Kongo in eine scheinbare Unabhängigkeit. Zum Premierminister haben noch die Belgier Patrice Lumumba bestimmt. Kaum sind die Kolonialherren offiziell abgezogen, da droht die

wirtschaftlich reichste Provinz, Katanga, unter Moise Tschombé, hinter dem die großen Bergwerkskonzerne stehen, sich loszusagen. Es kommt zu Gewalttaten. Belgisches Verwaltungspersonal flieht aus dem Land.
Belgische Streitkräfte, dann eine UNO-Truppe werden in den Kongo entsandt, um zu intervenieren. Präsident Kasawubu entläßt im September 1960 Lumumba aus der Regierung. Einige Monate später wird Lumumba ermordet.
Die ganze Affäre ist ein Musterbeispiel für das, was man unter Neokolonialismus zu verstehen hat. Drei Jahre mit sporadischen Kämpfen schließen sich an. Lumumba-Anhänger versuchen, den Ostteil des Landes zu erobern. Sie bilden im benachbarten Brazzaville, der Hauptstadt des ehemaligen Französischen Kongos, eine Exilregierung.
Tschombé, von den revolutionären Führern verachtet, kehrt in den Kongo zurück und wird dort Premierminister. Die Rebellen erobern Stanleyville, das heutige Kisangani, und halten die weiße Bevölkerung als Geiseln gegen die Tschombé-Regierung gefangen. Nach Aufforderung durch die Regierung landen belgische Fallschirmjäger in amerikanischen Flugzeugen in der Stadt, um die 1900 weißen Geiseln zu befreien.

Im Januar 1965 hat Che eine Besprechung mit Präsident Massemba-Debat in der Republik Kongo-Brazzaville geführt. Von hier aus wird ein Aufstand linker Gruppen, der in der angrenzenden Republik Kongo-Kinshasa ausgebrochen ist, unterstützt.
Die Rebellen in der Ostprovinz operieren nahe der Grenze von Sudan und Uganda. Pierre Mulele führt die guerillaähnlichen Aktionen von Stammeskriegern in Kwilu; Gaston-Emile Soumialot ist der Führer der Rebellen in der Ostprovinz. Im März 1965 sind Muleles Guerillas von den Nachbarstämmen und der kongelesischen Armee geschlagen. Soumialot wird, obwohl er aus Peking Waffen geliefert erhält, von weißen Söldnern, die im Dienst der Tschombé-Regierung stehen, schwer bedrängt.
Was einmal als echter antikolonialer Befreiungskampf begonnen hat, ist mit der Zeit zur Stammesfehde geworden. Trotzdem glaubt Guevara, daß diese Front zu reaktivieren sei.
Die Verbindungslinien zu den Kongo-Rebellen laufen aus von Algerien, in dessen Militärlagern Guerillas zum Einsatz in Angola, Mozambique, dem Niger und im Kongo ausgebildet werden.
Ben Bella, der Führer Algeriens, hat offenbar mit Che bei dessen Besuch in Algier ziemlich weitreichende Pläne für eine revolutionäre Front in Afrika durchgesprochen. Die beiden Männer sind nahezu Freunde geworden. Aber am 20. Juni 1965, während die Vorbereitungen für das

Afrika-Unternehmen Guevaras in Kuba anlaufen (zur Tarnung und Ablenkung von der wahren Spur läßt der kubanische Geheimdienst das Gerücht ausstreuen, Guevara befinde sich bei einer Widerstandgruppe in der Dominikanischen Republik), wird Ben Bella von seinem Verteidigungsminister Oberst Hourari Boumedienne verhaftet und eingesperrt. Boumedienne gibt den einheimischen Problemen den Vorrang. Die Unterstützung für Guerillas in anderen afrikanischen Ländern wird eingestellt. Algerien fällt als Basis und Sprungbrett für Ches Aktionen aus.
Die Anreise vollzieht sich nun über Kairo. Von dort aus gelangen Guevara und 125 Kubaner über Tansania und den Tanganyika-See zu den Rebellen in den östlichen Kongo.
Aber der Versuch in Afrika schlägt fehl. Die Kinshasa-Rebellen entsprechen so ganz und gar nicht Ches Vorstellungen von Guerilleros als einer Avantgarde. Es gelingt ihm nicht, sie zu disziplinierten Kämpfern auszubilden. Sie reagieren chaotisch. Zutiefst verwirrt Che ein Stammesbrauch, nach dem die Sieger am Ende eines Kampfes die Herzen der toten Feinde verschlingen. Der Sinn des Ritus besteht darin, daß der Sieger sich den Geist des toten Kriegers einverleibt und dadurch seine Kampffähigkeit erhöht.
»Das humane Element fehlte«, berichtet Guevara später. »Sie hatten keinen Kampfeswillen, die Anführer waren korrupt, mit einem Wort, da war einfach nichts zu machen.«
Entscheidend aber wird, daß sowohl Moskau als auch Peking die Anwesenheit von Kubanern in Zentralafrika höchst mißtrauisch betrachten. Auf chinesischen Druck hin scheint Che sich schließlich aus dem Kongo zurückgezogen zu haben. Als Zeitpunkt kann man den Februar oder März 1966 annehmen. Schon kurz nach seiner geheimgehaltenen Rückkehr nach Kuba aber laufen die intensiven Vorbereitungen zu dem bolivianischen Unternehmen an.

Paßbilder...

Vorspiel in Bolivien

Im Januar 1966 vereinbaren Mario Monje Molina, der Erste Sekretär der sowjetrussisch orientierten Kommunistischen Partei Boliviens, und Fidel Castro auf der Trikontinentalen Konferenz den Aufbau einer Basis für revolutionäre Aktionen im südlichen Teil des südamerikanischen Subkontinents. Guevara hält sich zu diesem Zeitpunkt wahrscheinlich noch in Afrika auf. Jedenfalls tritt er bei diesem Gespräch nicht in Erscheinung.

Es ist offenbar nicht davon die Rede gewesen, daß an ein Guerillaunternehmen direkt in Bolivien gedacht ist, auch nicht davon, daß Che es leiten soll. Doch schon im Februar reist ein kubanischer Guerillaspezialist, Ricardo, der daneben auch noch die Decknamen Papi und Chinchu führt, in das Land ein. Er hat zuvor an der katastrophal gescheiterten Guerilla in Nordargentinien teilgenommen. Er nimmt unter anderem Kontakt mit dem bolivianischen Kommunisten Coco Peredo auf, der zu einer Gruppe junger revolutionär gesinnter Bolivianer gehört hat, die auf Kuba eine militärische Ausbildung erhalten haben und dabei mit Che in Berührung gekommen sind.

Offensichtlich auf Anweisung Ricardos kauft Coco ein 1227 Hektar großes Farmgelände bei Ñancahuazú. Es liegt unter den letzten Stützpfeilern der Zentralkordilliere der Anden in einem Canyon, ungefähr 225 km südwestlich von Santa Cruz de la Sierra, dem Hauptort dieser Region, und 80 km nordwestlich der Erdölfelder von Camiri. Die einzigen Ansiedlungen in der näheren Umgebung sind ein Landgut, das einem gewissen Remberto Villa gehört, das kleine Dorf Lagunilla und die Farm des Ciro Algaranaz.

Coco Peredo und sein Bruder Inti lagern bei Gesinnungsgenossen in Santa Cruz größere Mengen Proviant, Ausrüstungsgegenstände und Waffen ein.

Im Juli 1966 wird von Kuba aus Harry Villegas Tamayo, genannt Pombo, nach Bolivien geschickt. Er ist verheiratet, hat schon an der kubanischen Guerilla teilgenommen, hat zwei Kinder und bekleidet in der kubanischen Armee den Rang eines Hauptmanns.

Er überbringt eine Nachricht von Che an Ricardo. Dieser soll eine Farm weiter im Norden suchen.

Pombo fliegt mit einem falschen ecuadorianischen Paß, der auf den Namen Carlos Suarez González ausgestellt ist, zunächst nach Prag. Von dort reist er um den 15. Juli mit der Eisenbahn nach Frankfurt/Main.

Vom Rhein-Main-Flughafen fliegt er über Zürich, Dakar und Rio nach Sao Paulo und dann mit einer Linienmaschine der »Cruzeiro do Sul« weiter nach Santa Cruz in Bolivien.
Am 26. Juli kommt er in La Paz an, wo er zunächst zusammen mit seinem Reisegefährten, dem Kubaner Tuma, im Haus eines Mitglieds des Zentralkomitees der PCB (Kommunistische Partei Boliviens) untergebracht wird.
Während der Anreise beginnt Pombo ein Tagebuch. Er wird die Aufzeichnungen bis zum Mai 1967 fortsetzen. Sie sind erhalten und weisen ihn als einen kühlen Realisten aus, der sich auch nicht scheut, Ches Handlungsweise in bestimmten Situationen zu kritisieren. Andererseits steht fest, daß er sich vor allem aus persönlicher Loyalität gegenüber Guevara für das bolivianische Unternehmen gemeldet hat.
Eine von Pombos Aufgaben ist es, die PCB davon zu unterrichten, daß Bolivien Zentrum einer Guerilla und nicht nur, wie ursprünglich in Havanna vereinbart, Aufmarschgebiet für eine revolutionäre Aktion in einem der angrenzenden Länder werden wird.
Vorerst verspricht Mario Monje (Deckname: Estanislao), aus den Kadern der Partei wenigstens 20 zuverlässige Männer für die Guerilla zur Verfügung zu stellen. Im Gespräch ist außerdem noch der Plan zu einem allgemeinen bewaffneten Aufstand, dem die Führungsspitze der PCB den Vorzug geben würde.
Pombo trifft sich auch mit dem Gewerkschaftsführer und Führer der maoistischen Gruppe unter den bolivianischen Kommunisten, Moisés Guevara. Er sagt zu, unter den militärisch geschulten Bergleuten seiner Organisation Männer für die Guerilla anzuwerben.
Noch immer weiß Monje nicht, daß es Che ist, der zur Leitung des Unternehmens nach Bolivien kommen wird. Pombo rät daher in seinem ersten Monatsbericht an Ariel, den Nachrichtenoffizier in Havanna, der seine Funksprüche empfängt, Estanislao, nun einzuweihen. Der Erste Sekretär hat zu diesem Zeitpunkt zu verstehen gegeben, er werde in einer von Che angeführten Gruppe kämpfen, selbst wenn die Partei sich offiziell nicht bereitfinden würde, die Guerilla zu unterstützen.
Am 7. August besucht Pombo eine Parade der bolivianischen Streitkräfte und vermerkt in seinem Tagebuch:
»Antichilenische Propaganda. Bolivien braucht einen Zugang zum Meer. Die Leute von der Partei erzählen uns, daß diese Parole vor allem ausgegeben worden ist, um die Aufmerksamkeit der Massen von inneren und wichtigen internationalen Problemen abzulenken.«

Die Rede von General Barrientos bezeichnet Pombo »als ein einziges Lügengewebe. Er ruft zur Einheit auf der Basis der Liebe zum Vaterland auf, um so ein neues industrialisiertes Bolivien mit eigenen Hochöfen zu schaffen«.

Langsam rückt Monje unter dem Druck des Parteiapparats von seinen anfangs gemachten Versprechungen, die Guerilla zu unterstützen, ab. Pombo beschließt deswegen, die Zuverlässigkeit der von Moisés Guevara angeworbenen Männer zu prüfen und überlegt, ob er die Gruppe »einsatzfertig« in Cochabamba versammeln soll. Das würde zwar einiges Geld kosten und circa 15 Tage in Anspruch nehmen, aber er hätte danach wenigstens Sicherheit, ob man sich auf den Gewerkschaftsführer und seinen Kreis verlassen kann.

Am 24. August mieten die kubanischen Agenten in La Paz ein eigenes Haus. Es findet dort ein Gespräch mit einem namentlich nicht genannten Kommunisten statt, der sich geweigert hat, in die Berge zu gehen. Man vermag ihn nicht zu überzeugen. Er erklärt, die Zeit sei noch nicht reif für einen bewaffneten Aufstand.

Pombo notiert:

»Unsere Meinung ist, daß dieser Kamerad mit Mario Monje sprechen und in der Stadt bleiben soll, weil er unter unseren Männern im Gebirge nur Unzufriedenheit stiften würde. Das könnte dazu führen, daß wir drastische Mittel (Erschießung) anwenden müssen. Das wäre kein guter Start für unseren Kampf.«

Am 29. August laden die Kubaner den bolivianischen Arzt, Dr. Herrera, den Pombo wegen einer Darminfektion konsultiert hat, zu einem Hühner-Fricassee à la Manila (sprich Havanna) ein. Dabei erfährt man, wie ein Einheimischer, der mit der Linken sympathisiert, die politische Situation im Land beurteilt. Pombo berichtet in seinem Tagebuch:

»Er sprach über die Mittel und Wege, auf denen seiner Meinung nach die Linke an die Macht gelangen könnte. Er sagte, vor allem müßten wir uns der historisch und traditionell begründeten Neigung anpassen, die Macht mit einem allgemeinen Aufstand, einem coup de main, an uns zu reißen. Wir sollten bei unseren Überlegungen nicht so sehr davon ausgehen, daß ein harter, langer Kampf stattfinden werde, der sich über Jahre hinzieht.

Als zweites hätten wir unbedingt dafür zu sorgen, daß aus den Massen ein Führer hervorgehe, ein Mann, der fähig sei, diesen Kampf zu tragen. Mario (Monje) sei ein guter Theoretiker, aber für diese Aufgaben habe er nicht das rechte Kaliber. Dr. Herrera fügte noch hinzu, wir sollten

dies nur nicht als Kritik an unserem Volk auffassen, aber so lägen die Dinge nun einmal; Monje könne die Massen nicht zum Sieg führen, später gebe er vielleicht einen guten Erziehungs- oder Propagandaminister ab.
Das dritte Thema, das ausführlich erörtert wurde, war das Scheitern der Guerillas in Argentinien und Peru und die gegenwärtige Situation in Venezuela. Herrera vertrat die Ansicht, dort seien vor allem militärische Fehler gemacht worden. Um sie in diesem Land zu verhindern, müßten wir uns die Erfahrungen von dort unbedingt zu eigen machen.
In Hinblick auf ein mögliches Operationsgebiet sagte er, wir dürften nichts unversucht lassen, dort dann die Masse der Bauern zu mobilisieren. Sobald der Kampf begonnen habe und sich dieses Problem stelle, sollten wir uns die Eigenarten der hiesigen Bauern ins Gedächtnis rufen. Es sei zu berücksichtigen, daß der Kampf um Landbesitz für sie wenig bedeute, schließlich gebe es in Bolivien 1000 Hektar brachliegender Äcker. Hingegen könnte sich in Beni (eine Provinz, die nicht in der für Operationen vorgesehenen Zone liegt) eine Situation ergeben, die sich für unsere Zwecke ausnutzen lasse.
Die Vereinten Nationen drängen Barrientos, die Coca-Plantagen zu kontrollieren und den Kokain-Schmuggel zu unterbinden. Wenn es dazu komme, werde die Unzufriedenheit wachsen, denn für die Indios sei Coca weit mehr als nur ein Stimulanzmittel. Es sei vielmehr eine Art von Fetisch, der mit allen Bereichen des Lebens etwas zu tun habe: mit den zukünftigen Ernten, mit dem Hunger, mit dem Tod der Vorfahren, kurzum, es sei ein Mittel von magisch-religiöser Ausstrahlung.
Außerdem spreche man in Regierungskreisen hinter verschlossenen Türen davon, daß ein Truppenkontingent nach Vietnam geschickt werden soll. Geschieht das wirklich, so ließe sich auch das auf nationaler Ebene ausnutzen.«
Anfang September 1966 trifft der Kubaner Pacho mit dem Zug aus Chile kommend in La Paz ein. Er soll sich an Ort und Stelle über den Stand der Vorbereitungen informieren und dann das Land wieder verlassen, um Che Bericht zu erstatten. Er kündigt die Ankunft von Régis Debray an. Unter dem Vorwand, geopolitische Studien zu treiben, wird er von der im Norden für einen Operationsraum in Aussicht genommenen Zone Kartenskizzen anfertigen.
Pombo berichtet in seinem Tagebuch geraume Zeit später über ein Treffen zwischen Monje und Ricardo. Der Erste Sekretär ist darüber aufgebracht, daß sich »der Franzose« (Régis Debray) mit dem Gewerkschaft-

ler Moisés Guevara getroffen hat. Er fürchtet wohl, es könne ein Bündnis hinter dem Rücken der PCB zustande kommen.
Pombo macht sich Sorgen, was mit dem Grundstück in Ñancahuazú geschehen soll, da Ernesto Guevara aus dem Ausland immer wieder darauf beharrt, es müsse eine Basis im Gebiet von Beni gesucht werden. Deshalb ist auch Ricardo in das Department Beni gereist. Aber dort scheinen die Voraussetzungen nicht günstig zu sein. Im Rechenschaftsbericht, der verschlüsselt über Funk an Ariel gesandt wird, heißt es:
»Es ist dies ein Gebiet für Neusiedler. 16000 Familien, zehn Hektar pro Familie, leben dort. In den Wäldern trafen wir Jäger und Leute, die China-Rinde sammelten. Ein Mann will uns eine Parzelle von zehn Hektar verkaufen, ein anderer ist noch unentschieden. Die große Zahl der Neusiedler erschwert alles. Es ist möglich, eine Erlaubnis zum Holzfällen im Gebiet der Staatlichen Waldreserve zu erhalten, aber dazu würden Verhandlungen mit den Behörden nötig, und das würde Zeit kosten. Wir versuchen, eine Erlaubnis für die Besiedlung von 400 Hektar zu erhalten.«
Ricardo hat sich rasch wieder aus Beni zurückgezogen, weil der »Franzose« dort herumreist, und er es als zu gefährlich erachtet, wenn man Régis und ihn dort zusammen sieht.
Bei all den Schwierigkeiten mit den Parteigruppen im Land und dem Hin und Her bei der Wahl der Gegend für das Basislager reagiert Pombo stets nüchtern, wägt die Fakten ab und läßt sich weder durch das Schwanken Monjes, die Reibereien der Agenten untereinander noch durch die Klagen der Peruaner, die enttäuscht sind, daß die Guerilla nicht in ihrem Land stattfinden soll, aus der Fassung bringen.
Im Oktober 1966 entschließt sich Che, wohl hauptsächlich auf Pombos Rat hin und entgegen den Empfehlungen von Debray, für Ñancahuazú als Basislager.
Bei Pombos Überlegungen hat eine Rolle gespielt, daß aus dem Süden zumindest ein möglicher Fluchtweg ins Ausland (Argentinien oder Chile) besteht, während im Norden, in Beni, ein Ausweichen in andere Länder durch die geographischen Gegebenheiten ausgeschlossen erscheint. Auch hofft Pombo, man werde gleich nach Beginn der Guerilla die Pipeline von Camiri nach Argentinien unterbrechen können, womit ein beträchtlicher Propagandaeffekt verbunden wäre.
Am 3. November 1966 reist ein Geschäftsmann mittleren Alters, kahlköpfig, bartlos, Brillenträger und Pfeifenraucher, mit einem uruguayischen Paß auf den Namen Ramón Benitez Fernandez, von Sao Paulo

kommend, wo er am 1. November ein Impfzertifikat erhalten hat, nach Bolivien ein und steigt in La Paz im Cochabamba-Hotel im Zentrum der Stadt ab.
Dieser Mann, nach dem äußeren Eindruck zu urteilen ein Kaufmann oder Rechtsanwalt, dazu versehen mit einem Empfehlungsschreiben der »Organisation Amerikanischer Staaten«, trifft sich mit einer blonden, blauäugigen jungen Frau. In einem jeepartigen Wagen, einem grauen Toyota, unternehmen sie Fahrten über Land, was keinen Verdacht erregt, weiß man doch in La Paz, daß sich die junge Dame für die Folklore der Eingeborenen interessiert.
Der seriöse Herr, der über Cochabamba nach Ñancahuazú fährt und das Grundstück dort in der Nacht vom 6. auf den 7. November erreicht, ist niemand anderes als Ernesto Guevara. Seine perfekte Verkleidung hat vor seiner Abreise selbst die eigenen Kinder getäuscht. Er berichtet seinen Kameraden: »Weder die Wache vor meinem Haus hat mich erkannt noch meine eigene Tochter. Ich nahm sie auf den Arm, setzte sie auf meine Knie und streichelte ihre Hand. Da sagte sie zu ihrer Mutter: ›Mama, der Alte will mit mir schmusen!‹«

Erst jetzt wurde es zur schmerzlichen Gewißheit, daß fern von uns unsere liebe tapfere Tochter, Schwester, Tante, Nichte und Schwägerin

Genossin Tamara Bunke

Guerillero „Tanja"

geb. am 19. 11. 1937 in Buenos Aires

am 31. August 1967 am Rio Grande in Bolivien gefallen ist.
Sie hat ihr junges Leben dem revolutionären Kampf um die Freiheit und Unabhängigkeit der Völker Lateinamerikas gewidmet und geopfert.
Ihr Andenken werden wir stets in Ehren halten

In tiefer Trauer:
Erich Bunke
Nadja Bunke
Olaf Bunke
Helga Bunke
und Anverwandte

102 Berlin den 30. 10. 1967
Karl-Marx-Allee 44

Steckbrief: Tania

Geboren am 19. November 1937 in Buenos Aires, Argentinien, als Tochter des deutschen Professors Erich Bunke und seiner Frau, der Polin Esperanza oder Naya Bider. Vollständiger Name: Haydee Tamara Bunke Bider alias Emma Gutiérrez alias Mary Aguilera alias Laura Gutiérrez Bauer. Die Eltern sind 1935 auf der Flucht vor den Nationalsozialisten nach Argentinien gekommen. Als Tamara 14 Jahre alt ist, kehrt die Familie nach Deutschland zurück und läßt sich in der DDR nieder.

Das aufgeweckte Mädchen, das nach Ost-Berlin kommt, spricht fließend Spanisch und bald verrät auch ihr Deutsch, das sie von ihren Eltern in Argentinien gelernt hat, keinen Akzent mehr. Polnisch, die Sprache ihrer Mutter, hat sie fast vergessen, aber dank ihrer Sprachbegabung und der Fähigkeit, sich sofort etwas anzueignen, wenn es sie interessiert, lernt sie bald auch noch mehrere slawische Sprachen, darunter Polnisch und Russisch.

Nach dem Abitur besucht sie die Humboldt-Universität und studiert Linguistik. Sie wird Mitglied der FDJ und fungiert im Jugendverband als Dolmetscherin und Übersetzerin bei internationalen Treffen in Moskau, Prag und Wien. Sowjetische KGB-Agenten besuchen solche Treffen ebenfalls häufig, um nach Rekruten für ihre Organisation Ausschau zu halten.

Sie legen ein Dossier über das Mädchen an.

Tamara schließt ihr Studium der romanischen Sprachen nicht ab und muß, möglicherweise weil die Partei sie schon für andere Aufgaben bestimmt hat, 1959 die Hochschule verlassen.

Tamaras Eltern, überzeugte Kommunisten, scheinen mit dem Entwicklungsgang, den ihre Tochter nimmt, durchaus einverstanden zu sein. Professor Bunke ist nach seiner Rückkehr aus Argentinien als Verwaltungsfachmann in einer staatlichen Sportorganisation beschäftigt, während seine Frau einen Posten im DDR-Außenministerium bekleidet. 1959 wird Tamara einer kubanischen Delegation, die die DDR bereist, als Übersetzerin beigegeben. Der Delegation gehört in seiner Eigenschaft als Präsident der kubanischen Nationalbank auch Ernesto Guevara an. Tamara verliebt sich in Ernesto, der sich allerdings von ihrer Schwärmerei wenig beeindruckt zeigt. Er setzt aber durch, daß sie eine offizielle Einladung der kubanischen Regierung zu einem Besuch auf der Insel erhält.

Am 12. Mai 1961 trifft sie in Havanna ein, aber schon seit Januar 1960 arbeitet sie als Agentin des DDR-Geheimdienstes und hat die ersten Eignungsproben bestanden, in dem sie auf der Leipziger Messe ausländische Besucher in verfängliche Situationen bringt, sie fotografiert. Ihre Auftraggeber benutzen die Bilder dann, um von den betreffenden Männern Informationen zu erpressen.
Ihr Wunsch, nach Kuba zu gehen, mag zunächst durchaus einer persönlichen Begeisterung für das sozialistische Experiment auf der Zuckerrohrinsel entsprungen sein. Sobald aber der Geheimdienst erfährt, daß eine offizielle Einladung ausgesprochen worden ist, schaltet er sich ein. Der Agentenführer Günther Männel, der heute unter einem anderen Namen in Baden-Württemberg lebt und durch den diese Vorgänge nach seinem Übertritt in die Bundesrepublik bekannt wurden, trifft sich mit ihr auf dem Bahnhof Friedrichsstraße in Berlin und fragt sie, ob sie bereit sei, auch in Lateinamerika für den Geheimdienst zu arbeiten.
Sie stimmt zu und erhält darauf vor ihrer Abreise nach Kuba noch eine gründliche Ausbildung im Gebrauch von Feuerwaffen, der Bedienung von Funkgeräten und der Anfertigung gefälschter Pässe und anderer Dokumente.
In Kuba betätigt sich Tamara politisch in der Kommunistischen Jugend-Union, in der Federation kubanischer Frauen und in der Miliz. Sie arbeitet bei der »Frente Unitario Nicaraguese« mit, einer Gruppe, die von Kuba aus Guerillaeinsätze in Nicaragua vorbereitet. Sie studiert Philosophie an der Universität Havanna.
Während des dreijährigen Aufenthalts auf der Insel beginnt sie sich für Folklore, Volkskunst und vor allem für die Musik primitiver Volksstämme zu interessieren und unterhält einen ausgedehnten Briefwechsel mit ausländischen Fachleuten dieser Sachgebiete.
Dieses Hobby ist eine Vorbereitung für ihre späteren Reisen in Südamerika und bietet außerdem eine gute Tarnung für Absichten ganz anderer Art. Sie vermeidet auf Kuba jeden Kontakt zu dem Kreis um den Guevara-Gegner Anibal Escalante und gilt bald bei den prominenten Fidelisten als unbedingt zuverlässig. Es ist möglich, daß sie über Mitglieder der DDR-Handelsmission Berichte an ihre Auftraggeber nach Ost-Berlin geschickt hat. Es wäre aber durchaus auch denkbar, daß Sie gerade deswegen in Kuba blieb, um sich dem lästig gewordenen Zwang, für den Staatssicherheitsdienst zu arbeiten, entziehen zu können.
Jedenfalls verläßt sie nach etwa drei Jahren Havanna, und zwar nun eindeutig mit einem Sonderauftrag der Kubaner. Am 18. November 1964

trifft sie, aus Peru kommend, in Bolivien ein. Sie reist mit einem gefälschten Paß, der sie als Laura Gutiérrez Bauer, geboren am 15. Januar 1938, Tochter des Antonio Gutiérrez und der Hilda Bauer, identifiziert. Als Beruf gibt der Ausweis Sprachlehrerin an. Bekannten erzählt sie aber, sie sei nach La Paz gekommen, um Pharmazie zu studieren. Tatsächlich ist sie zunächst an der Schule für Pharmazie der Universidad Mayor San Andrés immatrikuliert. Niemand schöpft Verdacht, daß ein attraktives Mädchen aus Buenos Aires ausgerechnet die recht provinzielle Apothekerschule in La Paz beziehen will, wo doch ihre Heimatstadt weit bessere Studienmöglichkeiten bieten würde. Sie wird sehr bald von der Gesellschaft in La Paz akzeptiert und von jungen Männern umschwärmt.
Sie behauptet, arm zu sein, gibt Privatstunden in Russisch und Deutsch. Einer ihrer Schüler, der Journalist Gonzales Lopez Muñoz, hat Mitleid mit der charmanten Argentinierin und verschafft ihr einen Job als Kassiererin bei seiner Zeitung.
Lopez Muñoz beschreibt Laura so:
»Sie war ein hübsches, aufgewecktes, intelligentes und ziemlich stilles Mädchen ... ein bißchen Boheme. Sie lebte in einer verkommenen Wohnung und schlief auf dem Fußboden. Zu Parties ging sie selten, und wenn, dann trank sie nie. Sie interessierte sich für Volksmusik. Über Politik hat sie, so viel ich mich erinnern kann, nie gesprochen.«
Die Bekanntschaft mit Muñoz, der unter anderem auch für das Presse- und Informationsbüro der bolivianischen Regierung arbeitet, gibt ihr die Möglichkeit, an Briefbogen der Regierung, an offizielle Stempel und Presseausweise heranzukommen.
Nachdem all ihre Bekannten wissen, daß sie sich für Folklore und Indiokunst interessiert, erregt es auch keinerlei Verdacht, als sie, bewaffnet mit Kamera und Tonbandgerät, damit beginnt, Fahrten über das offene Land zu unternehmen – angeblich um Stücke einheimischer Handwerkskunst zu sammeln und Volkslieder aufzunehmen.
Sie dringt in die entlegendsten Gebiete Boliviens vor, zeichnet Landkarten von Regionen, die als Guerillabasen geeignet erscheinen. Sie studiert Indianersprachen und gewinnt das Vertrauen der bäuerlichen Bevölkerung.
Unterdessen hat sie ihre Wohnung in La Paz gewechselt und ist in eine Pension umgezogen, wo sie den Studenten Mario Alvarez kennenlernt. Älter, erfahrener und gewitzter als der junge Mann, erkennt sie, daß auch er ihr für ihre Zwecke dienlich sein kann. Sie heiratet ihn und

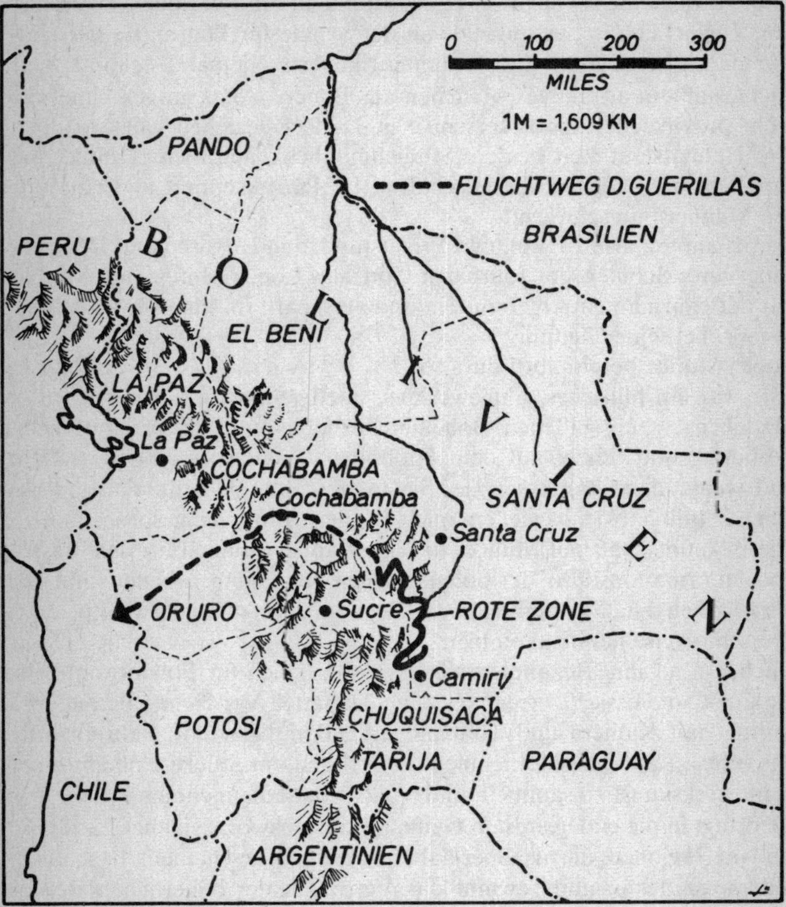
0
100
200
300
MILES
1M = 1,609 KM
FLUCHTWEG D. GUERILLAS
PANDO
BRASILIEN
PERU
B
O
L
I
V
I
E
N
EL BENI
LA PAZ
La Paz
COCHABAMBA
Cochabamba
SANTA CRUZ
Santa Cruz
ORURO
Sucre
ROTE ZONE
Camiri
CHUQUISACA
POTOSI
TARIJA
PARAGUAY
CHILE
ARGENTINIEN

kommt so zu einem echten bolivianischen Paß. Nach einem Jahr läßt sie sich wieder scheiden. Mario geht die Trennung sehr nahe. Er schreibt ihr pathetische Briefe, in denen er versichert, sie sei seine einzige Liebe, er werde sie nie vergessen können.
Entweder aus Mitleid oder um ihn sich endgültig vom Hals zu schaffen, besorgt sie ihm ein Stipendium für ein Studium in Osteuropa. Er verläßt La Paz, ehe die bolivianische Guerilla beginnt.
Während alldem ist Tania insgeheim unermüdlich tätig, um ein Netzwerk von Kontakten zu knüpfen, auf das die Guerilleros später zurückgreifen können. Vor allem ist es offenbar ihre Aufgabe, Mittel und Wege zu erkunden, um Personen aus den Nachbarländern, getarnt oder mit falschen Pässen, über die bolivianische Grenze zu bringen und sie auch im Land so in das Gebiet des foco zu schleusen, daß bei den Behörden kein Verdacht erregt wird.
Im Februar 1967 ist Tania in Camiri (jener Stadt, die gewissermaßen die Schwelle zwischen der Außenwelt und der hinterwäldlerischen Gegend um Ñancahuazú darstellt) eine bekannte und beliebte Persönlichkeit. Sie besucht häufig das italienische Restaurant »Marietta«, das dem Italiener Federico Forfori gehört, der sich später daran erinnern wird, daß »sie häufig mit vier Männern hereinkam, für alle bestellte und zahlte. Die Männer saßen immer schweigend da. Ihre Autorität schien unbestritten«.
Es gibt auch Männer, denen ihr Auftreten mißfällt. Sie erklären, sie sei zu energisch, abrupt, ziemlich maskulin, eine starke Raucherin und erzähle das Blaue vom Himmel herunter.
In der Zararenda Rundfunkstation in Camiri hat Tania in der zweiten Jahreshälfte 1966 das Programm »Ratschläge für die Frau« übernommen, eine Art Briefkastensendung, die sich großer Beliebtheit erfreut. Aber mehr als einmal kommen den Hörern ihre Ansagen etwas seltsam vor. Sie gebraucht Worte, die völlig unverständlich klingen. Es sind Code-Botschaften für Coco Peredo und Jorge Vásquez Viaña, zwei Schlüsselfiguren der bolivianischen Guerilla, die um diese Zeit damit beschäftigt sind, Vorbereitungen in der Provinz zu treffen.
Es scheint, daß sie Che bei seiner Ankunft in Bolivien in La Paz abgeholt hat und ihn bis Cochabamba, möglicherweise auch bis Camiri brachte, wo er dann von einer Kontaktperson übernommen und nach Ñancahuazú gefahren wird.
Sie kehrt nach La Paz zurück. Ihre wichtige Aufgabe ist es, die Verbindung zwischen der Hauptstadt und dem foco einerseits und andererseits

zu aus dem Ausland eintreffenden Mitkämpfern, Kurieren, Besuchern und Sympathisanten aufrecht zu erhalten, diese in Empfang zu nehmen und unbehelligt zu den Guerilleros zu bringen. Auch Verabredungen zwischen den Funktionären der bolivianischen KP und den Guerillas scheinen stets über sie getroffen worden zu sein. Natürlich ist es für Che und seine Männer auch von unschätzbarem Wert, in ihr jemanden zu besitzen, der in der Lage ist, über die politischen Interna in der Hauptstadt Mitteilungen zu machen.

Begegnung

Übungsmarsch

Am 7. November 1966 trifft Che im Basislager ein. Sobald auch sein Stab erfahrener Kubaner angekommen ist, Männer, die fast alle schon im kubanischen Befreiungskrieg Erfahrungen gesammelt und sich bewährt haben, teilt er seine Streitmacht in drei Gruppen ein. Die Vorhut leitet Marcos (Major Antonio Sánchez Dìaz, Arzt und Chef des Militärbezirks der Pinien-Insel nach dem revolutionären Sieg in Kuba). Beim Haupttrupp übernimmt Che selbst das Kommando. Die Nachhut führt Joaquín, ein verhältnismäßig junger Mann, der eigentlich Vitalio Acuña Nuñez heißt, sich seinerzeit als einer der ersten Bauern der Guerilla in der Sierra Maestra angeschlossen hatte, später eine Guerillaschule in der Matanza-Provinz leitete und sowohl in Vietnam als auch im Kongo gekämpft hat.
Inti und Coco Peredo, zwei der verläßlichsten Bolivianer, ernennt Che zu politischen Kommissaren. Inti wird außerdem die Verwaltung der Finanzen übertragen. Er soll auch die Männer über die politische Situation in Bolivien instruieren.
Wie in fast allen Guerillabewegungen erhält jeder Mann einen Tarnnamen. Von nun an wird Che in der Gruppe nur noch Ramón genannt.
Auf dem weitläufigen Grundstück richtet man ein Haupt- und zwei Nebenlager ein. Pfade werden vom Calamine-Haus, einem Schuppen mit Wellblechdach, der zuvor schon von Coco Peredo und Vásquez Viaña gebaut worden ist, in den Dschungel geschlagen. Sie verlaufen zu den Beobachtungsstellen im Osten und Nordosten, Punkte, die im Sprachgebrauch der Guerillas als »Posten«, »die Klippe« (mit Telefonverbindung zum Hauptgefechtsstand), »Bärenlager« und »Fuchsspur« bezeichnet werden. Schützengräben und Unterstände werden ausgehoben, ein Hühnerhof wird angelegt, auf einem Stück gerodetem Land entsteht ein Gemüsegarten. Die Männer verbringen ihre Zeit damit, wilde Tiere zu jagen. Sie werden in Guerillatheorie unterwiesen, halten Schießübungen ab und unternehmen kurze Märsche, um sich mit der Landschaft vertraut zu machen. Die theoretische Vorbereitung und der Unterricht in allgemeinbildenden Fächern nehmen in diesem Ausbildungsprogramm einen breiten Raum ein.
Ein Peruaner mit dem Decknamen El Chino leitet diese Kurse, für die eine Art von Amphitheater mit sich abstufenden Bankreihen und einem Vortragspult vorn angelegt worden ist. Als Lehrbücher dienen die Schriften Guevaras und Mao Tse-tungs über Guerillastrategie, verschie-

dene Werke über die Geschichte Südamerikas und Régis Debrays Buch *Revolution in der Revolution.*
In den unterirdischen Höhlen, die im Ñancahuazú-Lager als Speicher und getarnte Vorratskammern dienten, wird eine erstaunlich große Zahl von Büchern und Broschüren gefunden. Auch scheint es geradezu zu einer Mode geworden zu sein, Tagebücher zu führen. Guevaras Aufzeichnungen wurden weltbekannt. Weniger beachtet wurden die Tagebücher von Rolando, Pompo und Braulio. Wenn ihr literarischer Wert auch gering sein mag, so liefern sie doch eine wichtige Ergänzung zu Ches stoischen Notizen. Darüber hinaus aber müssen auch noch andere Männer Tagesereignisse und Erlebnisse festgehalten haben – eine für Guerillas gefährliche Angewohnheit, durch die, als das Lager dann ziemlich überraschend geräumt werden muß, die Armee wichtige Aufschlüsse über die Zusammensetzung der Gruppe erhält.
Jeden Abend gegen acht Uhr wird der Arbeitsplan für den folgenden Tag bekanntgegeben. Solange Che sich im Lager aufhält, sieht er strikt darauf, daß diese Befehle schriftlich ausgefertigt werden, nicht aus Bürokratismus, sondern weil die Disziplinierung der Männer notwendig ist. Bis zum ersten Scharmützel mit den Regierungstruppen am 23. März ist das Calamine-Haus auch das Versorgungszentrum. Coco übernimmt es, die nötigen Einkäufe in den Geschäften von Camiri zu tätigen. Angeblich bringt er die Lebensmittel und Güter von dort aus auf seine »Ranch«, von wo sie die Guerillas mit Lastträgerkarawanen, die man nach den klapprigen Bussen in den Großstädten Boliviens »góndola« nennt, auf die einzelnen Außenstellen und die unterirdischen Verstecke verteilen.

Wie sich der Alltag im Lager, die Ankunft und die Eingliederung eines »neuen Mannes« in diesen Novembertagen abspielt, darüber berichtet Inti in seinem Tagebuch:
»Che saß auf einem Baumstamm und rauchte. Er hatte seine Mütze auf. Als unsere Gruppe ankam, blitzten seine Augen vor Freude.
Der Mann, den die Imperialisten mehr als jeden anderen suchten, der legendäre Guerillero, Stratege und Theoretiker – hier hockte er seelenruhig tief im Inneren eines Landes, das zu den am schlimmsten unterdrückten und ausgebeuteten Staaten des Kontinents gehört. Es war in der Nacht des 27. November 1966. Che oder Ramón, wie er der Gruppe vorgestellt wurde, begrüßte uns herzlich. Auf mich deutend sagte er: ›Du bist Inti, nicht wahr.‹ Ich war befangen. Einige Kameraden hatten ihm aus meiner Vergangenheit erzählt. Er wußte, daß ich mit dieser Gruppe ankam. Ich wußte meinerseits

auch, daß Che uns in den Bergen erwartete. Trotzdem wurde ich von Gefühlen übermannt.
Wir ließen uns auf den Baumstämmen nieder. Nach einer Weile übergab mir Pombo einen M-2-Karabiner, meine erste Waffe, und die Kampfausrüstung. Alles ging unglaublich einfach vor sich. Und doch begann in dieser Nacht mein Leben als wirklicher Revolutionär.
Die Unterhaltung war leicht, angeregt, es ging um allgemeine Themen. Ich sprach wenig, weil ich so sehr unter dem Eindruck dieser Begegnung stand. Einige Augenblicke später trank die Gruppe auf den Erfolg des Guerillakampfes und auf ihr Vertrauen in den Sieg. Spät in der Nacht half mir Tuma (Tulio Santamaria, Major der kubanischen Streitkräfte und in Bolivien Adjutant von Guevara), einer der Männer, die wir im Laufe der Zeit am meisten schätzen sollten, die Hängematte herzurichten.
Uns blieb keine Zeit zum Schlafen. Gegen zwei Uhr morgens begannen wir, die noch wach waren, mit der ›góndola‹; das heißt, wir marschierten von unserem Lager zu ›casa de calamina‹, um Lebensmittel, Waffen und Munition zu holen.
Es war eine schwere Arbeit ... die Nacht war sehr dunkel. Und jetzt zeigte Che uns zum erstenmal, wie ein Guerillaführer beschaffen sein muß. Er wählte den schwersten Sack, hob ihn auf die Schulter und führte uns auf den Rückweg. Unterwegs stolperte er und fiel hin. Man konnte wirklich kaum etwas sehen. Er hob den Sack wieder auf und marschierte weiter zum Lager. Wir folgten ihm.
Die Guerillaarmee begann sich zu entwickeln. Che hatte erkannt, daß die Männer, die in die Berge gehen, um zu kämpfen, leicht ihre städtischen Gewohnheiten ablegen; und zwar nicht nur wegen der Härte des Kampfes und des Mangels an Kontakt mit jeglicher Kultur oder ›Zivilisation‹. Armselige, oft zerlumpte Kleidung, fehlende Hygiene, dürftiges und manchmal primitives Essen, der Mangel an so einfachen Dingen wie Kannen oder Löffeln – das alles zwingt den Guerillero oft, barbarische Gewohnheiten anzunehmen. Dagegen kämpfte Che mit aller Energie. So legte er besonderen Wert auf Arbeiten, die den Einfallsreichtum und die schöpferische Kraft der Guerilleros anregten; er hielt sie an, auf ihre Kleidung, die Waffen, die Rucksäcke, die Bücher, auf alles, was unsere ›materiellen Güter‹ ausmachte, peinlich zu achten. Er selbst leitete die ›öffentlichen Arbeiten‹ des Nebenlagers, das etwa acht Kilometer von der ›casa de calamina‹ entfernt lag. Es wurden Bänke gebaut und andere Bequemlichkeiten. Regelmäßig befahl Che, was er ›alte Garde‹ getauft hatte: Großreinemachen im ganzen Lager! ... Immer wieder wies Che uns auf die Rolle der ›Vorhut der Vorhut‹ hin, die der Guerillero einnimmt. ›Aber um diesem Namen Ehre zu machen‹, versicherte er, ›müßt ihr euch erst einmal in Führungskader verwandeln.‹
›Der Guerillero‹, erklärte Che, ›ist nicht ein Schießwütiger. Er ist ein potentieller Regent, ein Mensch, der sich in einem bestimmten Augenblick in den

Führer seines Volkes verwandelt. Deswegen muß er auf diesen Augenblick vorbereitet sein.‹«

Während das Leben in Ñancahuazú zunächst mit Training, Lernen und Disziplinierung vergeht, fällt dennoch eine wichtige Vorentscheidung: Ches Gruppe hat in Bolivien weder die Unterstützung des moskautreuen noch des nach Peking orientierten Flügels der bolivianischen KP gefunden, aber nur mit den Funktionären dieser Gruppe kann es gelingen, die kampferprobten Kader der Bergleute aus den Zinnminen für die Guerilla zu gewinnen.

Die bolivianische KP ist in einer schwierigen Situation. Sie kann sich einerseits bei einer Analyse der Lage im Land der Notwendigkeit und der Möglichkeiten einer bewaffneten Revolte nicht ganz verschließen. Wenn sie sich aber daran beteiligt, gerät sie in Konflikt mit der von Moskau im Zeichen einer Weltpolitik der friedlichen Koexistenz ausgegebenen strategischen Richtlinie, alle bewaffneten Aktionen in Südamerika vorerst zu unterlassen.

Das bolivianische Zentralkomitee ist schwankend, was es tun soll. Generalsekretär Monje hält sich vorerst noch zu einem Besuch in Bulgarien auf, macht aber auf der Heimreise Station in Havanna, um die Lage mit Castro zu besprechen. Fidel befindet sich ebenfalls in einer gewissen Verlegenheit. Er kann die strategischen Absprachen der kommunistischen Parteien Lateinarmerikas mit Moskau nicht ohne weiteres ignorieren, muß aber gleichzeitig für die Unterstützung Guevaras werben. Was Castro damit von Monje verlangt, bedeutet praktisch dessen Einverständnis, daß die politische Führung von Moskau auf Havanna übergeht.

Die eher ablehnende Haltung im Zentralkomitee der kommunistischen Partei Boliviens hat unter anderem zur Folge, daß Ches Mittelsmänner in den Städten nur Leute als Mitkämpfer in der Guerilla gewinnen, die alles andere als eine avantgardistische Elite darstellen. Inti Peredo schreibt dazu in seinem Tagebuch:

»Viele Leute kommen zur Guerilla mit äußerst geringen ideologischen Vorbereitungen; sie haben sich von den Berichten über Heldentaten und großartige Ereignisse beeinflussen lassen, oder sie melden sich aufgrund einer Art von politisch-militärischer Intuition. Dann pflegt in ihnen ein Prozeß von falscher Idealisierung des Kampfes und des Guerillalebens einzusetzen, ein Phänomen, das gerade bei Studenten besonders ausgeprägt ist.

Diese Leute haben die irrige Vorstellung, daß der Guerillero in seinem Lager bequem eingerichtet ist, in einer Hängematte schläft und wenig ißt. Von

dort aus, so meinen sie, plane er seine Schlacht, stelle er sich der Armee, sammle er Tote und Verwundete ein und kehre ins Lager zurück, um neue Kräfte zu schöpfen.
Wenn diese Männer dann bei uns mit der Wirklichkeit konfrontiert werden, erleben sie einen heftigen Schock. So hatten sie sich das alles nicht vorgestellt. Das außerordentlich harte Leben, die ewige ›góndola‹, Bauarbeiten, die schwere Last des Rucksacks, die einem manchmal die Beine beugt, der Hunger, der sich oft wie ein scharfes Messer in den Magen bohrt, die langen Märsche durch schwieriges Gelände und die ständige Gefahr, in einen Hinterhalt zu geraten, beeinflussen den Geist dieser ideologisch schwachen Menschen.«

Am letzten Tag des Jahres 1966 findet in Ñancahuazú eine entscheidende Begegnung statt. Coco Peredo hat den inzwischen nach Bolivien zurückgekehrten Ersten Parteisekretär der KP, Mario Monje, mit einem Jeep in La Paz abgeholt. Jetzt muß sich endgültig klären, welchen Standpunkt die Führung der Kommunistischen Partei Boliviens bezieht. Guevara verlangt – und er folgt damit dem theoretischen Rezept Debrays – die militärische Führung auch dann, wenn das Zentralkomitee offiziell die Guerilla unterstützen würde. Er ist bereit, daß Monje in diesem Fall als oberster politischer Führer auftritt, wobei er davon ausgeht, daß sich die politische Führung der militärischen unterordnen müsse.
Mit anderen Worten: Che denkt nicht daran, sich in das Konzept der Guerilla hineinreden zu lassen.
Monje ist ziemlich verstört. Es gibt einige Männer im Lager, Bolivianer, militante Sozialrevolutionäre, die trotz anders lautender Richtlinien des Zentralkomitees, zu den Guerillas gestoßen sind. Er weiß, diese Männer sind gute Leute. Wenn sie im Lager bleiben, wird die Partei sie fallen lassen. Ohne die Unterstützung der Partei aber haben die Aktionen der Guerillas kaum eine Chance auf Erfolg. Soll er tatenlos zusehen, wie diese Männer, Genossen, mit denen er seit Jahren befreundet ist, in ihr sicheres Verderben laufen?
Che ist fair genug, Monje die Gelegenheit zu geben, mit allen Bolivianern noch einmal zu sprechen. Als er sie fragt, ob sie bleiben wollen, auch wenn die Partei die Guerillas nicht unterstützt, geben sie ihm ihre Antwort dadurch zu verstehen, daß sie ihn regungslos anstarren. In das Schweigen hinein fragt er scharf: »Nun sagt schon ... bleibt ihr hier oder nicht?«
»Wir bleiben«, antworten sie.

Che hat vor allem Monjes schwankende Haltung mißfallen. Mal scheint der Erste Sekretär an die Parteilinie, dann wieder an die Verpflichtung zur Loyalität gegenüber persönlichen Freunden zu denken.
Als Monje das Lager verläßt, wirkt er völlig verwirrt. Vásquez Viaña, der ihn zusammen mit Peredo zurück auf den Flughafen von Camiri bringt, sagt er, das Zentralkomitee werde ihn gewiß nach seiner Rückkehr nach La Paz absetzen, und wenn nicht, dann werde er sich freiwillig aus der Partei zurückziehen.
Drei KP-Mitglieder, die sich den Guerilleros angeschlossen haben, sind von Monjes wankelmütiger Haltung so aufgebracht, daß sie vorschlagen, ihn zu töten. Aber Che widerspricht dem entschieden und verbietet rigoros jede weitere Diskussion über solche Überlegungen.
Am 1. Januar treffen Chingolo und Eusebio, zwei Männer, die Coco Peredo Mitte Dezember 1966 in La Paz hat anwerben können, im Lager der Guerilleros ein.
Die letzte Gruppe, die noch zu den Guerillas stößt, wird von Moisés Guevara geführt. Dieser Mann ist Bolivianer, nicht mit Ernesto verwandt, ein ehemaliger Funktionär der Bergarbeitergewerkschaft.
Die Guerillaführer machen Einwände gegen die sieben neuen Rekruten, als sie hören, daß es sich bei fast allen um arbeitslose Bergleute handelt, über deren politischen Hintergrund nichts bekannt ist.
Am 31. Januar entschließt Guevara sich, Ñancahuazú zu verlassen und nach Norden und Nordosten zu ziehen. Er plant diese Reise als Trainingsmarsch. Seine Leute sollen sich an das Terrain gewöhnen, versuchen, in Kontakt mit der Bevölkerung zu treten und herausfinden, welche Haltung die Bauern in den kleinen Dörfern einnehmen.
Am 1. Februar brechen die drei schon vorher gebildeten Abteilungen, die jeweils aus 12 bis 15 Mann bestehen, zum Marsch auf.
Jeder der Leute ist bewaffnet und schleppt seine Feldausrüstung und Proviant, alles in allem eine Last von 50 bis 60 Pfund, mit. Guevara beabsichtigt, bis in die Vororte von Valle Grande vorzustoßen und dann um den 1. März wieder nach Ñancahuazú zurückzukehren. 12 Mann unter dem Kommando von Antonio bleiben im Lager zurück.
Obwohl es unterwegs nirgends zur Berührung mit dem Feind kommt, werden allein durch die Einsamkeit und die rauhe Landschaft die Kräfte aller einer Zerreißprobe ausgesetzt. Krankheiten, wahre Wolken tropischer Insekten, die ungewohnte körperliche Anstrengung und die zumeist abweisende Haltung der Eingeborenen demoralisieren die Guerilleros. Die ersten Bolivianer desertieren.

Basislager – entdeckt

Die Kubaner muß der harte Weg über schroffe Gebirge an den 350-Meilen-Marsch der Kolonne VIII aus der Sierra Maestra nach Las Villas erinnert haben.
Che führt das Kommando beim Haupttrupp, aber er besucht auch die anderen Gruppen. Am 9. Februar kommen sie, dem Rio Grande folgend, zu einigen Häusern, deren Einwohner sie freundlich aufnehmen und sie warnen, daß sich Militär in der Gegend aufhalte. Es sind etwa dreihundert Soldaten, die damit beschäftigt sind, eine Straße von Valle Grande nach Lagunillas zu bauen.
Che bleibt auf diesem Gehöft zwei Tage. Am 11. Februar zieht er weiter nach Norden. An den beiden folgenden Tagen begegnen er und seine Leute wieder Bauern, die ihnen Nahrungsmittel verkaufen. Für die nächsten zwei Wochen ziehen sie am Rio Rositas entlang. Die Karten geben den Verlauf des Flusses nur ungenau an. Am 25. Februar gibt eine Uferböschung nach. Benjamin stürzt ins Wasser. Er kann nicht schwimmen, gerät in einen Strudel und ertrinkt.
In diesen Wochen sind die Guerillas ziemlich entmutigt. Müde und zerschlagen schleppen sie sich dahin. Die Nahrungsmittel gehen zur Neige. Che verzeichnet in seinem Tagebuch, daß er schon nach wenigen Tagen fast 15 Pfund an Gewicht verloren hat. »Ich kann gut marschieren, obwohl der Schmerz in der Schulter manchmal fast unerträglich ist.«
Inti erzählt:
»Von Anfang an war die Expedition aufreibend, ein Vorgeschmack auf das, was später noch kommen sollte. Schon nach wenigen Tagen mußten viele Kameraden praktisch barfuß laufen; die Leibwäsche zerfiel langsam in Fetzen.
Che stellte sich selbst nie als Beispiel hin, obwohl er es in der Praxis war. Dabei ist er kein starker Mann. Während der Expedition wurde er krank. Dennoch gab er uns durch sein Verhalten Kraft. Wir wußten, daß es ihm schlecht ging, aber er ruhte nicht einen Augenblick aus und zeigte eisernen Willen. Er wurde ärgerlich, wenn wir versuchten, ihm zu helfen, wenn der Koch ihm etwas mehr Essen geben wollte als uns, oder wenn er merkte, daß man seine Wachen auf angenehmere Stunden verlegte.«
Rolando, der jüngste unter den Guerillas – Che kennt ihn seit seinem 16. Lebensjahr, damals hat er als Melder bei einer Abteilung in der Sierra Maestra Dienst getan – berichtet, daß man, nachdem die letzten Bohnen verzehrt sind, Palmherzen und einen geschossenen Falken zum Abendessen verspeist. Er erwähnt auch das brutale Verhalten von Mar-

cos, der einen seiner Männer mit dem Griff der Machete schlägt. Che muß eine Konferenz einberufen und einigen Kubanern, die man zu den Veteranen rechnet, einen harten Verweis erteilen.
Ende Februar läßt sich die Nachhut mehrere gefährliche Unbedachtsamkeiten zuschulden kommen. In einem Bericht der bolivianischen Armee findet sich folgender Hinweis:
»... zwischen dem 26. und 27. Februar 1967 nahmen fünf fremdländisch aussehende Individuen Verbindung mit Einwohnern dieser Zone auf und stellten Fragen über verschiedene Dinge, über die Straße und wie man zum Rio Grande komme. Diese fünf Männer wurden dann wieder gesehen, als sie den Rio Grande durchschwommen hatten. Einer wollte sich danach ausruhen, streckte sich am Ufer aus und legte seinen Gürtel ab. Der Gürtel hatte zahlreiche Taschen, in denen sich eine große Menge von Dollars und bolivianischen Pesos befanden, die der Mann in der Sonne trocknete. Die Bauern, die in dieser Gegend wohnen, beobachteten das und wunderten sich.«
An eben diesem 27. Februar gibt es auch noch andere Schwierigkeiten. Der Haupttrupp verliert die Verbindung mit der Vorausabteilung unter Marcos. Am 2. März finden sich endlich wieder Spuren. Che muß über den Fluß und versuchen, die Männer aufzuspüren.
Braulio hat Krämpfe, andere können sich vor Hunger kaum noch auf den Beinen halten. Inti gelingt es, etwas Nahrung zu beschaffen und einige Tiere zu schießen, aber es ist bei weitem nicht genug, um satt zu werden.
»Zwei bolivianische Rekruten sind desertiert. Es steht nicht gut«, schreibt Braulio in sein Tagebuch.
Am 10. März laufen weitere Bolivianer davon. Ches Gruppe, Haupttrupp und Nachhut, haben immer noch keine Verbindung zur Vorhut, aber man marschiert jetzt zum Lager zurück.
Am 14. erreichen sie die Mündung des Ñancahuazú, der Hochwasser führt. Bei dem Versuch, den Fluß mit einem behelfsmäßigen Floß zu überqueren, ertrinkt Carlos.
Was ist mit Marcos? Er hat sich daran erinnert, daß Guevara in den ersten Märztagen in Ñancahuazú zurück sein will, und ist mit seinen Leuten ebenfalls umgekehrt. Er hält sich aber beim Rückmarsch nicht an Ches Anweisungen und macht mehrere schwere Fehler. Zunächst einmal benutzt er nicht die verabredete Route. Mehrmals zeigt er sich mit der gesamten Gruppe in kleineren Ortschaften, statt vorsichtig mit den Bauern Kontakt aufzunehmen.

In der Provinz Valle Grande begegnet er einem Jäger und einem Mann, den er für einen Arbeiter von den Ölfeldern hält. Er heißt Epifanio Vargas. Diese Männer, die Waffen tragen, schwere Waffen, kommen Vargas seltsam vor.
»Wir sind Geologen und führen hier einen Forschungsauftrag für eine Erdölgesellschaft durch«, erklärt Marco.
Aber bei Vargas ist damit noch nicht jeglicher Verdacht zerstreut; er folgt der Gruppe heimlich, vergewissert sich dabei, daß Marcos ihn angeschwindelt hat, reist darauf nach Camiri und verständigt die Polizei. Am 17. März, als Marcos auf das Calamine-Haus zumarschiert, trifft er plötzlich die Knechte von Ciro Algaranaz Leigue, ein Spitzel der Behörden und Eigentümer einer Ranch in der Nachbarschaft von Ñancahuazú.
Einige Stunden später ereignet sich am Calamine-Haus ein kurzes Gefecht. Ein übereiliger Guerilla aus der Vorhut tötet einen Soldaten, der sich seinem Beobachtungsposten genähert hat. Vor einer Armeepatrouille, die die Gegend näher durchsuchen soll, weicht Marcos mit seiner Einheit aus.
Che hat unterdessen das Bärenlager erreicht, gerade noch rechtzeitig, um einige Vorkehrungen zur Verteidigung zu treffen. Kurze Zeit später erscheint nämlich Marcos mit den Männern der Vorhut und ihnen unmittelbar auf den Fersen folgt die Armee. Die Vorausabteilung hat die Soldaten fast bis ins Lager hineingeführt.
Che ist empört über so viel Gedankenlosigkeit und Ungeschicklichkeit. Er hat Marcos unterwegs schon einmal angedroht, ihn nach Kuba zurückzuschicken...
Aber nicht nur bei den Männern, die den Übungsmarsch unternommen haben, auch im Basislager sind schwere Fehler gemacht worden. Antonio hat den Zurückgebliebenen manches durchgehen lassen. Die Männer sind leichtsinnig geworden. Der Verdacht des Nachbarn Ciro Algaranaz, es könne sich bei den Leuten in Ñancahuazú doch um »Kokainkocher« handeln, hat die Polizei auf den Plan gerufen, die den Rekruten Salustio Choque Choque verhaftet.
Che zieht Bilanz über den Marsch.
Die Geländebeschaffenheit und das Klima bieten große Schwierigkeiten. Die meisten Bauern zeigen wenig Bereitschaft, mit den Guerilleros zusammenzuarbeiten. »Gesichter, undurchdringlich wie Steine, wenn du zu ihnen sprichst, scheinen sie sich irgendwo in der Tiefe ihrer Augen über dich lustig zu machen.«

Es sind Guaraní-Indianer, daran gewöhnt, die Welt mit stoischer Resignation hinzunehmen.
Das Terrain ist den Plänen der Guerillas bei weitem nicht so günstig, wie Che ursprünglich angenommen hat. Die Ortschaften sind Weiler, kleine Dörfer. Sie liegen relativ weit voneinander entfernt. Die Verkehrswege sind schlecht. Eben deshalb baut die Armee auch die Fahrstraße zwischen Valle Grande und Lagunillas. Im übrigen gibt es nur Fuß- und Maultierpfade. Die Jagd hat sich als schwierig erwiesen. Die Flüsse führen weniger Fische als in anderen Gegenden des Landes. Von den Bauern Proviant zu kaufen, ist auch nicht so einfach. Oft haben sie kaum genug für ihren eigenen Bedarf. Und an der Notlage der Bevölkerung sind hier nicht direkt die Besitzverhältnisse schuld. Im Gegensatz beispielsweise zum Gebiet der Sierra Maestra sind diese Indios sozusagen freie Bauern. Wenn sie nichts oder zu wenig ernten, so liegt das vor allem daran, daß dies keine sehr fruchtbare Gegend ist und sie in Lethargie verfallen sind.
Die Guerillas, die sich nach einem fünfzigtägigen Marsch durch diese abweisende Umgebung wieder ins Lager schleppen, sind ausgemergelt, zerschlagen und eher verzweifelt als optimistisch.
Sie finden in Ñancahuazú Besuch vor. In Ches Abwesenheit hat Tania Jules Régis Debray, den jungen französischen Marxisten, der nach ausführlichen Reisen durch Südamerika und einem längeren Aufenthalt in Kuba durch seine theoretischen Aufsätze zur Revolution und zur Guerillastrategie bekannt geworden ist, hergebracht.
Mit ihm ist Ciro Roberto Bustos eingetroffen, der offenbar für die Aufgabe vorgesehen ist, in Argentinien Guerilleros anzuwerben.
Debray beschreibt seine Eindrücke aus diesen Tagen:
»Als ich Che dort zum erstenmal in meinem Leben am 19. März begegnete« (Debray irrt sich, Guevara kehrte erst am 20. März nach Ñancahuazú zurück) »erschrak ich, wie schlecht er aussah. Sie sagten mir, er habe 45 Pfund an Gewicht verloren, weil sie während 40 schrecklicher Tage unterwegs Hunger litten.
Es gab Guerillas, die angeschwollene Hände und Füße hatten. Manche konnten überhaupt nicht mehr laufen. Joaquín, Alejandro und Che waren am übelsten dran. Ich glaube, sie werden Zeit ihres Lebens das Hungergefühl nicht mehr loswerden.«
Immer neue Schwierigkeiten treten auf.
Am 11. März, also in Ches Abwesenheit, haben Vincente Rocabado Terrazas und Pastor Barrera Quintana, zwei jener Männer, die zur Sicherung

des Stammlagers zurückgeblieben waren, von Antonio den Befehl erhalten, auf die Jagd zu gehen.
Die beiden Männer verschwinden in den dichten Wäldern und laufen über Lagunillas nach Camiri. Am 14. März versuchen sie dort, ihre Gewehre zu Geld zu machen. Das erregt das Aufsehen der Polizei. Sie werden festgenommen und dem Hauptquartier der 4. Division in Camiri überstellt.
Einer der beiden Deserteure scheint sich von vornherein nur bei den Guerillas aufgehalten zu haben, um Nachrichtenmaterial zu sammeln. Durch Terrazas und Quintana erfährt die Armee, wie stark die Gruppe der Rebellen ist, und daß Che das Guerillaunternehmen leitet.
Da die Deserteure Tania im Lager noch begegnet sind, kann sie nicht mehr als Kontaktperson mit der Außenwelt auf ihren Posten in La Paz zurückkehren, sie muß bei den Guerilleros bleiben.
Che schreibt in sein Tagebuch: »Tania ist identifiziert. Jahre guter und geduldiger Arbeit sind damit vertan.«
Die Trupps der Armee, die sich bisher in der Gegend haben blicken lassen, sind nur Aufklärungspatrouillen gewesen. Jetzt muß tagtäglich damit gerechnet werden, daß größere Verbände auftauchen werden.
Viel zu zeitig sieht sich Guevara gezwungen, die Ausbildung seiner Leute zu beenden, das Basislager zu räumen und zu einer beweglichen Kriegsführung überzugehen.

Steckbrief: Debray

Jules Régis Debray, geboren in Paris am 2. September 1940, Deckname Danton, stammt aus einer wohlhabenden Familie des französischen Mittelstands. Nach einer Notiz seiner Mutter, Madame Jannine Alexandre Debray, ist es eine Familie, deren Angehörige immer freie Berufe ausgeübt haben, die sich stets durch ein waches soziales Bewußtsein auszeichneten, deren guter Name in Paris und Frankreich etwas gilt. »Alle Familienmitglieder sind praktizierende Katholiken und vom Geist eines lebendigen Christentums durchdrungen.«

Der Vater, Georges Debray, ist Rechtsanwalt, Mitglied des Anwaltsrates, Ritter des Ordens der Ehrenlegion und des Ordens vom Heiligen Grab. Madame Debray ist ebenfalls Anwältin, Ratsmitglied im Departement Seine, Vizepräsidentin des Stadtrates von Paris. Sie war Mitglied der Partei der Unabhängigen Nationalen Mitte, tritt später zur Demokratischen Mitte, der Rechtspartei des Jean Lecanuet, über. Die Debray haben aktiv am Widerstand gegen die Nazi-Okkupation teilgenommen. Sie teilen die politischen Ansichten ihres Sohnes nicht.

Régis Debray wird streng nach der Tradition einer wohlhabenden Mittelstandsfamilie in Frankreich erzogen. Mit 17 Jahren erhält er aus der Hand seiner Mutter den Preis für die beste Leistung in Philosophie an allen Höheren Schulen Frankreichs. Am Lycée Louis-le-Grand bringt er es zu sehr guten Noten und geht dann an die Ecole Normale, eine Eliteschule, an der viele der hervorragendsten Persönlichkeiten des französischen Geisteslebens ausgebildet worden sind. 1959 schenken ihm seine Eltern das Geld für eine Reise nach Amerika. Von Miami unternimmt Régis unvorhergesehen einen Abstecher nach Havanna, von dort kehrt er nach Paris zurück, um sich auf seine Abschlußprüfung in Philosophie vorzubereiten.

1961 reist er wieder nach Südamerika, hält sich dort mehrere Monate auf, kehrt abermals nach Paris zurück, um seine Studien fortzusetzen. Er ist stark beeindruckt von den sozialen Problemen des Kontinents. 1963 reist er im Auftrag des französischen Fernsehens nach Venezuela, um dort einen Film zu drehen.

Diesmal bleibt er eineinhalb Jahre in Südamerika und besucht alle Staaten des Subkontinents mit Ausnahme von Paraguay.

Versuchen wir uns anhand dieser Fakten vorzustellen, was für einen Menschen wir hier vor uns haben. Régis ist ein junger, außerordentlich begabter Intellektueller aus einer konservativen Familie des französischen Großbürgertums. Er selbst kann sich mit der Klasse, der seine Eltern angehören und aus der er selbst stammt, nicht mehr identifizieren. Er sucht eine neue Möglichkeit des Engagements.

Durch seine Lehrer und Vorbilder aus jenem Kreis von Philosophen, Soziologen und Politologen, der sich um Jean-Paul Sartres Zeitschrift *Les Temps Modernes* geschart hat, ist er mit dem Aufbegehren der Neuen Linken gegen den orthodoxen Kommunismus vertraut. Das begann mit den Austritten zahlreicher prominenter Wissenschaftler und Literaten aus der Partei nach der Ungarnkrise im Jahre 1956. Das setzt sich fort in theoretischen Arbeiten dieses Kreises.

Der junge Mann sieht also auch im Lager der Linken, in das ihn sein Lernen und Denken geführt hat, Meinungsverschiedenheiten, die nun auch in zunehmendem Maße diskutiert werden. Aber all diese Streitigkeiten und ideologischen Auseinandersetzungen scheinen ihm steril und sind – jedenfalls vorerst – ohne sichtbaren Einfluß auf die reale Politik.

Dem gegenüber steht die Aufforderung des jungen Marx in den *Thesen über Feuerbach:* »Die Philosophen haben die Welt nur verschieden interpretiert, es kommt darauf an, sie zu verändern.«

Auf seinen Reisen durch Südamerika entdeckt Régis ein weites Feld, auf dem solche Veränderung durch direkte Tat noch möglich scheint. Auch an der castristischen Bewegung dürfte ihn fasziniert haben, daß sie, wenigstens in ihren Anfängen, durch unorthodoxes, direktes Handeln mehr erreichte als beispielsweise die Kommunistische Partei Kubas. Die kubanische Revolution bewies zudem in der Praxis, daß auch Nicht-Kommunisten den Kapitalismus überwinden können.

Mit Südamerika hat Régis Debray somit endlich so etwas wie eine Heimat für sein Verlangen nach einem direkten Engagement gefunden.

In seinen Schriften *Castroismus oder der Lange Marsch in Lateinamerika* und *Revolution in der Revolution* bekennt sich Régis zunächst zur Guerillatheorie Guevaras.

»Wir gehen davon aus, daß die kubanische Revolution drei fundamentale Beiträge zur revolutionären Strategie in Lateinamerika entwickelt hat:

1. Die Streitkräfte des Volkes können einen Krieg gegen die Armee gewinnen;
2. es ist nicht notwendig zu warten, bis alle (klassischen) Bedingungen für eine Revolution erfüllt sind, der foco, der Aufstandsherd, kann sie schaffen.
3. Im unterentwickelten Amerika muß das Terrain für den bewaffneten Kampf hauptsächlich auf dem Land liegen.«

In Hinblick auf Südamerika aber trifft er folgende Feststellungen:
»Lateinamerika ist reif für die Revolution. Das bestehende System wird einzig durch die Streitkräfte der Oligarchie an der Macht gehalten, unterstützt durch den Imperialismus der Vereinigten Staaten. Das Problem ist deshalb die Zerstörung dieser Streitkräfte und zugleich die Vorbereitung der Massen auf ihre Rolle bei der Machtergreifung und Bildung der neuen sozialistischen Gesellschaft.«

Zu lösen ist diese revolutionäre Aufgabe seiner Meinung nach eben durch den Aufbau eines Guerilla-Fokus, eines Brennpunktes und eines Freiraums, der von Partisanen beherrscht wird.

Dies ist zwar ein militärisches Unternehmen. Es erfüllt zugleich aber auch entscheidende politische Aufgaben.

Im Kampf der Guerillas bildet sich eine politisch bewußte Führung oder Avantgarde heran. Die Streitkräfte, die die reaktionäre Gesellschaft stützen und schützen, müssen kämpfen und werden aufgerieben.

Das Guerillageschehen selbst wirkt auf die Massen des Volkes propagandistisch und politisierend. Sie lernen die Maskerade einer Scheindemokratie durchschauen. Sie erkennen aus den Berichten über die Zustände im Freiraum, daß eine bessere Gesellschaft möglich ist. Der »kleine Motor« der Guerilla setzt »den großen Motor« der unterdrückten und ausgebeuteten Massen in Gang, wirft ihn an, veranlaßt die Unterschicht, nun selbst kämpferisch aktiv zu werden. Es kommt zum Generalstreik, zu städtischen Revolten. Durch die Guerillatätigkeit im offenen Land sind die Machtzentren des alten Regimes weitgehend ungeschützt und können von den Revolutionären erobert werden.

Zwei Vorstellungen dieses Modells von Debray waren es, die orthodoxen Kommunisten auch schon dann suspekt erscheinen mußten, als sie noch nicht das viel überzeugendere Argument hatten, Régis' Theorie sei durch die Realität widerlegt worden.

Debray bestritt die dominierende Rolle der etablierten kommunistischen Parteien beim Prozeß der Revolution in Südamerika. Diese Führungsfunktion übernehmen bei ihm die Guerilleros. Da es sich beim Aufbau eines Freiraums um eine militärische Aktion handelt, soll die militärische und politische Befehlsgewalt beim Führer der Guerilla liegen. Er soll nicht an die Weisungen der im Land bestehenden Kommunistischen Partei gebunden sein, vielmehr soll sich diese seinem Konzept unterordnen. In den Augen orthodoxer Kommunisten war das »antikommunistische Polemik«.

Ein Kennzeichen kommunistischer Orthodoxie ist es, daß die Partei und nur sie dazu legitimiert ist, die Revolution zu machen. Sie kann Bündnisse auf Zeit mit anderen Gruppen eingehen, aber sie kann und darf nie zulassen, daß andere Gruppen die Führung im revolutionären Geschehen übernehmen.

Von antirevisionistischen Marxisten werden aber noch andere Einwände gegen Debrays Revolutionsmodell erhoben. Es wird bemängelt, daß Régis die Länder Lateinamerikas als reif für die Revolution bezeichne, ohne in seinen

Büchern eine ernstzunehmende Analyse der sozio-ökonomischen Verhältnisse anzustellen.
»Sind die Länder Lateinamerikas oder eine erhebliche Zahl von ihnen in dem Sinne für die Revolution reif, in dem Kuba es in den fünfziger Jahren war? Debray nimmt es an, bietet dafür aber keine Beweise oder Argumente«, schreiben die beiden amerikanischen Marxisten Leo Huberman und Paul M. Sweezy. »Genau das jedoch ist offensichtlich eine entscheidend wichtige Frage. Sind sie nicht reif, ist es dann nicht Aufgabe der Revolutionäre, diesen Prozeß vorantreiben zu helfen, statt bei dem Versuch, die Revolution sofort zu machen, die sichere Niederlage heraufzubeschwören?«
Obwohl dies bei Huberman und Sweezy nicht ausdrücklich gesagt ist, wird von ihnen der Eindruck erweckt, man habe in Debray einen jener Intellektuellen vor sich, die mehr aus einem romantischen Empfinden und aus anarchistischer Lust ihre Revolution machen wollen.
Wilhelm M. Breuer, B. Hartmann und Herbert Lederer kennzeichnen in ihrer Analyse der *Revolution in Lateinamerika* Debrays Haltung als »subjektiven Idealismus«. Sie stellt sich für sie als eine Spielart des »Linksrevisionismus« dar, die schon von Lenin in seinem Aufsatz *Die Kinderkrankheiten im Kommunismus* entlarvt worden sei. »Der durch die Schrecken des Kapitalismus wild gewordene Kleinbürger ist eine soziale Erscheinung, die ebenso wie der Anarchismus allen kapitalistischen Ländern eigen ist. Die Unbeständigkeit dieses Revolutionarismus, seine Unfruchtbarkeit, seine Eigenschaft, schnell in Unterwürfigkeit, Apathie und Phantasterei umzuschlagen, ja sich von dieser oder jener bürgerlichen Modeströmung bis zur Tollheit fortreißen zu lassen – all das ist allgemein bekannt.«

Während seines eineinhalbjährigen Aufenthalts in Südamerika besucht Debray 1964 auch zum erstenmal Bolivien. Er ist von Chile aus mit gültigem Paß ins Land gekommen und wird von einem jungen Mädchen, Elisabeth Burgos, begleitet, einer Venezuelanerin, die in Deutschland Philosophie studiert hat und der er in Caracas begegnet ist. Sie bleibt später in Bolivien zurück und nimmt eine Stellung im Ministerium für Bergbau und Erdölförderung an.
Debray hielt sich etwa drei Monate im Land auf. Er knüpfte Beziehungen zu Akademikern an den Universitäten von La Paz, Cochabamba und Oruro und traf Journalisten, Intellektuelle und Gewerkschaftsführer. Im Bergwerksdistrikt hielt er Vorträge über soziologische Themen, wobei er offen gegen die Regierung polemisierte.
Was Bolivien angeht, so treffen die Vorwürfe seiner orthodoxkommunistischen Kritiker nicht zu. In *Castroismus – der Lange Marsch in Lateinamerika* schreibt er:

»Es ist das einzige Land, wo die Revolution in der klassischen Bolschewiki-Form stattfinden kann – man betrachte den proletarischen Aufstand von 1952, auf der Basis von ›Sowjets‹, die den Staatsapparat mit einem kurzen und entscheidenden Schlag zum Einstürzen brachten.«
Er erweist sich in dieser Schrift auch keineswegs als jener sklavische Anhänger der Foco-Theorie, als den manche seiner Kritiker ihn hinstellen, wenn er fortfährt: »Die Theorie des foco ist so für Bolivien aus Gründen der historischen Entwicklung, die einzigartig in Amerika sind, wenn nicht unangemessen, so doch von zweitrangiger Bedeutung.«
Wieder in Frankreich, erhält Debray sein Diplom als agrégé in Philosophie und wird zum Dozenten in Nancy gewählt.
Als Mitte 1966 ein Kulturabkommen zwischen Frankreich und Kuba geschlossen wird, schickt ihn das französische Außenministerium als Professor der Philosophiegeschichte für ein Gastsemester an die Universität von Havanna. Während dieser Zeit trifft er häufig mit Castro und anderen hohen Funktionären zusammen.
Der junge Mann, der sein weiches Gesicht mit einem wilden Schnauzbart verziert, wird international bekannt, nachdem Castro seinem Buch *Revolution in der Revolution,* das in Havanna in einer Auflage von 200 000 Exemplaren erscheint, sein offizielles Imprimatur erteilt.
Martin Ebon bemerkt dazu: »Wie Karl Marx Friedrich Engels brauchte, um den Lavafluß seiner Ideen in lesbares Englisch umzusetzen, so war der Franzose für Castro und Guevara ein willkommenes Sprachrohr.«
Kaum ist Régis wieder in Paris, da ergibt sich durch seine Doktorarbeit bei Professor Godelier, einem Spezialisten für lateinamerikanische Fragen am Institut für Anthropologie an der Universität Paris, eine willkommene Gelegenheit zu einer neuen Reise nach Chile und Bolivien.
In Bolivien betreibt Régis offiziell Studien in sozialer und ökonomischer Anthropologie bei den Neusiedlern in der Region Alto Beni.
Wie wir aus Pombos Tagebuch wissen, erkundet er unter diesem Vorwand aber auch, ob sich dieses Gebiet als Ausgangspunkt für eine Guerilla eigne.
Überlegt man es recht, so sind beide Forschungsaufträge, der anthropologische und der revolutionäre, auch gar nicht so weit voneinander entfernt. Und Handbücher und Karten, wie sie sich Régis vom Militärwissenschaftlichen Institut für Geographie und bei anderen Regierungsstellen in La Paz besorgt, sind für diesen oder für jenen Zweck höchst nützlich.
Ein Rätsel bleibt lediglich, warum Debray sich nun, entgegen seinem

Urteil über die politische Lage in Bolivien in seinem Buch, doch für eine Guerilla in gerade diesem Land engagiert, wobei er lediglich eine andere Gegend ins Auge faßt als die Guevara-Anhänger unter den bolivianischen Kommunisten und die Guerillaveteranen des kubanischen Voraustrupps.

Hat er sich von seinem Verlangen, persönlich an einer revolutionären Aktion teilzunehmen, fortreißen lassen? Spielt das Empfinden der Loyalität und Solidarität mit der kubanischen Revolution, die nun zum erstenmal in großem Stil nach Südamerika getragen werden soll, eine entscheidende Rolle? – Wir sind hier auf Vermutungen angewiesen.

Eingeplant in die Vorbereitungen der bolivianischen Guerilla war seine Gutachtertätigkeit in der Region Alto Beni von Guevara scheinbar nicht. Und nachdem die Entscheidung für Ñancahuazú gefallen ist, kehrt Régis Debray ja auch, als habe sein Aufenthalt in Bolivien nie einem anderen Zweck als dem seiner anthropologischen Forschungen gegolten, nach Paris zurück.

Am 15. Februar 1967 will er dann dort im Buchladen »La Joie de Livre« von dem französischen Publizisten François Maspero den Auftrag bekommen haben, abermals nach Bolivien zu reisen, um dort ein Interview von »großer Bedeutung« aufzuzeichnen.

Eine andere Version besagt, Debray habe über Havanna einen Brief von Che erhalten, in dem dieser selbst das Interview anregte und Maspero als Mittelsmann für alle nötigen Vorbereitungen benannte.

Jedenfalls zahlt Maspero Debray 2000 Dollar für den Flugschein und die übrigen Reisekosten und besorgt ihm auch alle nötigen Dokumente, Visa und Empfehlungsschreiben.

Wo er mit Guevara in Südamerika zusammentreffen werde, sei ihm erst wenige Tage vor seinem Abflug von Paris eröffnet worden.

Diese Angaben werden bei dem später stattfindenden Prozeß vor einem bolivianischen Militärgericht gemacht. Es könnte sich deshalb um Schutzbehauptungen handeln, die den Zweck haben zu beweisen, daß Régis lediglich in einer journalistischen Mission ins Land kam. Feststeht, daß er von Paris auch eine persönliche Nachricht von Aleida, Guevaras Ehefrau, an ihren Mann mitnimmt, die lakonisch lautet: »Es geht mir gut. Ich kümmere mich um die Kinder. Sie bringen gute Noten heim. Das ist alles.«

Debray reist schließlich Ende Februar 1967, mit der Eisenbahn von Antofagasta in Chile kommend, in Bolivien ein.

Er verläßt den Zug in El Alto, der letzten Station vor La Paz, und

fährt mit einer Taxe in die Stadt hinunter. Die meisten Reisenden halten es so. Man gewinnt Zeit, denn die Eisenbahn braucht fast eine Stunde, bis sie sich von den Höhen in die Hauptstadt hinabgeschlängelt hat.
Debray begibt sich in das Hotel Avenida, trägt sich unter seinem wahren Namen ein, zeigt seine Papiere vor.
Erwartet wird er in La Paz für den 25. Februar, und zwar soll er gegen 21 Uhr in das Mexiko-Kino gehen. Doch spielt sich der erste Kontakt mit den Mittelsleuten der Guerilleros, folgt man Debrays Aussagen, dann etwas anders ab. An jenem Dienstag um 18 Uhr trifft er sich vor dem Sucre Palace Hotel mit einem Mann, der eine Nummer von *Life* in der linken Hand hält. Als die Vorbereitungen zum Transport zum foco perfekt sind, bringt dieser Mann, der sich Andres nennt, Debray zu einer Frau, deren Namen der Franzose erst später erfährt. Es ist Tania.
Zwei Tage nach dem ersten Zusammentreffen mit ihr beginnt die Reise mit einem der Busse der Flota Galgo Gesellschaft. In ihrer Begleitung befindet sich noch ein anderer Mann. Sein Deckname lautet Carlos Alberto Fructuoso, sein bürgerlicher Name aber Ciro Roberto Bustos Marco. Er stammt aus Argentinien, ist 35 Jahre alt, verheiratet, Vater von zwei Töchtern im Alter von zwei und drei Jahren. Er hat in Buenos Aires Bildhauerei studiert und in seiner Heimatstadt Córdoba und in Mendoza Kurse in diesem Fach erteilt. Seine Spezialität aber sind Porträts. Er hat gelegentlich auch als Journalist gearbeitet und unterhält Verbindungen zu Künstlerkreisen in Montevideo und Buenos Aires. Politisch hat er Kontakt zu linken Gruppen an der Universität. Als Mann, der sich für den sozialen Fortschritt engagiert, ist er auch mit einigen Personen bekannt, die sich an der Guerilla im Norden Argentiniens im Jahre 1963 beteiligt haben.
In einem Restaurant an der Straße von La Paz nach Oruro machen die Reisenden zum Lunch halt, und Debray erfährt nähere Einzelheiten über seine Begleiterin und den Argentinier. Sie kommen nach Sucre und bleiben zwei Tage im Gran Hotel. Debray zeigt seinen echten Ausweis, desgleichen Tania. Der Argentinier weist sich mit einem gefälschten Paß aus. Am nächsten Abend geht es in einem Mietwagen nach Camiri weiter. In Padilla hat das Fahrzeug eine Panne. Die Einwohner empfehlen, für die Weiterfahrt einen Jeep zu benutzen, der den schlechten Straßen besser gewachsen ist. Am Mittag des 5. März erreichen sie Camiri. Tania bringt ihre Schützlinge im Hotel Oriente unter, nicht weit vom Hauptplatz entfernt, und geht, um einen Kontakt herzustellen.

Da er keine passende Kleidung für diese Gegend hat, kauft sich Debray noch ein Hemd und Slacks. Tania kommt gegen 19 Uhr zurück und berichtet, sie habe den Kontaktmann getroffen. Sie rät den beiden Männern, nur das Notwendigste mitzunehmen und ihre übrigen Habseligkeiten im Hotel zu deponieren. In spätestens zwei Tagen werde man in Camiri zurück sein. Sie gehen noch essen und fahren gegen 22 Uhr in einem Jeep zu einer Ranch ab. Am Steuer des Wagens sitzt ein Mann, von dem sie später erfahren, daß er Coco Peredo ist. Während der Fahrt findet eine lebhafte Unterhaltung zwischen Coco und Tania statt. Aus dem, was sie aufschnappen, entnehmen Debray und Bustos, daß es sich bei der Ranch um das berühmte Calamine-Haus handelt. Nach der Denunziation eines Nachbarn hat die Polizei dem Stützpunkt der Guerillas einige Tage zuvor einen Besuch abgestattet. Es ist zu erwarten, daß die Polizei noch einmal zurückkommt und dann eine gründliche Durchsuchung vornehmen wird. Die Behörden vermuten nämlich, daß die Männer dort eine Kokain-Fabrikation betreiben.
Sie kommen im Calamine-Haus am Morgen des 6. März an und werden dort von vier oder fünf als Landarbeiter getarnten Guerilleros empfangen. Man erklärt ihnen, Debrays Interviewpartner schlage vor, in Anbetracht dessen, daß die Polizei jeder Zeit im Calamine-Haus auftauchen könne, das Gespräch an einem besonders dafür hergerichteten Platz weiter aufwärts im Gebirge zu führen.
Gegen 7 Uhr am Morgen brechen Debray, Bustos, Tania und Peredo zu Fuß auf; sie tragen Packtaschen und Bündel mit Proviant, den Coco in Camiri eingekauft hat. Nachdem sie eine halbe Stunde gegangen sind, rasten sie an einem schattigen Fleck und warten auf die Männer, die sie zu ihrem Bestimmungsort führen sollen. Als die Guerilleros kommen, stellt Tania ihre Schützlinge vor: »Dies hier ist der Franzose, und der dort ist der Argentinier.«
Unter den Männern, die vom Gebirge herabgekommen sind, befindet sich auch Antonio, der für die Zeit von Guevaras Abwesenheit das Kommando im Basislager führt. Um 14 Uhr treffen alle im sogenannten Hauptlager der Guerilleros bei Ñancahuazú ein. Vorerst müssen sie auf Guevara alias Ramón warten, der noch auf einem Übungsmarsch unterwegs ist.
Nach Ches Rückkehr finden zwischen Debray, der den Decknamen Danton erhält, und dem Kubaner ausführliche Gespräche statt. Bei der ersten Unterredung berichtet Danton von seinem Auftrag und erzählt, daß der erste Bericht in der Zeitung *Le Monde* erscheinen soll.

In diesem Artikel, den Debray verfassen wird, soll der Name Ñancahuazú nicht erwähnt werden, vielmehr wird nur davon die Rede sein, daß ein wichtiger foco irgendwo in den Anden errichtet worden ist.
Erst nachdem die Anwesenheit von Guerillas ohnehin durch deren Aktivität in der Öffentlichkeit bekannt geworden ist, wird ein zweiter, ausführlicher Artikel in dem mexikanischen Magazin *Sucesos* veröffentlicht werden.
Che erklärt Danton, daß als Fernziel die Einsetzung einer anti-imperialistischen Regierung in Bolivien angestrebt wird. Dem muß aber der Aufbau einer revolutionären Basis vorhergehen, die allen Völkern Südamerikas als Beispiel dafür dienen kann, wie sie selbst ihren Befreiungskampf durchführen können.
Das zweite Gespräch findet am 24. März in ziemlich gespannter Atmosphäre statt. Am Tag zuvor ist es zu den ersten größeren Kampfhandlungen mit der bolivianischen Armee gekommen. Debray befragt Guevara über Ereignisse seines bisherigen Lebens und versucht, Ches ideologische Haltung angesichts des Streits zwischen den Chinesen und den Sowjets im sozialistischen Lager klar herauszuarbeiten.
Beeindruckt von der Ähnlichkeit ihrer Standpunkte und voller Sympathie für die Guerilleros, bittet Debray in die Gruppe aufgenommen zu werden. Seine Tätigkeit als Wissenschaftler und Journalist will er aufgeben. Guevara versucht, ihm das auszureden, und macht ihm klar, daß er, indem er die Weltöffentlichkeit über die Absichten der Guerilleros informiere, der gemeinsamen Sache weit mehr von Nutzen sein könne, als wenn er in der Gruppe mitkämpfe.
(Che mag auch bezweifeln, daß Debray körperlich den großen Strapazen des Guerillalebens gewachsen ist.)
Von diesem Augenblick an stimmen beide Männer darin überein, daß Debray die »Rote Zone« möglichst bald verlassen soll.
Das dritte Gespräch ist das kürzeste. Es geht dabei nur darum, daß Debray Fotos, die er schon gemacht hat, nicht mitnehmen soll, da die Gefahr besteht, daß sie in die Hände der Regierungstruppen fallen.
Che verspricht, alles nötige Material für den Bericht über Ñancahuazú nach Paris zu schicken. Der erste Artikel in *Le Monde* könne noch ohne Fotos erscheinen. Die Geheimhaltung des Standorts ist nun nicht mehr nötig, da mit dem Gefecht die Guerilla begonnen und nun ohnehin geplant ist, Ñancahuazú vorerst zu räumen.
In Ches Tagebuch sind die Hinweise auf Danton ziemlich spärlich. Aus einigen Bemerkungen glaubt man herauslesen zu können, daß Debray

eine vertrauliche Nachricht von Fidel überbracht hat und zur Außenwelt mit einer nicht schriftlich niedergelegten Nachricht für den kubanischen Führer zurückkehrte. Guevara notiert auch, daß Debray, außer seinem journalistischen Auftrag, Botschaften an weltbekannte Persönlichkeiten, unter ihnen Bertram Russel und Jean-Paul Sartre, mitnimmt.

In Hinblick auf die späteren Ereignisse – Debrays Festnahme, die Verhöre, Folterungen und den Prozeß gegen ihn –, aber auch zur Kennzeichnung seiner Gesinnung ist eine Äußerung bezeichnend, die er vor den Militärrichtern machen wird:

»Jeder hat zu entscheiden, auf welcher Seite er steht, auf der Seite der militärischen Gewalt oder auf der Seite der Gewalt, die von den Guerillas ausgeht; auf der Seite der Gewalt, die unterdrückt, oder auf der Seite der Gewalt, die befreit. Verbrechen angesichts von Verbrechen! Was wählt der einzelne, wofür bekennt er sich verantwortlich, wo ist er Mitläufer, wo Komplize? Sie (gemeint sind die Militärs, die ihn unter Anklage gestellt haben) wählten den einen Weg, ich den anderen. Das ist alles.

Natürlich besteht die Tragödie darin, daß wir nicht Objekte töten, nicht Nummern, abstrakte auswechselbare Instrumente, sondern genau, auf beiden Seiten, unersetzliche Individuen, essentiell unschuldig, einzigartig für jene, die sie lieben, die sie geboren haben, die sie wertschätzen. Dies ist die Tragödie der Geschichte, jeder Geschichte, jeder Revolution. Es sind nicht Individuen, die sich in dieser Schlacht Auge um Auge gegenüberstehen, sondern Klasseninteressen und Ideen, aber jene die fallen, die sterben, sind Personen, sind Menschen. Wir können diesen Widerspruch nicht vermeiden, wir können dem Schmerz, der daraus resultiert, nicht entkommen . . .«

Anfang vom Ende

Am Morgen des 23. März durchkämmt eine kleine Patrouille der Armee unter dem Kommando von Major Hernan Plata und seinem Adjutanten, Hauptmann Augusto Silva Bogado, und Oberleutnant Ruben Amezaga die Umgebung des Calamine-Hauses. Hauptmann Silva erzählt später in Camiri einem Journalisten:
»Wir verfolgten einige Guerillas seit mehreren Tagen. Wir nahmen an, daß sie sich in der Ñancahuazú-Schlucht aufhalten würden. Etwa gegen 7.20 Uhr erreichten wir den Fluß gleichen Namens. Wir folgten ihm stromaufwärts. Wir kamen nur schwer voran. Der Untergrund war sandig und schlüpfrig. An einigen Stellen stand uns das Wasser bis an die Hüften.
Ungefähr um 7.30 Uhr stieg der Mann, der vorn ging, aus dem Flußbett. Er hatte die frischen Fußspuren der Guerillas entdeckt. Wir rasteten ein paar Minuten und warteten auf Major Plata, der hinter uns kam. Wir mußten uns formieren. Als das geschehen war, wurde beschlossen, daß Major Plata die erste Schwadron anführen und mit ihr vorgehen solle, die zweite Schwadron würde in einer gewissen Entfernung folgen.
Oberleutnant Amezaga übernahm die Führung der restlichen Leute. Ich war mit vorn. Ehe wir zu marschieren begannen, sagte ich meinen Männern, sie sollten nur recht vorsichtig sein und sich ständig nach rechts und links umschauen.
›Weiter oben kann's unsere Haut kosten‹, sagte unser Scout.
›Keine Angst‹, erwiderte ich, ›die anderen unterstützen uns schon, wenn es brenzlig werden sollte.‹
Wir kamen an eine Biegung des Flusses. Wir waren kaum ein paar Schritte gegangen, als wir und die zwei Gruppen, die uns folgten, plötzlich in schweres Feuer gerieten.
Es war Kreuzfeuer. Die Schüsse kamen von rechts und von links. Wir gingen in Deckung, krochen am Boden entlang und schossen zurück.
Ich hörte einen Schrei, sah, daß der Scout Epifanio Vargas getroffen worden war. Auch einen Soldaten hatte es erwischt.
Als das Gefecht begann, befand sich Oberleutnant Amezaga in der Mitte des Flusses, und dort wurde er auch verwundet. Er schoß trotzdem weiter in Richtung der Höhen, von wo aus die Schüsse zu kommen schienen, und ich sah, wie er einen Guerilla traf. Es gelang dem Leutnant das Ufer zu erreichen, aber er konnte sich nicht gegen den Kugelhagel schützen. So starb er.

Ich schoß rechts hinüber. Für Sekunden hob ich den Kopf. Ein Geschoß riß mir die Mütze vom Kopf, ohne mich jedoch zu verletzen.«
Daß die unerfahrene Einheit von Panik ergriffen wird, ist nur zu verständlich. Jene Soldaten, die Widerstand leisten, sehen kein Ziel vor sich. Der Feind verbirgt sich im dichten Wald. Zwischen den einzelnen Feuerstößen hört man immer wieder Rufe wie »Lang lebe Bolivien«, »Lang lebe die Nationale Befreiungsarmee«, »Ergebt Euch, Soldaten, dann werdet ihr nicht getötet!«
Als die Soldaten der Nachhut ihre Kameraden fallen sehen, werfen sie ihre Waffen fort und fliehen.
Vargas, der Scout, ist jener Mann, der den Behörden als erster von der Anwesenheit von Guerillas in diesem Gebiet Meldung gemacht hat.
Am Ende des Gefechts sind Leutnant Amezaga, fünf Soldaten und der Scout gefallen. Major Plata, Hauptmann Silva und 11 Soldaten befinden sich in Gefangenschaft, fünf dieser Männer sind verwundet.
Nachdem die Soldaten entwaffnet sind, werden sie unerwartet freundlich behandelt. Die Guerillas geben ihnen zu essen, ein Arzt untersucht die Verwundeten und hilft ihnen. Die Offiziere werden verhört. Die Guerillas erklären ihnen ihre Ziele und fordern sie auf, zu ihnen überzutreten.
»Sie plapperten wie Papageien«, vermerkt Che in seinem Tagebuch, ganz im Gegensatz zu dem Bericht von Hauptmann Silva.
Ehe den Gefangenen gestattet wird zu ihrer Basis zurückzukehren (bei ihrer beweglichen Kriegsführung können die Guerillas sie unmöglich ständig bei sich behalten), werden ihnen ihre Uniformen abgenommen, und sie erhalten dafür die Zivilkleidung der Rebellen.
Die Guerillas gestatten den Soldaten auch, gegen Mittag des nächsten Tages zurückzukommen, um ihre Toten zu begraben. Sie raten ihnen aber, mit nacktem Oberkörper zu erscheinen, damit man sehe, daß sie unbewaffnet sind. Es vergehen aber 14 Tage, ehe die Toten geborgen werden.
Zu Beginn der Kampfhandlungen befindet sich Che im Hauptlager; schweißtriefend kommt Coco angerannt und berichtet, daß ungefähr vor zwei Stunden in der Nähe des Calamine-Hauses ein Gefecht begonnen hat. Es hat mehrere Tote gegeben und größere Mengen von Waffen und militärischen Ausrüstungsgegenständen sind erbeutet worden. Inti wird mit einigen Männern ausgeschickt, um die Waffen abzuholen und die Gefangenen zu verhören. Guevara schickt auch einen Arzt mit, der die Verwundeten betreuen soll. Das wird die Regel. Sofern dies irgend-

wie möglich ist, werden Verwundete und Gefangene sorgfältig von den Ärzten unter den Guerilleros versorgt.
Da nun, wenn auch leider vorzeitig, die Guerilla eröffnet ist, wird ein *Kommuniqué Nr. 1 der Nationalen Befreiungsarmee* verfaßt, das Journalisten in Camiri zugestellt werden soll.
Che ist sich darüber klar, daß er nun zu einer beweglichen Kampfführung übergehen muß, und das heißt auch: er muß Ñancahuazú verlassen. Debray und Bustos müssen an einem Ort, von dem sie aus Bolivien ausreisen können, abgesetzt werden. Che nimmt dafür Gutiérrez, 37 Meilen südlich von Ñancahuazú, in Aussicht.
Am 3. April, gegen 15.30 Uhr, setzen sich drei Hauptgruppen unter seinem Kommando dorthin in Marsch. Nur wenige Männer bleiben zur Bewachung der Lager zurück.
Che und sein Trupp kommen an der Stelle vorbei, an der am 23. März der Hinterhalt gelegt worden ist. Sie sehen die Leichen der Gefallenen, die inzwischen von Raubvögeln übel zugerichtet worden sind.
Als Che am 4. April Gutiérrez erreicht, stellt sich heraus, daß starke Einheiten der Armee in der Stadt anwesend sind. Das erzählen einige Einwohner und Bauern, denen man außerhalb des Ortes begegnet ist. Ein paar Guerilleros sind verkleidet auch in die Stadt selbst vorgedrungen und haben diese Aussagen bestätigt. Also muß die Gruppe unverrichteter Dinge wieder umkehren – zurück nach Ñancahuazú.
Unterwegs macht Debray wieder den Vorschlag, unter die Guerilleros aufgenommen zu werden.
Che antwortet wörtlich: »Zehn Intellektuelle in der Stadt sind für die Guerilla mehr wert als ein einziger Bauer aus dieser Gegend.« Eine Bemerkung, die auch wieder beweist, wie wenig seine und Debrays Theorien der Wirklichkeit entsprechen.
Am Mittag des 3. April ist die Kompanie des Major Ruben Sanchez mit 120 Mann in dem Ort Yuti eingetroffen. Am nächsten Morgen gegen fünf Uhr bricht diese Abteilung der Armee, geführt von dem Gefangenen Salustio Choque Choque,zum westlichen Eingang der Ñancahuazú-Schlucht auf. Am östlichen Ende der Schlucht, in der Nähe des Calamine-Hauses, postiert sich eine weitere Kompanie unter Hauptmann Alfredo Calvi.
Nachdem Major Sanchez mit seinen Männern etwa drei Meilen vorgerückt ist, tauchen am Himmel Flugzeuge auf, die Bomben abwerfen und die Gruppe mit Bordwaffen beschießen. Die Piloten halten die Soldaten für Guerillas, da sie gehört haben, daß die Guerillas erbeu-

tete Armeeuniformen tragen sollen. Es vergehen etwa zehn Minuten, bis sie ihren Irrtum bemerken.
Gegen Mittag weist Choque Choque auf Schützennester und Stellungen der Guerillas an den Hängen der Schlucht hin. Major Sanchez läßt sie mit allen verfügbaren Waffen unter Beschuß nehmen.
Es scheint, daß sich die Guerillas daraufhin absetzen. Als die Kompanie weiter in die Schlucht eindringt, stößt sie auf das erste Lager der Rebellen mit der Feldküche und den kleinen Unterständen. Bald darauf entdecken die Soldaten ein zweites Lager mit einem Backofen und Laufgräben. Von dort führt ein Pfad zu einer Anlage, die an ein Amphitheater erinnert. Die Soldaten sammeln zurückgelassenes Papier und Fotos ein, darunter auch ein Bild von Guevara.
Sie entdecken eine Dusche, die aus Maultierfell hergestellt wurde, einen primitiven Operationstisch, Stühle, Latrinen und Rezepte für Medikamente, die zwischen dem 8. und 20. November 1966 in La Paz gekauft worden sind.
Am Ostende der Ñancahuazú-Schlucht bietet sich ihnen ein makabres Bild. Hier liegen die Überreste der Toten aus dem Gefecht vom 23. März. Von der Hüfte aufwärts sind die Leichen von den Raubvögeln bis auf die Knochen abgenagt worden. Die unteren Körperpartien haben die festanliegenden Hosen geschützt.
Sanchez folgt dem Flußlauf, um Verbindung mit der Abteilung unter Hauptmann Calvi aufzunehmen. Bei Einbruch der Dunkelheit begegnen sich beide Kommandos am östlichen Eingang der Schlucht.
Am Donnerstag, den 6. April, trifft eine Gruppe bolivianischer und ausländischer Journalisten in der Gegend ein. Sie finden im aufgegebenen Basislager der Guerilleros Teile von Tagebüchern, die Übersetzung einer Rede des nordvietnamesischen Generals Giap und zahlreiche Fotos.
Am Samstag, den 8. April, erhält die Kompanie Sanchez Befehl, die Schlucht des Iripiti-Baches einige Meilen weiter nördlich zu durchforschen. Sie hat keine Feindberührung. Am Montag, den 10. April, marschiert noch einmal eine Abteilung in die Iripiti-Schlucht. Gegen Mittag kommt eine Gruppe aufgeregter Soldaten zu dem Kommandoposten am Calamine-Haus zurückgelaufen. Sie rufen: »Ein Hinterhalt... der Leutnant liegt verwundet unten am Fluß.«
Che hält sich während dieser Tage im Bärenlager auf. Er erwartet, daß der Feind von Süden her angreifen wird, aber dann melden ihm seine Vorposten, daß die Armee von Osten heranzieht. Um das weitere Vor-

dringen der Soldaten in die Zone zu verhindern, stellt er einen Hinterhalt auf. Sein Befehlsstand liegt nicht weit von der Stelle, an der es zum Kampf kommt. Zu Fuß sind es nur zehn Minuten.
Um 10.30 Uhr sind die ersten Schüsse gefallen. Ein Melder verständigt Guevara und bittet um ärztliche Hilfe für den Guerillero El Rubio, der schwer verletzt worden ist und später stirbt. Che befielt seinen Unterführern, alle Gruppen sofort kampfbereit zu machen und schickt Ärzte nach vorn.
Unterdessen ist Sanchez vom Calamine-Haus mit einer Verstärkung aufgebrochen. Er geht entlang des Flusses in Richtung auf den Ort Iripiti vor, um die andere Abteilung zu unterstützen. Es dauert aber bis zum Nachmittag, ehe er mit seiner Gruppe zur Stelle ist. Unterwegs kreist über den Infanteristen ein Luftaufklärer, aber es folgen keine Kampfflugzeuge, die die Bodentruppen ungeduldig erwarten. Der Kommandant der bolivianischen Luftstreitkräfte ist der Meinung, die Guerillas stellten keine ernstzunehmende Gefahr dar.
Gegen fünf Uhr entspinnt sich ein zweites heftiges Gefecht. Zwar verfügt die Armee über die stärkere Feuerkraft, aber die Guerilleros schießen genauer und kennen sich auch im Gelände besser aus. Ein Feldwebel, der ein Maschinengewehr trägt, bricht getroffen zusammen.
»Soldaten ergebt euch, dann töten wir euch nicht! Soldaten ergebt euch!« rufen die unsichtbaren Guerilleros. Dazwischen hört man die Schreie der Verwundeten.
Leutnant Ayala will einen Minenwerfer abfeuern, als ihn eine Kugel in die Brust trifft und seine Lunge durchlöchert. Major Sanchez schreit Befehle, auf die niemand mehr zu hören scheint.
Wieder wird eine Einheit der Armee vernichtend geschlagen. Major Sanchez und der schwer verwundete Leutnant Ayala geraten in Gefangenschaft. Sieben Soldaten sind tot. Insgesamt haben die Guerillas 18 Gefangene gemacht. Sie werden in eine nahegelegene Schlucht zum Verhör gebracht. Die Ärzte bemühen sich um Leutnant Ayala, aber die Lungenverletzung ist so schwer, daß er nachts gegen halb zwölf Uhr stirbt.
Die geschlagenen Soldaten stehen stöhnend, frierend und erschöpft herum, und Major Sanchez bittet die Rebellen, ein Feuer anzünden lassen zu dürfen, damit seine Männer sich wärmen und die von der Nachtluft feuchten Kleider trocknen können.
Kurz nach Mitternacht erfahren die Gefangenen, daß sie in Kürze freigelassen werden sollen. Major Sanchez besteht darauf, alle Toten und Verwundeten mitzunehmen.

»Wie denken Sie sich denn das?« fragt ihn Coco Peredo, »Sie haben doch dazu gar nicht genügend Leute.«
»Der Feldwebel und alle Männer, die nicht verwundet sind, werden mir helfen«, erwidert Sanchez.
Um 5.30 Uhr am Morgen befielt Coco, die Verwundeten hinunter zum Flußufer zu bringen. Er sagt zu den Soldaten: »Hört her, ihr seid unsere Brüder. Wenn eure Vorgesetzten euch befehlen zu kämpfen oder euch dazu zwingen wollen, dann habt keine Angst und kommt zu uns herüber. Wir tun euch nichts, wenn ihr eure Waffen fortwerft oder nach dem ersten Schuß die Hände in die Luft streckt. Wir lassen euch jetzt eure Uniformen. Es könnte euch sonst zu kalt werden. Wir behalten aber eure Stiefel, weil wir die dringend brauchen. Wir können uns im Augenblick kein Schuhwerk beschaffen. Nur Major Sanchez darf seine Stiefel behalten.«
Die Guerilleros ziehen den Soldaten die Stiefel aus. Dann machen sich die ersten Gefangenen auf den Weg, die Verwundeten folgen langsam. Die Soldaten tragen die Toten und Schwerverwundeten auf dem Rükken. Sanchez schleppt die Leiche von Leutnant Ayala. Ab und zu werden die schweren Lasten ausgewechselt.
Die ersten Vögel beginnen zu rufen, Dunst treibt durch den Wald.
Hinter den Soldaten laufen die Guerillas. Sie rauchen und begleiten ihre Gegner noch etwa drei Kilometer. Dann verabschieden sie sich: »Hier müssen wir umkehren. Viel Glück. Wollen hoffen, daß wir uns mal wiedersehen. Waffen und Munition können wir immer gebrauchen.«
Die 20 Guerillas teilen sich in Gruppen zu vier oder fünf Mann auf. Einige gehen noch ein Stück weiter mit. Sie entdecken einen Soldaten, der sich in einem Busch versteckt hat. Sie rufen ihm zu, er solle sich ergeben und fragen ihn dann, wo er her komme. Der Soldat antwortet, er gehöre zur Kompanie Sanchez und sei eingeschlafen, nachdem er sich am vergangenen Nachmittag hier versteckt habe.
»Los, mach, daß du mit den anderen davonkommst!«
Nach einer halben Meile stoßen die freigelassenen Gefangenen auf eine Abteilung, die sie suchen kommt. Sie wird von einem Fallschirmjägeroffizier angeführt. Major Sanchez rät ihm, die Guerillas jetzt nicht anzugreifen, sondern mit zum Calamine-Haus zurückzukommen.
Es stellt sich heraus, daß der Suchtrupp in der vergangenen Nacht ganz nahe am Lager der Guerillas vorbeigekommen ist.
»Das einzige, was wir in der dichten Dunkelheit gesehen haben, waren kleine helle Punkte . . . wie von Glühwürmern.«

Es muß sich dabei um die kleinen Taschenlampen gehandelt haben, die Ches Männer benutzten.
Nach dem Gefecht von Iripiti versucht Guevara zunächst, Bustos und Debray abzusetzen. Als Ort, der für die Rückkehr der beiden in die zivilisierte Welt in Frage kommt, wird Muyupampa, 63 Meilen südlich von Ñancahuazú, ausgewählt.
Die kleine Stadt liegt zwar innerhalb jenes Gebietes, das inzwischen von der Armee zur Sperrzone erklärt worden ist, aber Che hofft, daß Bustos und Debray die Soldaten werden überzeugen können, daß sie Journalisten sind, so daß man ihnen die Weiterreise gestatten wird.
Die Nachrichten von der Außenwelt sind so spärlich, daß es zu dieser Fehleinschätzung kommt. Bustos und Debray werden der Armee gewissermaßen zu treuen Händen übergeben. Außerdem sollen Tania und Chino evakuiert werden. Tania leidet an wundgelaufenen Füßen und an schweren Depressionen. Bei Chino erweist sich dessen Kurzsichtigkeit als hinderlich, um nun an der Phase des Bewegungskrieges teilzunehmen. Deshalb erhält er, der aus Peru stammt, den Auftrag, in sein Heimatland zurückzukehren und dort mit einer revolutionären Organisation Kontakt aufzunehmen, die im Oktober 1967 ebenfalls eine Guerilla beginnen will.
Ihr Reiseweg soll nach Nordosten über Monteagudo und Padilla nach Sucre führen, eine Route, die Tania vertraut ist. Aber dieser Plan scheitert. Aus verschiedenen Gründen gelingt weder Chino noch Tania der Absprung.
Aufgeteilt in drei Gruppen – Vorhut, Haupttrupp und Nachhut – brechen die 39 Personen der Guerilla gegen zwei Uhr am 12. April zum Marsch auf.
Die Nachhut, bei der sich Tania befindet, steht unter dem Kommando von Antonio. Bald wird die Verbindung zwischen diesem Trupp und Che abreißen.
Am 19. April, als sich Vorhut und Haupttrupp auf der Straße von El Meson her Muyupampa nähern, kommen nahe dem Weiler Yacumbay zwei Eingeborenenkinder die steilen Abhänge des Incahuasi-Gebirges herab. Sie führen den amerikanischen Journalisten George Andrew Roth zu den Guerilleros, der sich auf der Suche nach einem Sensationsbericht von den Armeeposten abgesetzt und auf eigene Faust auf die Suche nach den Rebellen gemacht hat.
Die Guerilleros betrachten ihn zunächst mit Mißtrauen. Che hält ihn sogar für einen Agenten des FBI. Trotzdem wird er freundlich behan-

delt; und Coco Peredo, der gelegentlich als Double für Che auftritt, gibt ihm sogar ein Interview.

Für George Andrew Roth ist das Zusammentreffen mit den Guerillas das vorläufige Ende einer abenteuerlichen journalistischen Erkundungsfahrt. Der Chileno-Amerikaner, der als freier Publizist arbeitet, hat im März 1967 einen Auftrag für die Londoner Zeitung *Daily Express* zu erledigen gehabt und sich in Santiago, Chile, aufgehalten. Anschließend wollte er ursprünglich über Buenos Aires und Lissabon nach Zürich zurückfliegen. Da erscheinen die ersten Meldungen von einem Guerillafoco in Bolivien. In Chile, wie auch in anderen Ländern, sind die Nachrichten widersprüchlich und ungenau. Aber Roth wittert eine gute Geschichte und reist am 30. März nach Buenos Aires, wo er sich mit Kollegen von argentinischen Zeitungen und Freunden, die im amerikanischen Friedenskorps arbeiten, über dieses Thema unterhält. Sein Gespür dafür, daß sich hier ein sensationeller Stoff anbietet, scheint ihn nicht getäuscht zu haben. Was er in Buenos Aires hört, macht ihn noch neugieriger. Er beschließt, nach Bolivien zu fahren. Um die Reise zu finanzieren, verabredet er mit seinem Kollegen Moisés García von *Time Life,* ihm von dort Material zu schicken. Er selbst bucht einen Linienflug der Lloyd Aereo Boliviano und landet am 5. April in Santa Cruz, wo er sich eine Nacht aufhält. Am nächsten Tag ist er in Camiri, jenem Ort, der der Armee als Ausgangspunkt für ihren Feldzug gegen die Guerillas dient. Er stellt sich bei den Militärbehörden vor. Seine Papiere sind in Ordnung, und nun beginnt ein anstrengender Trip durch das sogenannte Rote Dreieck. Er begleitet die Armeepatrouillen auf ihren Märschen zu den kleinen Dörfern und Weilern, ist den gleichen Strapazen ausgesetzt wie die Soldaten, schlottert in den bitterkalten Nächten, trinkt von dem verschmutzten Wasser, das von Insekten nur so summt, und lebt wie die Rekruten von C-Ration, die die Amerikaner zu Verfügung gestellt haben. Aber sein sehnlichster Wunsch erfüllt sich nicht. Die Guerillas lassen sich nirgends blicken. Nur ab und an hört man Gerüchte, daß sie in einem Ort aufgetaucht sein sollen, um Lebensmittel und Medikamente einzukaufen und den Bauern einen politischen Vortrag zu halten.
Am 10. April begleitet er eine Abteilung, die in die berühmte Schlucht des Ñancahuazú-Baches eindringt, wo er Gelegenheit hat, die gewaltigen, steilen Klippen zu bewundern. Er kommt auch zum Calamine-Haus und in mehrere andere aufgegebene Lagerplätze. Er scharrt in der Asche der Feuerstellen, sieht sich am Rand der Pfade um und findet unter verstreuten Papieren das Tagebuch des Kubaners Braulio und einen Fetzen eines Blattes, auf dem ein Befehl an den Guerillero Rubio notiert ist.
Bei Einbruch der Nacht kehrt er nach Camiri zurück, fährt nach Lagunillas weiter und fliegt von dort nach La Paz. Auch in der Hauptstadt hat er Freunde, die für das Friedenskorps der USA arbeiten. Am 13. April erscheint

ein Bericht über seinen Besuch in Ñancahuazú auf der ersten Seite einer bolivianischen Tageszeitung. Doch damit ist Roths Ehrgeiz noch nicht befriedigt. Er will einen authentischen Bericht über die Rebellen verfassen. Deswegen kehrt er am 17. April wieder nach Camiri zurück. Mit anderen ausländischen Journalisten und Fotografen fährt er nach Lagunillas. Dort empfehlen ihm die Einwohner, einen Führer zu mieten, der eben die Armee mit Informationen über die Guerillas versorgt hat.
Roth besorgt sich ein Maultier und will aufbrechen, aber die Behörden untersagen ihm, sich in eine Gegend zu begeben, die nicht von der Armee kontrolliert wird. Trotzdem gelingt es ihm in der Nacht, durch die Postenketten zu schlüpfen und seine private Suchaktion mit dem Führer und einem anderen Mann zu beginnen. Sie irren, offenbar ohne noch genau zu wissen, wo sie sich befinden, durch die Nacht und kommen am folgenden Tag an die Hütte eines Bauern, der ihnen etwas zu essen verkauft. Als Roth am Mittag weiter will, weigert sich der Führer, mit ihm zu gehen, besorgt ihm aber zwei Jungen, die ihn angeblich zu den Guerillas bringen werden.

Jetzt, da Roth sich glücklich schätzt, ein Interview mit Che in der Tasche zu haben – in Wirklichkeit hat er Guevara nicht zu Gesicht bekommen –, ist er durchaus einverstanden, mit den beiden anderen Besuchern wieder in zivilisiertere Gegenden zurückzukehren.
Roth, Bustos und Debray werden an einem Punkt nahe der Straße, etwa drei Meilen vor Muyupampa abgesetzt.
Es ist stockdunkle Nacht.
»Auf Wiedersehen, am besten schlagt ihr den Weg ein, der euch am bequemsten erscheint. Wir müssen fort«, erklären die Guerilleros, die sie begleitet haben.
Es ist bitterkalt. Roth trägt nur leichte Kleidung. Recht und schlecht bringen die drei Männer die fünf Stunden bis zum Tagesanbruch herum, dann folgen sie der Hauptstraße nach Muyupampa.
Um 8.30 Uhr am 20. April erscheinen sie unbewaffnet in den engen Gassen des Ortes, in dem etwa 1500 Menschen in Adobehütten hausen. Sie werden bald von Soldaten gestellt und festgenommen. In dem kleinen Ort ist ihre Verhaftung die große Neuigkeit!
Man bringt die drei Männer auf das Rathaus und nimmt ihnen ihre Ausweise, ihr Geld und ihre Notizbücher ab. Darauf werden sie einem ersten Verhör unterzogen. Für Roth wird die nun beginnende Gefangenschaft nur zweieinhalb Monate dauern. Bei Bustos und Debray aber endet sie vor den Schranken eines Gerichts, das ihre aktive Teilnahme an der Guerilla, trotz hartnäckigem Leugnen, als erwiesen ansieht und

sie wegen Mordes, Brandstiftung und Rebellion zu je 30 Jahren Gefängnis verurteilt.
Am Morgen des 20. April, nachdem Bustos, Debray und Roth in Muyupampa festgenommen worden sind, zeigt sich in der Nähe des Ortes eine Gruppe bewaffneter Männer. Es sind Bürger, die die Angst treibt, die Guerilleros könnten ihre Stadt überfallen, und deshalb ein Komitee gebildet haben, daß mit den Rebellen verhandeln soll.
Um 11 Uhr kommt es, nahe der Ayango-Ranch, zu einer Aussprache, bei der auf seiten der Bürger der Gemeindepfarrer Leo Schwartz das Wort führt. Er hat die friedliche Absicht der Gruppe durch das Schwenken einer weißen Fahne bekundet.
Die Anführer der Guerilla setzen dem Pfarrer ihre Ziele auseinander. Die Gespräche ziehen sich über drei Stunden hin, während am Himmel Regierungsflugzeuge patrouillieren.
Endlich erklären die Guerillas, es gehe ihnen nur darum, sich mit Proviant und Arzneimitteln zu versorgen. Wenn das Komitee in der Lage sei, die gewünschten Sachen herbeizuschaffen, könnte eine Kampfhandlung vermieden werden. Man wird sich einig. Die Bürger kehren nach Muyupampa zurück, um ihren Auftrag auszuführen. Um 18.30 Uhr wollen sie wieder zurück sein. Sie erzählen den Guerillas auch noch, daß die drei Journalisten verhaftet worden sind, man sie aber gut behandle. Ein Mitglied des Komitees ist Arzt und hatte sich, ehe er mit den anderen Männern aufbrach, der wundgelaufenen Füße von Roth angenommen.
Nach ihrer Rückkehr in den Ort erstatten die Unterhändler aber den Militärbehörden Bericht. Diese verbieten ihnen, sich an die mit den Guerillas getroffene Absprache zu halten. Ab 17 Uhr belegt die bolivianische Luftwaffe das Gebiet um den Treffpunkt mit Bomben.
Che und seine Männer entfernen sich ohne Verluste.
In der Nacht des 20. April erbeutet die Nachhut unter Joaquín auf der Landstraße zwischen Monteagudo und Muyupampa zwei Lastwagen. Die Armee-Einheiten, die die Verfolgung aufnehmen, können die Guerillas nicht stellen.
Am 26. April überfallen die Guerillas, offenbar Männer des Haupttrupps, zwei Wachtposten an der Straße nahe Taperillas. Die beiden Soldaten werden getötet, die Guerillas, unter ihnen wahrscheinlich Vásquez Viaña, entkommen.
Am 27. April wird Jorge Vásquez Viaña, einer der besten Männer unter den bolivianischen Teilnehmern an der Guerilla, verwundet und gefan-

gengenommen. Zwischen Vorhut und Haupttrupp einerseits und Nachhut andererseits ist immer noch keine Verbindung hergestellt.

Am 22. April hat sich die Gruppe Joaquín der Umkreisung durch die Armee entzogen und ist in die gebirgige Wildnis von Ñancahuazú zurückgekehrt. Dort findet sie in Verstecken, die der Armee bei der Durchsuchung entgangen sind, einigen Proviant.

In seiner Analyse des Monats schreibt Che:

»Die negativen Punkte sind: die Unmöglichkeit einer Kontaktaufnahme mit Joaquín und der allmähliche Verlust von Leuten, von denen jeder einzelne eine schwere Niederlage bedeutet, selbst wenn es auch die Armee nicht ahnt. . .

Wir sind total isoliert, was uns auf die 24 Mann unserer Gruppe beschränkt. Dazu kommt, daß Pombo verwundet und in seiner Beweglichkeit behindert ist. Man fühlt das völlige Fehlen von Neuzugängen aus der Landbevölkerung. Wir befinden uns in einem circulus vitiosus: um diese Neuaufnahmen zu erreichen, müssen wir permanent unsere Aktionen in einem bevölkerten Gebiet durchführen. Aber dazu brauchen wir mehr Leute.«

Noch etwas muß Che tückisch erscheinen: jetzt, da es, aus einem Anlaß, der nicht mit der Guerilla zusammenhängt, in den Bergwerksdistrikten zu bewaffneten Auseinandersetzungen zwischen den Arbeitern und dem Regime Barrientos gekommen ist, besteht dorthin keine Verbindung. (Die Unruhen unter den Bergarbeitern werden in schrecklichen Massakern niedergeworfen.)

Als dringlichste Aufgabe gibt Che an: ». . .Kontakt mit La Paz herzustellen und unsere Ausrüstung und unseren Vorrat an Medikamenten zu ergänzen. Wir müssen 50 bis 100 Leute aus der Stadt gewinnen, selbst, wenn sich die Zahl der Kämpfer während der Aktion auf 10 bis 25 Mann reduziert.«

Auch hier wieder ein Beweis mehr, daß die Theorien Debrays und Guevaras in der bolivianischen Wirklichkeit nicht aufgehen. Che ist selbstkritisch genug, das einzusehen. Aber seine Gruppe ist nun schon zu schwach, um das Ergebnis der Analyse in die Tat umzusetzen.

Steckbrief: Jorge Vásquez Viaña

Geboren in La Paz, am 5. Januar 1939, stammt aus einer angesehenen bolivianischen Familie. Sohn des bekannten Schriftstellers und Historikers Humberto Vásquez Machicado und der Elvira Viaña Canedo. Schließt seine Schulbildung an der La Salle Schule in La Paz ab, reist 1957 nach München und studiert dort Geologie. 1958 gründen sein Bruder Humberto und er in der Bundesrepublik eine »Gesellschaft bolivianischer Studenten«, zu deren Präsident Jorge gewählt wird. Sein Interesse an Politik bringt ihn in Verbindung zu mehreren intellektuellen Gruppen; seine marxistische Überzeugung festigt sich. In der Bundesrepublik heiratet er Rosa Zaunseder. Drei Kinder: Jana, Tupac und Antonio.

Nach seiner Rückkehr nach Bolivien, 1962, tritt er in die Kommunistische Partei ein und wird Herausgeber der offiziellen Parteizeitung *Unidad.* Mitglied der Militärkommission der Partei. Um das Leben der Proletarier kennenzulernen, geht er als Lehrer an die Schule der Eingeborenengemeinde von Collana. Mit mehreren anderen Kameraden, unter ihnen die Brüder Coco und Inti Peredo, reist er 1965 zur Indoktrination und zur militärischen Ausbildung nach Kuba.

Im Juli 1966 kehrt er nach Bolivien zurück. Zwischen August und September hilft er das Guerillaunternehmen vorbereiten. Er arbeitet rastlos bei dem Ausbau der Operationsbasis mit und kommt zeitig nach Ñancahuazú. Der Gefangene Choque Choque berichtet von seiner eisernen Disziplin, seiner hohen Intelligenz und seiner Führungsrolle im Basislager. Gibt Unterricht in Guerillatheorie, ist bei seinen Kameraden im Lager sehr beliebt. Sie sehen in ihm den zukünftigen Führer der bolivianischen Revolution und Nachfolger Che Guevaras, falls dieser, wie geplant, nach Anlaufen der Guerilla, das Land wieder verlassen würde.

Wird am 27. April 1967 in der Umgebung von Monteagudo verwundet. Wandert durch die Gegend, allein, ohne Karte. Ein Bauer entdeckt seine Spuren, macht Meldung auf der Polizeiwache in Monteagudo. Zusammen mit der Polizei überwältigt er Vásquez, der mit einer automatischen Waffe in der Hand, ausgestreckt im hohen Gras liegt. Der Bauer schießt auf Viaña. Der Polizeioffizier nimmt dem Bauer die Waffe weg und erklärt: »Den wollen wir lebendig.«

Nach erster Hilfe wird der Verwundete in Camiri in das Hospital der Nationalen Petroleum Gesellschaft eingeliefert.

Am 11. Mai Eintragung auf der Krankenkarte: 11 Uhr. Patient wird auf Tragbahre von Dr. Antuñez und Armee-Offizieren zu einem Ambulanzwagen geschafft.
Protokoll über ein Gespräch zwischen Viaña und Dr. Manfredo Kempff Mercado, Senator der Legislative und Freund der Familie des Guerilleros.
Kempff: Warum hast du dich da nur hineingeritten?
Vásquez: Wegen der Dieberei, der Ausbeutung und der Ungerechtigkeit überall. Unser Land wird dem Imperialismus auf einem Tablett serviert.
Kempff: Aber damals, in den Tagen der MNR, war doch alles viel schlimmer, und du hast nicht bei den Guerillas mitgemacht?
Vásquez: Stimmt, damals gab's noch keine Gorillas. (Gemeint sind bolivianische Offiziere, die für ausländische Interessen kämpfen.)
Kempff (nach einem Augenblick des Nachdenkens): Wenn dein Vater dich sehen könnte ... dem wäre das bestimmt nicht recht.
Vásquez: Mein Vater hat zu seiner Zeit auch an einer Guerilla teilgenommen. Ich denke, er wäre stolz auf mich. Ich kämpfe, weil ich verhindern will, daß man unser Land an die Fremden verkauft.
Senator Kempff verspricht, alles zu tun, was in seiner Macht steht, um Vásquez zu helfen. Der Verwundete meint, er möge sich nicht um ihn sorgen.
In den folgenden Tagen – Verhöre. Der Gefangene gibt nichts preis. Brüche an beiden Händen.
Ein Agent des CIA erklärt: »Dieser Mann ist zu intelligent, als daß wir ihn leben lassen dürfen.« Empfiehlt, ihn bei passender Gelegenheit umzulegen.
Besuch des CIA-Agenten »Doktor« Eduardo Gonzáles bei dem Kranken, gibt sich als Journalist der Linken aus, zeigt gefälschte Papiere, weiß Einzelheiten über die Guerillaorganisation.
Vásquez läßt sich täuschen. Bestätigt, daß Che in Bolivien ist. »Ich war mit ihm in Ñancahuazú zusammen, bin verwundet und gefangengenommen worden, hab ihn dann nicht mehr gesehen ... Debray muß wissen, wo er jetzt steckt.«
Doña Elvira Viaña erfährt vom Schicksal ihres Sohnes. Sie kommt nach Camiri, erbittet von den Militärs Besuchserlaubnis. Eine Nonne verrät Jorge, daß seine Mutter in der Stadt ist. Er schickt ihr eine Nachricht, fordert sie auf, nach La Paz zurückzukehren. »Mich werden sie bald umbringen.«

Die Mutter darf ihn schließlich sehen, jedoch nur vom Flur aus, ohne das Zimmer, in dem er liegt, zu betreten.
Eines Nachts kommen hohe Offiziere nach Camiri. Sie ordnen an, Vásquez sei zu erschießen. Nachdem mehrere Versuche, ihn zu töten, fehlgeschlagen sind, wird er unter Bewachung des Leutnants Torres in einem Jeep nach Choreti gebracht. In dem kleinen Ort unterzeichnet der Gerichtsoffizier Florencio ein Protokoll, demzufolge Vásquez angeblich entkommen sein soll.
Am nächsten Morgen sehen Männer, auf deren Aussage Verlaß ist, die Leiche von Vásquez in einen alten Militärmantel gehüllt. Sie wird auf dem Flugplatz in einen Hubschrauber verladen.
Die Armee beharrt darauf, der Gefangene sei aus dem Armeehospital von Camiri entflohen.

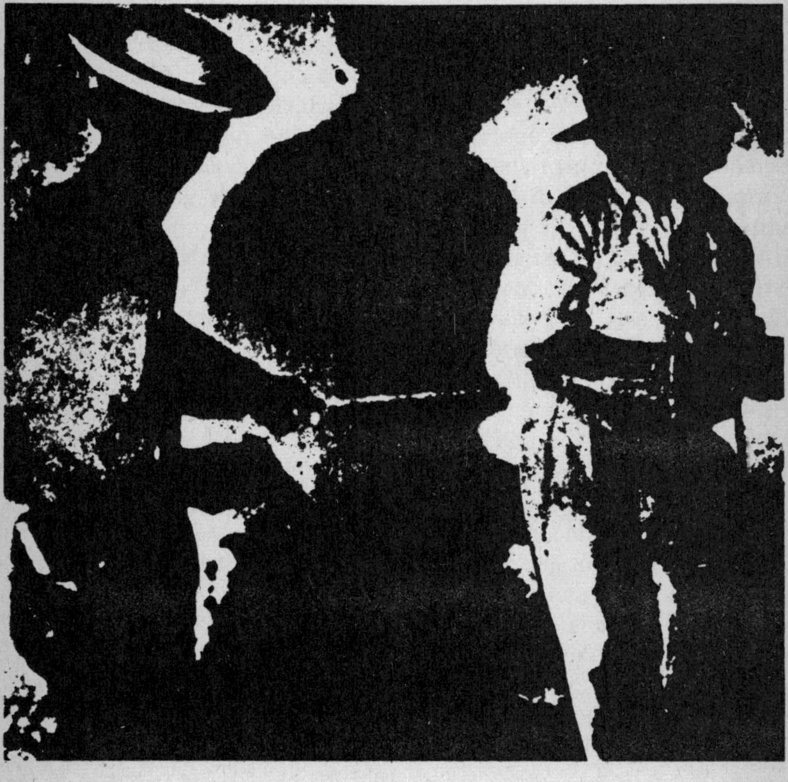

Einer wird liquidiert

Verhöre

Bustos und Roth werden vorerst in Muyupampa gefangengehalten, während Debray am Nachmittag des 20. April in das kleine Dorf Choreti geschafft wird. Es ist dies ein Ort mit einem Militärflughafen.
Um drei Uhr nachmittags setzt ein Helikopter den gefangenen Debray im Innenhof einer Kaserne ab. Seine Gefährten, Busto und Roth, reisen auf einem Lastwagen nach Choreti. Dort beginnen die Verhöre.
Madame Debray erklärt später gegenüber dem amerikanischen Journalisten Lee Hall: »In weniger als 48 Stunden nach der Verhaftung meines Sohnes hatte Präsident Barrientos bereits ein von der CIA über ihn geführtes Dossier auf seinem Schreibtisch.«
Bei den Verhören, die von den Militärs mit Debray und Bustos angestellt werden, geht es ihnen vor allem darum, eine Bestätigung dafür zu erhalten, daß Che unter den Guerilleros ist. Die Befragung Debrays wird zunächst heimlich, dann eingestandenermaßen auf Tonband mitgeschnitten.
Debray antwortet zunächst auf alle Fragen des »Doktor« Eduardo Gonzáles mit: »Ich weiß nichts.«
Dann wird Debray geschlagen. Ein bolivianischer Offizier bricht sich dabei die rechte Hand. Er versucht, Debray einen Boxhieb zu versetzen, trifft aber, statt den Kopf des Gefangenen, das Kopfende des Bettes.
Bei Bustos haben die Einschüchterungsmanöver der Militärs und der CIA-Agenten Erfolg.
Gonzáles (beim Verhör am 22. April): Señor Fructuoso, ich hoffe, Sie haben sich überlegt, was wir Ihnen gestern gesagt haben. Sie haben die Chance, Ihre Familie und sich zu retten. Wir bringen Ihre Familie nach La Paz, Sie können mit Ihren Angehörigen zusammenwohnen. Aber Sie müssen uns helfen. Es geht uns nur um die Wahrheit. Sie wissen doch, Señor Fructuoso, nach Argentinien können Sie nicht zurück, ohne Ihre Sicherheit aufs Spiel zu setzen. Helfen Sie uns doch!
Fructuoso: Also gut, sagen Sie mir, was Sie wissen wollen.
Gonzáles: Wenn wir etwas versprechen, halten wir uns daran. Erzählen Sie uns alles, was Sie wissen.
Fructuoso: Also, zunächst einmal möchte ich sagen, daß ich da hingegangen bin, weil ich arm war und Geld verdienen wollte. Ich wollte ein Interview mit Che Guevara machen, der unter dem Namen Ramón dort ist.
Gonzáles: Trafen Sie auch Tania?

Fructuoso: Ja, ich bin Tania begegnet. Sie war im Lager.
Gonzáles: Wer hat Sie denn nach Bolivien geschickt, und wie sind Sie ins Land gekommen?
Fructuoso: Laura Gutiérrez, die Sie unter dem Namen Tania kennen, nahm Kontakt mit Isaac Rutman in Argentinien auf. Er schickte mich. Er war auf dem Treffen von Tricontinental gewesen. Dort muß das mit der Guerilla angefangen haben.
Gonzáles: Was hat Ihnen Che Guevara gesagt?
Fructuoso: Nun, ich war eigentlich nie allein mit Che. Debray hat viel mit ihm gesprochen. Ich habe nicht sehr häufig mit ihm geredet, weil sie mir nicht trauten.
Gonzáles: Wie viele Guerillas waren es und wie hießen sie?
Fructuoso: Ich kannte sie nur unter ihren Tarnnamen. Ich kann Ihnen nichts über die genaue Zahl sagen. Aber es ist wahr, daß Coco Peredo, sein Bruder Inti und andere dort waren. Coco genoß die stärkste Autorität. Ich erinnere mich an ihre Gesichter, aber nicht an ihre Namen.
Gonzáles: Reden wir von Che.
Fructuoso: Ich sah Ramón einmal im Hauptlager. Er war immer unterwegs, erkundete die Gegend, bestimmte, wo Pfade angelegt werden sollten, leitete die Operationen. Kurz gesagt, er achtete darauf, daß sie nicht überrascht wurden. (. . .)
Gonzáles: Können Sie uns über all das einen Bericht schreiben?
Fructuoso: Natürlich. Ich möchte dann noch erwähnen, daß es ein Waffenversteck nahe einer Lagune im Hauptlager gab. Ich kann Ihnen die Stelle auf der Karte nicht so genau zeigen, aber wenn ich dort wäre, könnte ich Sie zu dem Versteck führen.
Gonzáles: Das interessiert uns . . . und nicht nur das. Schreiben Sie alles, was Ihnen noch einfällt, auf. Es ist für uns sehr wichtig.
Fructuoso: Ja, und ich werde Ihnen auch Skizzen von den Gesichtern der Guerillas machen, sofern ich mich an sie noch erinnern kann.
Gonzáles: Fangen Sie mal gleich mit Ramón an.
Fructuoso: Also gut.
Er bittet um Papier und Bleistift und skizziert Che, mit geschorenem Haar und Pfeife.
Fotokopien werden angefertigt und an alle Einheiten der Armee, die in der »Roten Zone« operieren, verteilt. Bei Bustos hört die brutale Behandlung auf, nachdem er mit der Armee kollaboriert.
Roth und Debray erklärt man, im Ausland nehme man an, sie seien erschossen worden.

Zwei Wochen lang werden die Gefangenen jeden Tag mißhandelt. Régis bleibt nach einer dieser Prügelszenen zwei Tage bewußtlos. Noch während des Prozesses, Monate später, fällt auf, daß er mehrere rote Narben im Gesicht hat.
Die Behörden haben die Verhaftung der drei Männer nicht bekanntgegeben. Natürlich hat sich die Neuigkeit trotzdem herumgesprochen, aber Journalisten, die Nachforschungen anstellen, stoßen auf eine Mauer aus Schweigen.
Die Gefangenen werden ständig verlegt. In Handschellen bringt man sie in die Kasernen von Montero, nördlich von Santa Cruz. Von dort bringt man sie mit Lastwagen in der Nacht an einen unbekannten Ort. Sie sind völlig isoliert und sehen auch einander nur selten. Bustos leidet unter Asthma und spuckt Blut. Debray kann kaum laufen, weil er Wunden an den Füßen und den Beinen hat.
In der Kaserne von Montero tritt Roth vier Tage in Hungerstreik. Eine menschenfreundliche Geste der Frau des wachhabenden Offiziers veranlaßt ihn dann, den Streik abzubrechen. Er erzählt:
»Um die Mitte des fünften Tages, einem Sonntag, ging die Tür auf, und zwei kleine Mädchen kamen herein, gefolgt von einem Jungen, der etwa drei Jahre alt war. Es waren die Kinder des Hauptmanns. Sie brachten mir heißen Kaffee in einer strahlend weißen Schale, und auf einem sauberen Teller lag eine herrliche Scheibe Weißbrot (richtiges Brot), bestrichen mit Pfirsichmarmelade ... Ich stieß die Tür mit dem Fuß zu, damit sie nicht sehen konnten, wie mir die Tränen in die Augen traten, während ich aß und trank.«
Nach einer weiteren Verlegung auf eine Farm der Armee bessert sich die Situation der Gefangenen etwas. Das Essen ist nun erträglich. Sie dürfen miteinander sprechen, bleiben aber scharf bewacht. Sie führen lange Diskussionen, vertrauen einander an, warum sie nach Bolivien gekommen sind und tauschen Familienerinnerungen aus. Die kalten Nächte, wenn der surazo (ein Wind aus der Antarktis) weht, verbringen sie damit, sentimentale Liebeslieder zu singen. Debray singt immer wieder »Guantanamera«, ein Lied mit dem Text von Martí, das ihn an seine Verlobte Elisabeth Burgos erinnert.
Die Fragen in der internationalen Presse nach dem Schicksal Debrays, die Interventionen, zu denen sich Papst Paul VI indirekt und Charles de Gaulle in einem persönlichen Brief an Präsident Barrientos entschließen, zwingen die bolivianische Regierung, Ende Juni ihr Schweigen zu brechen.

Monsignore Andrés Kennedy, der Sekretär der bolivianischen Bischofskonferenz und Armeekaplan, erscheint mit einem Hubschrauber auf der Farm El Torno, um die Gefangenen in Augenschein zu nehmen und dann der Presse Bericht zu erstatten. Es ist für die drei Männer seit zwei Monaten der erste Kontakt mit der Außenwelt. Noch immer ist offiziell keine Anklage gegen sie erhoben. Auf einer Pressekonferenz versichert Monsignore Kennedy, Debray, Bustos und Roth seien bei guter Gesundheit und nie irgendwelchen Mißhandlungen ausgesetzt gewesen.
Am 8. Juli wird Roth gegen Kaution auf freien Fuß gesetzt. Bustos versucht, die Botschaft seines Heimatlandes zu bewegen, ihm zu helfen. Da er aber mit einem falschen Paß nach Bolivien eingereist ist, wird dies zum Vorwand genommen, ihn seinem Schicksal zu überlassen.
Am 18. August 1967 beginnt der Prozeß gegen Debray und Bustos vor einem Militärgericht in Camiri. Der Ankläger, Oberst Remberto Iriarte, stützt sich in seinem Plädoyer vor allem auf Zeugenaussagen von Deserteuren, Gefangenen und Angehörigen der Armee. Es geht darum zu beweisen, daß sich Debray aktiv an der Guerilla beteiligt hat. Eines der erbeuteten Tagebücher enthält angeblich unter dem 28. März die Bemerkung, daß Guevara angeordnet habe, M-1-Gewehre an die Kombattanten Debray und Pelado auszugeben. (In den inzwischen veröffentlichten Tagebüchern von Che, Rolando, Pombo und Braulio findet sich indessen keine derartige Eintragung!) Aber der Ankläger kann keinen Hinweis dafür erbringen, daß Debray jemals eine Waffe benutzt hat. Teile eines Romans und Debrays Notizbücher, die dem Gericht ebenfalls vorliegen, werden auf Einspruch der Verteidigung nicht als Belastungsmaterial gewertet, da die Auslegung von persönlichen Aufzeichnungen gegen einen Angeklagten im Widerspruch zu einem Artikel der bolivianischen Verfassung steht.
Die Falle, in die der Ankläger Debray zu locken versucht, ist geschickt gestellt: Leugnet er seine aktive Teilnahme an der Guerilla, so wird seine Glaubwürdigkeit als Revolutionär erschüttert. Gibt er seine Mitwirkung zu, so gilt das als Geständnis im strafrechtlichen Sinn.
Das Militärtribunal fühlt sich aber unter den kritischen Blicken der zahlreichen ausländischen Beobachter ziemlich unbehaglich. »Die fünf Obristen, die als Richter fungierten, tragen Seitenwaffen und Sonnenbrillen, gleichgültig, zu welcher Tageszeit das Gericht zusammentritt«, schreibt der amerikanische Korrespondent Paul L. Montgomery.
Die Verhandlungen ziehen sich bis zum 17. November hin. Dann werden Debray und Bustos zu 30 Jahren Militärgefängnis verurteilt.

Der Schuldspruch versucht, die Lücke, die zwischen dem klar erkennbar gewordenen Status von Debray und Bustos als Nicht-Mitkämpfer und den Anschuldigungen der Anklageschrift klafft, zu überdecken.
Es wird auf die Kampfhandlungen am 23. März und 10. April 1967 Bezug genommen, in deren Verlauf 20 bolivianische Soldaten von der Gruppe Guevaras getötet worden sind. Weiter heißt es dann: »Wer sich einer Bande anschließt, die kriminelle Taten begeht, ist verantwortlich für die Handlungen dieser Bande.«
Das kann nicht darüber hinwegtäuschen, daß man mit dem Spruch vor allem den weithin bekannten Theoretiker der kubanischen Vorstellungen von einer Guerilla treffen will.
Am Tag vor der Urteilsverkündung – Che ist zu diesem Zeitpunkt schon tot – bekennt sich Debray gegenüber Reportern als politisch mitverantwortlich für die Guerilla, leugnet aber gleichzeitig, sich eines Verbrechens schuldig gemacht zu haben.
Che bezeichnet er als den historischen Erben des Simón Bolivar und fügt hinzu: »Guevara hatte keine Zeit, um im bolivianischen Urwald eine Befreiungsarmee aufzubauen, aber das war seine Idee. Das ist schwierig und manch einem mag das utopisch erscheinen, aber die Idee ist unbesiegbar, und eines Tages wird sie triumphieren.«

Tania

Tragödie

Völlig auf sich allein gestellt setzt die Nachhut ihren Marsch durch das offene Land fort. Tania versucht, sich entschieden und siegesgewiß zu geben. Bei Gefechten fordert sie die Regierungstruppen mit einem Megaphon dazu auf, zu den siegreichen Revolutionären überzulaufen. In Wahrheit ist die Lage verzweifelt. Der Trupp hat praktisch nichts mehr zu essen. Die Guerillas wagen es immer seltener, sich den Bauern zu zeigen, von denen sie mit dem Geld, das Tania noch bei sich trägt, eventuell Lebensmittel kaufen könnten.

In der Gruppe, in die Che jene Männer gesteckt hat, die sich wenig bewährt haben, gibt es einige, die mit dem Gedanken des Verrats spielen. Das Mißtrauen wächst. Es kommt zu gegenseitigen Anschuldigungen. Mord- und Selbstmordversuche sind nicht selten. Trotz ihrer Ausbildung in der DDR und auf Kuba droht Tania mehr als einmal durch die Strapazen, die Hoffnungslosigkeit und die psychischen Depressionen, die sie überkommen, zusammenzubrechen.

Um sich abzulenken, erzählt sie ihren Gefährten Geschichten aus besseren Tagen. Sie schwatzt von Hotels in Moskau, zählt auf, was sie in diesem und jenem Restaurant in Prag vor Jahren gegessen hat, gibt Fetzen französischer Gedichte zum besten, läßt sich über bolivianische Folklore aus. Die Männer interessiert das wenig. Sie halten sie für eingebildet, ein Hemmnis auf einem Marsch, der kein Ziel mehr hat, ein nutzloses weibliches Geschöpf, mit dem man sie belastet hat.

Um sie zu reizen und zu demütigen, zieht sich Joaquín in ihrer Gegenwart nackt aus. Die anderen beschimpfen sie, nennen sie eine unverbesserliche Prahlerin, deren Geschwätz noch einmal dazu führen werde, daß die ganze Gruppe entdeckt wird. Soll sie es noch einmal wagen, von argentinischen Steaks, dem Wiener Prater und Badestränden in Kuba zu schwärmen – dann werden sie sie zurücklassen: Beute für Schlangen und Raubvögel.

Seine eigene Angst und vielleicht auch Wut darüber, ein weibliches Wesen vor sich zu haben, daß dennoch für ihn tabu sein muß, führen bei Joaquín immer wieder dazu, daß er Tania bis aufs Blut reizt.

Einmal brüllt das Mädchen in völliger Verzweiflung zurück: »Wenn ihr mir nicht mehr vertraut, dann erschießt mich doch, erschießt mich auf der Stelle.«

Von revolutionärer Moral, wie sie sich Che vorstellt und erzwingt, ist mittlerweile in der Gruppe keine Spur mehr.

Am 23. Mai ist der Bolivianer Velasco Montano von der Nachhut desertiert und erschossen worden. Am 2. Juni fällt Major Sánchez, den Che in der Zeit nach Tanias Ankunft degradiert hatte, auf einem Beobachtungsgang. Alle um sie, das spürt Tania immer deutlicher, wissen, daß es keinen Ausweg mehr gibt. Und was sich vielleicht von Ostberlin, Havanna oder selbst noch von La Paz aus als ein verlockendes Abenteuer dargestellt hat, zeigt jetzt sein wahres Gesicht. Dies hier ist ein Selbstmordunternehmen im Dschungel, unter Männern, die keine Helden sind, die mehr und mehr von Angst und Schrecken zerrüttet werden.
Ein Hinterhalt wird gelegt. Sie fangen zwei bolivianische Soldaten. Aber bald gelingt es den beiden, wieder zu entkommen und zu ihrer Einheit zurückzukehren. Sie berichten ihrem Hauptmann, Mario Vargas, über ihre Erfahrungen.
Am Paß Maurucio, den man überschreiten muß, wenn man zum Rio Grande will, steht eine Hütte, in der ein gewisser Honoratio Rojas mit seiner Frau und seinen Kindern lebt – die einzige Bauernfamilie weit und breit. Die Armee hat gehört, daß Rojas die Guerilleros, die sich in dieser Gegend aufhalten, mit Lebensmitteln versorgt.
Am Dienstag, den 29. August 1967, schickt Leutnant Pedro Barberi einen Sanitätsfeldwebel namens Garcia zu den Rojas, um sie zu veranlassen, die Guerillas an die Armee zu verraten. Während Garcia noch mit Rojas in dessen Hütte spricht, schlagen die Hunde draußen an. Rojas sagt: »Das sind sie.« Er meint die Guerilleros.
Garcia zieht sich aus und kriecht ins Bett. Als die Männer eintreten und den Fremden sehen, erklärt ihnen Rojas, dies sei ein Nachbar, der einen schweren Malariaanfall erlitten habe, deswegen zittere er so.
Die Guerillas versprechen, am nächsten Tag mit einem Arzt zurückzukommen und nach dem Kranken zu sehen. Dann erklären sie Rojas, daß sie ihn in den nächsten Tagen brauchen werden. Er soll sie zu einer seichten Stelle führen, an der man den Rio Grande durchwaten kann. Sie verabreden sich für Donnerstag, den 31. August. Die Furt, zu der er sie bringen soll, wird Vado del Yeso genannt.
Kaum sind die Guerilleros wieder abgezogen, da verständigt der Sanitätssoldat Hauptmann Vargas, der schon am Vorabend des verabredeten Tages an der Furt mit seinen Männern Stellung bezieht. 32 Soldaten verteilen sich an beiden Ufern und legen einen Hinterhalt. Sie verbringen wartend eine unbequeme heiße Nacht, leiden unter Durst, werden von den Moskitos zerstochen.

Endlich, gegen 17.20 Uhr am anderen Tag, wird Alarm gegeben. In einiger Entfernung sehen die in ihren Verstecken wartenden Soldaten eine Gruppe von Menschen, die sich auf den Fluß zu bewegt. Die genaue Zahl können sie noch nicht ausmachen.
Die Guerilleros bleiben noch einmal stehen, um Tania zuzurufen, sie solle sich beeilen. Wie immer hängt sie etwas nach. Die Soldaten erkennen sie an ihrer grazilen Figur.
Braulio sucht den Boden nach Fußspuren ab. Die Soldaten haben mit dieser Möglichkeit gerechnet und sorgfältig ihre Fußabdrücke mit Zweigen verwischt.
Aber Braulio findet dann doch etwas, das sein Mißtrauen erregt. Rojas kann ihn davon überzeugen, dies müsse eine alte Spur sein. Die Soldaten erkennen den Scout, der etwa hundert Meter vor ihnen steht. Was sollen sie tun? Wenn sie das Feuer eröffnen, solange Vargas mitten unter den Guerilleros geht, ist nicht auszuschließen, daß auch er getroffen wird. Aber dann, nur wenige Meter vor dem Flußufer, verabschiedet er sich und kehrt um.
Braulio steigt als erster ins Wasser. In der Rechten hält er die Machete, in der Linken eine Maschinenpistole. Als ihm das Wasser bis zu den Waden reicht, bleibt er noch einmal stehen, schaut sich kurz um und läuft dann zum anderen Ufer weiter.
Braulio hebt seine Machete – das verabredete Zeichen, daß die anderen nachkommen können. Als letzte beginnt Tania, durch den Fluß zu waten. Sie hat ihren Knappsack über der Schulter und ihre blauen Hosen sind bis zum Knie heraufgerollt. Als sie in der Mitte des Flusses ist und das Wasser ihr bis zur Hüfte reicht, beginnen die Soldaten zu schießen. Die Guerilleros, die nicht sofort getroffen zusammenbrechen, erwidern das Feuer, ohne jedoch einen bestimmten Zielpunkt ausmachen zu können.
Braulio, der unmittelbar vor dem Soldaten Antonio Vaca steht, trifft, aber ein anderer Soldat, der etwas weiter rechts postiert ist, feuert ebenfalls. Das Geschoß schlägt Braulio ins Gesicht und zerfetzt seinen Schädel.
Zu spät haben die Guerilleros erkannt, daß sie in eine Falle gegangen sind. Im Fluß nimmt das Wasser eine purpurrote Färbung an. Tania schwenkt ein weißes Tuch als Zeichen, daß sich die Guerillas ergeben wollen. In einem Kugelhagel bricht auch sie tot zusammen.
Joaquín ist es gelungen, zu dem Ufer zurückzuwaten, von dem die Guerillas gekommen sind. Er rennt zusammengekauert am Wasser entlang.

Ein paar Meter, dann tötet auch ihn eine Kugel. Die Toten, die Verwundeten und die Knappsäcke werden von der Strömung mit fortgerissen. Die Soldaten schießen auf alles, was sich bewegt. Sie sind noch nicht sicher, daß das Gefecht zu ihren Gunsten entschieden ist.
Einer der Guerilleros, Paco, läßt sich von der Strömung ein paar Meter mittragen. Chino schwimmt zu ihm hin. Sie kauern sich hinter einige große Steine und sehen die Leichen ihrer Kameraden vorbeitreiben. Nach einigen Minuten haben die Soldaten sie ausgemacht und schießen wieder. Paco wird zweimal getroffen. Chino ruft den Soldaten zu, sie sollten das Feuer einstellen, er müsse sich um den Verwundeten kümmern, sei aber bereit, sich zu ergeben. Das Schießen hört auf. Mehrere Soldaten nähern sich vorsichtig dem Ufer. Sie rufen den beiden Guerilleros zu, sie sollten mit erhobenen Händen heraufkommen. Chino gehorcht. Paco kann die Arme wegen seiner Verwundung nicht heben. Chino hilft dem Kameraden aus dem Wasser. Sofort prügeln die Soldaten auf sie ein, werfen sie zu Boden, beschimpfen sie.
Dann ruft ein Offizier, man solle die Gefangenen ans andere Ufer bringen. Sie sollen dort die Gefallenen identifizieren. Paco versucht zu gehorchen. Ihm geht es trotz seiner beiden Wunden besser als Chino, der immer wieder hinfällt. Ein Sanitäter bringt ihn an eine ruhige Stelle und versucht, ihn notdürftig zu verbinden. Es ist dunkel geworden. Immer wieder hört man Chino stöhnen. Die Offiziere fluchen. Sie können diesen Laut nicht mehr ertragen. Chino kann das Stöhnen nicht unterdrücken. Da lassen sie ihn zum Flußufer bringen. Die Soldaten töten ihn mit Schüssen aus dem Maschinengewehr.
Das Gefecht hat 15 oder 20 Minuten gedauert, Joaquín ist tot. Braulio ist tot, Alejandro, Polo, Walter, der bolivianische Arzt, Chino und Moíses Guevara – alle sind sie gefallen. Die Leichen von Tania und El Negro treiben mit der Strömung ab. Nur Tanias Knappsack wird gefunden, darin ein Ausweis, der auf den Namen Laura Gutiérrez Bauer ausgestellt ist, ein Notizbuch und eine Liste mit den Adressen ihrer Kontaktpersonen in der Stadt.
Im Knappsack steckt ein angefangener Brief an die Mutter in Berlin: »Liebe Mutter, jetzt habe ich Angst. Ich weiß nicht, was aus mir werden soll. Wahrscheinlich nichts. Ich fürchte mich schrecklich und heule die ganze Zeit. Ich bin mit meinen Nerven am Ende. Ich versuche, mich daran zu erinnern, wie es ist, wenn man Courage hat. Bist Du Mutter Courage? Ich bin ein Nichts. Ich bin nicht einmal mehr eine Frau, kein Mädchen, nur noch ein Kind . . .«

Der Haupttrupp wird nach Nordosten abgedrängt. Krankheit, Erschöpfung, Hunger – auch hier. Der Gesundheitszustand Guevaras verschlechtert sich immer mehr. Che kann nicht mehr laufen, wie sehr er sich auch zusammennimmt. Er kann sich nur noch zu Pferd oder auf einem Maultier fortbewegen. Er leidet unter Arthritis. Die Asthmaanfälle nehmen an Heftigkeit immer mehr zu. Leberbeschwerden kommen hinzu. Und er hat keine Medikamente mehr. Deswegen entschließen sich die Guerilleros, den Ort Samaipata anzugreifen. Die kleine Stadt liegt zwischen den Städten Santa Cruz und Cochabamba, im Zentrum von Ostbolivien.
Am 6. Juli gegen 16.15 Uhr erscheinen die Guerillas auf der Farm und Sägemühle des Deutschen Heinrich Stenderg, die etwa zehn Meilen östlich von Samaipata an einer Nebenstraße gelegen ist. Sie stoppen einen Lastwagen und den Linienbus Cochabamba – Santa Cruz, der eine Studentengruppe befördert. Ein drittes Fahrzeug, das auf Zeichen nicht halten will, wird durch Schüsse in die Reifen zum Stehen gebracht. Der Verkehr auf der Hauptstraße kommt zum Erliegen. Die Fahrgäste und Chauffeure der angehaltenen Wagen sind nervös. Es geschieht ihnen nichts. Die Guerillas fordern sie nur auf, ihren Anweisungen unbedingt Folge zu leisten.
Um 19 Uhr muß Herr Stenderg bei den Behörden in Samaipata anrufen und dort mitteilen, daß die Rebellen die Stadt noch in dieser Nacht besetzen werden.
Sechs Guerillas bleiben bei den Fahrgästen zurück. Che begibt sich an einen Ort, der Peña Colorada heißt. Von dort aus läßt sich einsehen, was auf der Landstraße vor sich geht.
Um 20.10 Uhr setzen sich die beiden erbeuteten Fahrzeuge in mäßigem Tempo nach Samaipata in Bewegung. Der Ort liegt ebenfalls nicht direkt an der großen Überlandstraße, sondern etwas weniger als eine halbe Meile abseits.
An der Straßenabzweigung befindet sich ein Polizeihäuschen, in Bolivien »tranca« genannt. Davor steht ein Tisch, an dem Lebensmittel, Zigaretten und Getränke verkauft werden.
Der Telefonanruf von Herrn Stenderg hat die Behörden in Samaipata verwirrt. Sie nehmen die Warnung nicht ernst. Sie sind der Meinung, die Guerillas operierten in einer Gegend, die weit von Samaipata entfernt liegt. Möglicherweise hat sich da jemand einen Scherz erlaubt. Es hat in

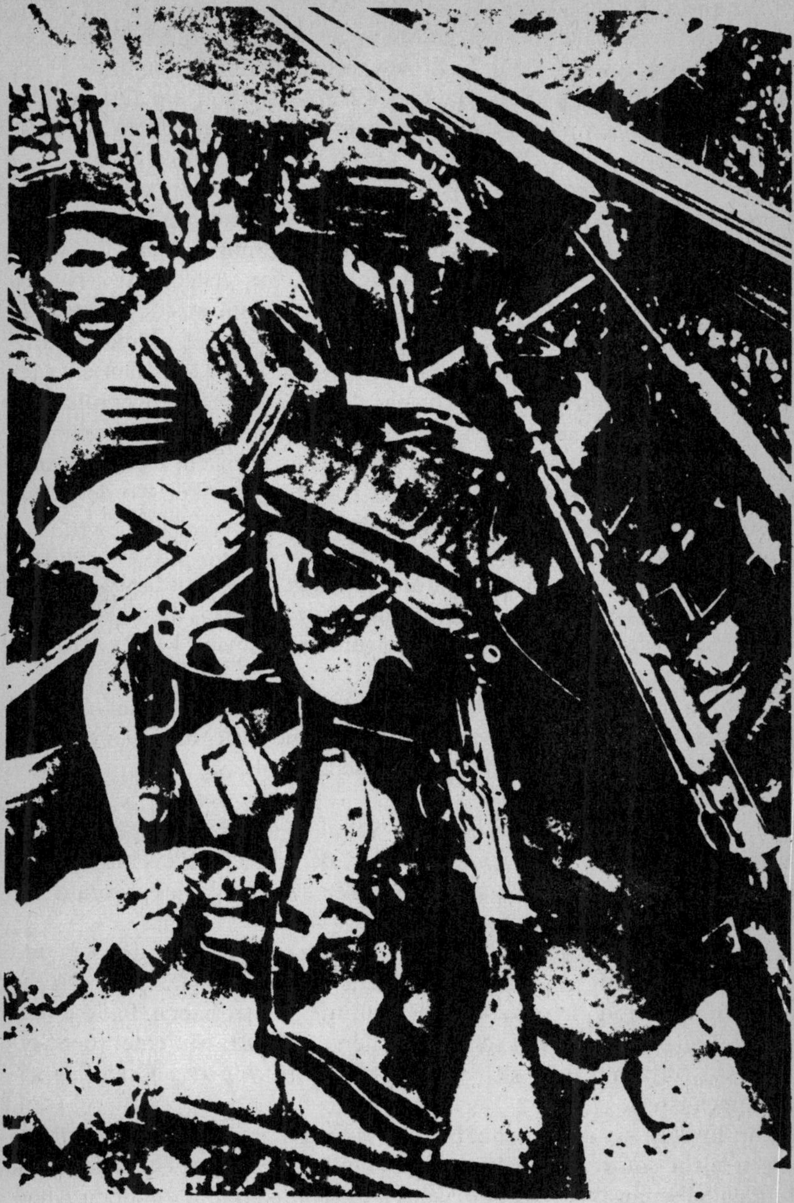

Waffen, Munition, Kleider, Decken…

den letzten Wochen immer wieder Meldungen vom Auftauchen der Guerillas gegeben, die sich dann nicht bewahrheitet haben. Immerhin begeben sich der Polizeikommandant, der Bürgermeister, ein Offizier der Armee und einige andere Männer zu dem Polizeihäuschen an der Straßenabzweigung.

Um 23.45 Uhr nähern sich ein Bus und ein Lastwagen aus Richtung Santa Cruz. Beide Fahrzeuge halten. Der Verkehrspolizist tritt vor das Häuschen, um eine routinemäßige Kontrolle durchzuführen. Die Guerillas verstecken ihre Waffen und steigen aus. Sie stellen sich zwanglos so auf, daß die Vertreter der Behörden, die ebenfalls aus dem Gebäude getreten sind, um dem Polizisten bei der Kontrolle zuzuschauen, umringt werden. Plötzlich setzt unter der Gruppe von Menschen ein Gerangel und Geschubse ein. Die Unruhe dauert nur einen Augenblick, bis die Leute sehen, daß sie von einer bewaffneten Gruppe überrumpelt worden sind. Jeder spürt einen Gewehrslauf im Rücken. Der Verkehrspolizist und der Armee-Offizier sind sofort entwaffnet worden. Der Coup ist außerordentlich geschickt abgestimmt.

Es fällt nicht ein einziger Schuß.

Die Vertreter der Behörden werden genötigt, auf den Lastwagen zu klettern, und als dort nicht genügend Platz ist, beschlagnahmen die Guerillas noch einen leichten Lastwagen der Bolivian Gulf Oil Company, der in der Nähe geparkt hat.

Sie fahren in die Stadt, suchen die Apotheke »Kind von Prag« auf und holen den Besitzer aus dem Bett. Sie haben eine Liste, nach der er ihnen die gewünschten Medikamente heraussuchen muß. Sie zahlen 1000 bolivianische Pesos.

Von der Apotheke geht es weiter zur Schule. Sie wird zu dieser Zeit als Kaserne benutzt. Oberleutnant Vacaflor, den die Guerillas am Polizeihäuschen gefangen haben, nennt am Tor seinen Namen, worauf die Wache die Fahrzeuge passieren läßt.

Im Innenhof laden die Rebellen Waffen, Munition, Kleider, Decken und andere Ausrüstungsgegenstände auf. Die Geschwindigkeit, mit der sie eingedrungen und die provisorische Kaserne besetzt haben, hat die jungen Rekruten, die zumeist schon schliefen, verblüfft. Nur einer, der Soldat José Verazain, will sich wehren und wird von den Guerillas sofort erschossen.

Dann fordern sie die Wachhabenden auf, sich zu entkleiden, damit sie ihnen nicht sofort folgen können. Nachdem sie in der Stadt alles gefunden haben, was sie suchten, kehren Guevaras Männer mit den Autos

zu dem Polizeihäuschen zurück. Dort kaufen sie noch Lebensmittel und Konserven ein und fahren darauf zum Sägewerk weiter. Oberleutnant Vacaflor und neun Soldaten haben sie noch als Geiseln bei sich.
In Las Cuevas geben sie den Chauffeuren des Autobusses und des Lastwagens Geld, gewissermaßen als Leihgebühr. Den Soldaten wird eingeschärft, sie sollten nicht versuchen, den Guerillas zu folgen, sonst müßten sie und ihre Familien mit Repressalien rechnen. Um halb eins verschwindet Guevara mit seiner Gruppe in der Nacht. Das Kommandounternehmen Samaipata ist beendet. Das einzige Opfer ist der Soldat José Verazain.
Dieser tollkühne und so präzis ablaufende Überfall darf nicht zu der Annahme verleiten, daß die Schwierigkeiten der Guerilla nun überwunden seien – im Gegenteil, es war vielmehr einer der letzten wütenden Tatzenhiebe einer Wildkatze, die sich in eine Ecke gedrängt sieht.
Wenn man Ches Tagebuch liest, wird nicht ohne weiteres klar, mit welchem Ziel und aus welchen Beweggründen die Guerillas eine gewisse Gegend als Aufenthaltsort wählen, nachdem sie das Basislager verlassen haben. Es scheint, daß Guevara seine weiteren Operationen nördlich des Rio Grande und jenseits der Straße Santa Cruz – Cochabamba ausführen wollte. Aber die Guerillas sind jetzt nicht mehr Herr ihrer Entscheidungen. Die Gegenseite hat sich organisiert. Ches Bewegungen zielen nun vor allem darauf ab, der sich aufbauenden Übermacht der Armee zu entkommen.
Die taktischen Gruppen der 8. Division haben die Operation Parabano eingeleitet. Ziel: die Rebellen in der Gegend südlich von Valle Grande zusammenzudrängen. Die Soldaten haben die typische Kampfweise der Guerillas angenommen. Sie tauchen mal hier und mal dort auf.
Die Guerillas versuchen noch einmal, den Rio Grande zu überschreiten und nach Süden in das Becken des Ñancahuazú zu gelangen. Das mißlingt durch die Wachsamkeit der Verbände der 4. Division.
Es bleibt Che nur noch ein Ausweg. Er muß versuchen, sich nach Nordosten hin der enger werdenden Umklammerung durch die 4. und 8. Division zu entziehen. So gelangt seine Gruppe in die Gegend um Higuera, San Antonio, Abra del Picacho, Alto Seco und El Churo. Abgesehen von dem Gebiet um Ñancahuazú, das nun unerreichbar geworden ist, scheint von der Topographie und der Vegetation her jenes Feld in dem Dreieck günstig, das vom Rio Grande und dem Mizque gebildet wird.
Ein schwerer Schlag ist für Che die Nachricht vom Ende der Nachhut; während dieser Sieg die Armee Selbstvertrauen gewinnen läßt. Auch

kann sie nun, wie schon erwähnt, die speziell für die Guerillabekämpfung ausgebildeten Rangerverbände einsetzen.
Um diese Zeit, in der zweiten Septemberhälfte, als die Schlinge sich enger um die Guerillas zusammenzieht, setzt eine erstaunliche Aktivität unter den linken politischen Gruppen in den Städten ein. Die Parole wird ausgegeben: Rettet Che!
Mitglieder der verschiedenen Flügel der bolivianischen KP nehmen Kontakt zu Mittelsmännern der Rebellen in Cochabamba auf. Einige versichern, sie könnten eine Gruppe von etwa 70 erfahrenen Männern in die Gegend schicken, die immer noch von den Guerillas beherrscht wird. Aber bei den Beratungen kommt man dann doch zu dem Schluß, daß auch diese Aktion zu spät käme.
Ein anderer Vorschlag geht dahin, einen zweiten foco im Department Cochabamba oder in Alto Beni zu errichten, um auf diese Weise die Armee zu zwingen, einen Teil ihrer Verbände abzuziehen und an den neuen Krisenherd zu werfen. Dieser Plan scheitert daran, daß die notwendigen materiellen Mittel nicht aufgebracht werden können.
Solange die Guerillas über genügend Proviant und Arzneimittel verfügen, brauchen sie kein großes Risiko einzugehen, können sich größeren Ortschaften fernhalten und haben in der unübersichtlichen Landschaft auch dann gute Chancen, immer wieder zu entkommen, wenn sie von Zeit zu Zeit auf eine Armeepatrouille stoßen.
Doch Ende September müssen sie wieder ein ähnliches Kommandounternehmen riskieren wie in Samaipata. Am 22. September erscheint die Gruppe in Alto, das auf 1300 Meter Höhe liegt. Die Guerillas kommen im Morgengrauen. Die Einwohner nehmen sie einigermaßen freundlich auf. Che bleibt mit seinen Männern 48 Stunden. Er läßt einen Wachposten auf dem Marktplatz aufziehen und den Stadtrand sichern. Seine Männer brechen in ein Haus ein, unterbrechen den einzigen Telefonanschluß am Ort, im Büro des Polizeichefs. Sie kaufen Arzneimittel, Kleider, Schuhe, Stiefel, Transistorenradio und Proviant. Sie versuchen, mit ausländischen Banknoten zu zahlen, aber der Ladenbesitzer will nur bolivianisches Geld annehmen.
Für die Dinge, die sie aus dem Haus des Polizeichefs, das etwas außerhalb gelegen ist, mitgehen lassen, zahlen sie nichts. »Dein Mann wird von der Regierung bezahlt«, erklären sie der Frau, »der Präsident kann für uns zahlen.«
Guevara wird nur selten gesehen. Am Nachmittag des 22. September versammelt er die Einwohner auf dem kleinen Marktplatz und hält

eine kurze Ansprache über die politische Situation im Land und die Probleme der bolivianischen Bauern. Er erklärt den Zweck der Guerilla und begründet die Anwesenheit von Ausländern unter seinen Männern. Aber nichts kann die Zuhörer verlocken, ihr ausdrucksloses Schweigen zu brechen. Er spricht dann mit ihnen einzeln, manchmal grob, manchmal freundlich. Er spielt mit den Kindern und stellt ihnen Fragen nach der Schule. Wo immer das möglich ist, versucht er, eine kleine Lektion in politischer Bildung einfließen zu lassen. Danach verläßt er seinen Kommandostand nicht mehr. Er ist krank, elend und erschöpft.
Coco redet auch zu den Leuten und greift dabei stürmisch General Barrientos und den amerikanischen Imperialismus an.
Einer der Zivilisten, ein junger Mann, fragt, ob er sich den Guerillas anschließen könne. Er erhält zur Antwort: »Sei doch nicht töricht ... mit uns ist es aus. Wir wissen nicht mehr, wie wir hier herauskommen sollen.«
Am Morgen des 23. September verlassen die Rebellen in kleinen Gruppen den Ort. Guevara reitet auf einem Maultier.
Der Schulmeister Walter Romero hat mehrmals mit den Guerillas diskutiert. Einer der Rebellen ist für ein paar Stunden in sein Haus gekommen, um das herrliche Gefühl genießen zu können, wieder einmal in einem richtigen Bett zu liegen. Romero hat ihm davon erzählt, daß der Präsident eine Belohnung für das Ergreifen der Rebellen ausgesetzt habe. Der Guerillero hat geantwortet: »Geld interessiert uns nicht. Wir kämpfen für Ideale.«
Später stellt Romero seinen Schülern das Aufsatzthema: Unsere Erfahrungen mit den Guerillas! – Die Kinder äußern sich sehr unterschiedlich, einige schreiben, die Männer mit den Bärten seien Kommunisten, Atheisten, wollten die Freiheit zerstören, andere bekunden ihre Bewunderung für Che und seine Kameraden. Einer der Schüler schreibt: »Che ist der Francisco Pizarro unserer Zeit.«
Die Belohnung, die der bolivianische Präsident versprochen hat, beträgt 50 000 Pesos und steht dem zu, der Guevara fängt ... lebendig oder tot, vorzugsweise aber lebendig. Barrientos selbst hat sich nach Valle Grande begeben, um das letzte Umfassungsmanöver der Armee zu verfolgen. Ende September wird die Schlinge angezogen. 1000 bis 1500 Mann sind aufgeboten, um die letzten 17 Guerilleros zu fangen.
Am 8. Oktober 1967 kommt die Erfolgsmeldung mit jener Sprechfunkdurchsage aus der Churo-Schlucht nach Valle Grande: »Hier dünner Mann. Hier dünner Mann. Ich habe Papa. Ende.«

...Gegen vier Uhr am Morgen des 9. Oktober 1967 kehrten Leutnant Pérez und Leutnant Aguilar aus der Churo-Schlucht zurück. Die am Vortag begonnene Operation war abgeschlossen.
Kurz nach Morgengrauen kam ein junger Bauer, der die Armee-Einheiten mit Verpflegung versorgt hatte, in Higuera an und bat, den Gefangenen, über den er soviel gehört hatte, sehen zu dürfen. Man führte ihn in das Klassenzimmer.
Guevara betrachtete das sonnengebräunte Gesicht des Bauern, entdeckte, daß im Kiefer des Mannes zwei der unteren Vorderzähne fehlten und sagte: »Schade, daß wir einander nicht früher begegnet sind. Ich hätte dir gern zwei neue Zähne eingesetzt. Du mußt auf deine Zähne aufpassen, wenn du gesund bleiben willst.«
Der Bauer Guzmán betrachtete nachdenklich das Gesicht des Gefangenen. Draußen sagte er zu einem Bekannten: »Er hat einen Blick, daß es dir das Herz zerreißt.«
Die Verhöre werden wieder aufgenommen. Die Schule ist jetzt von einem Kordon von Soldaten umstellt, denn aus der Umgebung sind viele Bauern nach Higuera gekommen.
Che sagt: »Bringt mir etwas zu essen. Ich möchte mit vollem Magen sterben.«
Man stellt ihm ein paar Kartoffeln und eine Scheibe Hammelbraten hin.
Noch in der Nacht hatte Capitano Prado angeordnet, daß die Radiostation GRC-9 von Abra del Picacho nach Higuera verlegt werden soll. Bei Tagesanbruch war ein Offizier mit dem Gerät eingetroffen und hatte es im Schulhaus installiert.
Gegen zehn Uhr vormittags kam der Befehl von Präsident Barrientos, Ernesto sei zu liquidieren.
Die Meldung wurde unverschlüsselt durchgegeben.

Die Offiziere berieten eine Weile darüber, wer den Befehl vollstrecken sollte. Es scheint unter ihnen eine gewisse Scheu aufgekommen zu sein. Schließlich einigt man sich darauf, für die schmutzige Arbeit einen Freiwilligen zu suchen.
Es meldet sich der Feldwebelleutnant Mario Terán, ein Mann, der sich eine Beförderung erhofft und sich von dieser Tat verspricht, es werde ihn danach ein Nimbus besonders starker Männlichkeit umgeben.
Doch zuvor mußte noch ein Foto gemacht werden, das die Sieger mit ihrem Gefangenen festhielt. Irgendeine Trophäe ihres Jagdglücks wollten die Herren immerhin später vorweisen können.
Am 9. Oktober 1967, um 13.40 Uhr, betritt Mario Terán das Schulhaus. Er macht einige verlegene Schritte in dem halbabgedunkelten Raum, in dem man Che gefangenhält. Er trägt eine M-2 bei sich.
Guevara beobachtet ihn.
Terán geht rückwärts und verläßt den Raum wieder. Die Soldaten, die draußen gewartet haben, daß Schüsse fallen werden, sehen sich erstaunt an. Eine zornige Stimme ruft ein Kommando. Terán geht wieder ins Klassenzimmer zurück. Ganz plötzlich reißt er seine Waffe hoch und feuert.
Im letzten Augenblick seines Lebens hebt Guevara seine Hand zum Mund und beißt sich auf die Finger, um einen Aufschrei zu unterdrücken. Dann sackt der leblose Körper, in dem die Einschläge der Geschosse zu erkennen sind, schräg an der Wand entlang auf den Boden.
Kurz darauf liquidiert Sergeant Francisco Huanca den unermüdlichen Gewerkschaftsfunktionär Willy aus Huanuni.
Die meisten der Einwohner von Higuera, die bis dahin neugierig sich in der Nähe des Schulhauses aufgehalten haben, hören die Schüsse, vermuten, was vorgefallen ist, und gehen nun heim in ihre Hütten.

Schulhaus Higuera

Nachspiele I

Am Vormittag des 9. Oktober versuchte ein Mann in Pucara, neun Meilen von Higuera, all seinen Einfluß aufzubieten, um in den Ort zu gelangen, an dem Che gefangengehalten wurde. Die Behörden hatten zwar ein striktes Verbot für Privatpersonen aus anderen Dörfern erlassen, Higuera zu betreten, aber das hielt ihn nicht davon ab, es trotzdem zu versuchen. Er ließ sich ein Pferd zu einer bestimmten Stelle außerhalb von Pucara bringen und verließ dann das Dorf, um jeden Verdacht zu zerstreuen, zu Fuß. Der Mann war Pater Roger Schaller, Schweizer Staatsbürger und Gemeindepfarrer von Pucara. In dem Versteck bestieg er sein Pferd und gab dem Tier die Sporen. Um halb fünf am Nachmittag kam Pater Schaller in Higuera an. Eben um diese Zeit wurden die Leichen der Guerilleros in einen Hubschrauber gehoben, der sie nach Valle Grande bringen sollte. Die Decken, die man über die Tragbahren gelegt hatte, waren blutgetränkt. Auch am Boden fanden sich Blutspuren. Der katholische Priester kniete nahe der Leiche Ches nieder, segnete den leblosen Körper und sprach ein Gebet.
20 Minuten später landete der Hubschrauber in Valle Grande, wo er von aufgeregten Journalisten und nervösen Offizieren erwartet wurde. In der kleinen Kirche von Higuera zelebrierte Pater Schaller am Abend gegen sieben Uhr eine Totenmesse für alle, die bei den Gefechten der letzten Tage ihr Leben gelassen hatten.
Offiziere, Soldaten und Bauern nahmen an dem Gottesdienst teil. In einer Ecke der kleinen Kapelle, so als wollten sie sich vor den fragenden Blicken der Bauern verstecken, standen jene beiden Männer, die Che und Willy ermordet hatten.
Auf dem Altar lag ein Plastikbeutel mit ungewöhnlichem Inhalt – feuchte, dunkle Erde. Pater Schaller hatte sie von dem blutgetränkten Boden des Schulraums zusammengekehrt, und er hatte dort auch zwei der Geschosse gefunden, die Guevaras Körper durchschlagen hatten. Nach dem Gottesdienst sahen die Dorfbewohner zwei der Offiziere gemächlich Pfeife rauchen. Sie benutzten die Tabakpfeifen, die sie dem gefesselten Guevara fortgenommen hatten.
Am 9. Oktober gab Oberst Joaquín Zenteno, der aus Higuera nach Valle Grande zurückgekehrt war, vor der Presse lakonisch und unrichtig, bekannt: »Che Guevara ist gestern im Kampf gefallen.«
General Ovando Candia, Kommandeur aller Streitkräfte, General David Lafuente, Chef des Armeestabes, und Admiral Horacio Ugarteche,

Kommandeur der Marine, trafen um 13.50 Uhr auf dem Luftwege in Valle Grande ein.
Um 17 Uhr landete der Hubschrauber aus Higuera. Eine kleine Abteilung von Soldaten banden die Leiche von der äußeren Plattform los und schoben sie auf einen Lastwagen, der mit hoher Geschwindigkeit durch die engen Gassen der Stadt zum Hospital Señor de Malta fuhr. Kinder rannten hinter dem Fahrzeug her.
Vor dem Eingang des Krankenhauses fanden sich bald Schaulustige ein und wollten die Innenräume betreten, aber schwer bewaffnete Soldaten versperrten ihnen den Weg. Auch die Journalisten wurden erst nach langen Verhandlungen durchgelassen.
Die Leiche wurde zunächst in die Waschküche gebracht, die man schon einige Tage zuvor als Leichenraum hergerichtet hatte. Guevara wurde auf dieselbe Bank gebettet, auf der vor wenigen Tagen die Leichen von Tania und Coco gelegen hatten. Die Doktoren Moises Abraham Batista und José Martinez Casso, zwei deutsche Nonnen und zwei Krankenwärter wuschen den Körper, nahmen einen Einschnitt am Hals vor und injizierten Formaldehyd, um die Verwesung aufzuhalten.
Polizeiagenten überwachten die Operation, und Männer in Zivil nahmen Fingerabdrücke. Dr. Batista ging dann zu den Journalisten hinaus und erklärte pathetisch, er habe an einem äußerst interessanten Ereignis teilgenommen. Vor allem sei er von der guten Verfassung, in der sich die Füße des Toten befunden hätten, erstaunt gewesen. Dr. Casso gab bekannt, man habe mehrere Geschosse in Guevaras Körper gefunden. Eine Kugel habe das Herz durchschlagen und augenblicklich den Tod herbeigeführt.
Als die Ärzte mit ihren Tätigkeiten zu Ende gekommen waren, wurde die Leiche von Identifikationsexperten des CIA und des Innenministeriums umstellt. Abermals wurden Fingerabdrücke genommen und Fotos gemacht.
Die Agenten des CIA, die im Señor-de-Malta-Krankenhaus in Erscheinung traten, waren Félix Ramos und Eduardo Gonzáles. Beide waren am 5. August 1967 in Santa Cruz eingetroffen und mit der Angabe, sie seien Geschäftsleute, im Gran Hotel abgestiegen. Sie waren außergewöhnlich elegant gekleidet. Sie sprachen wenig mit den Hotelangestellten, und wann immer sie eine Bemerkung fallen ließen, bezog sie sich darauf, daß sie hier am Ort seien, um in ein Unternehmen Geld zu investieren. Sie besaßen amerikanische Pässe mit den Nummern A 8093737 und O 152052. Am 12. August verließen sie das Hotel.

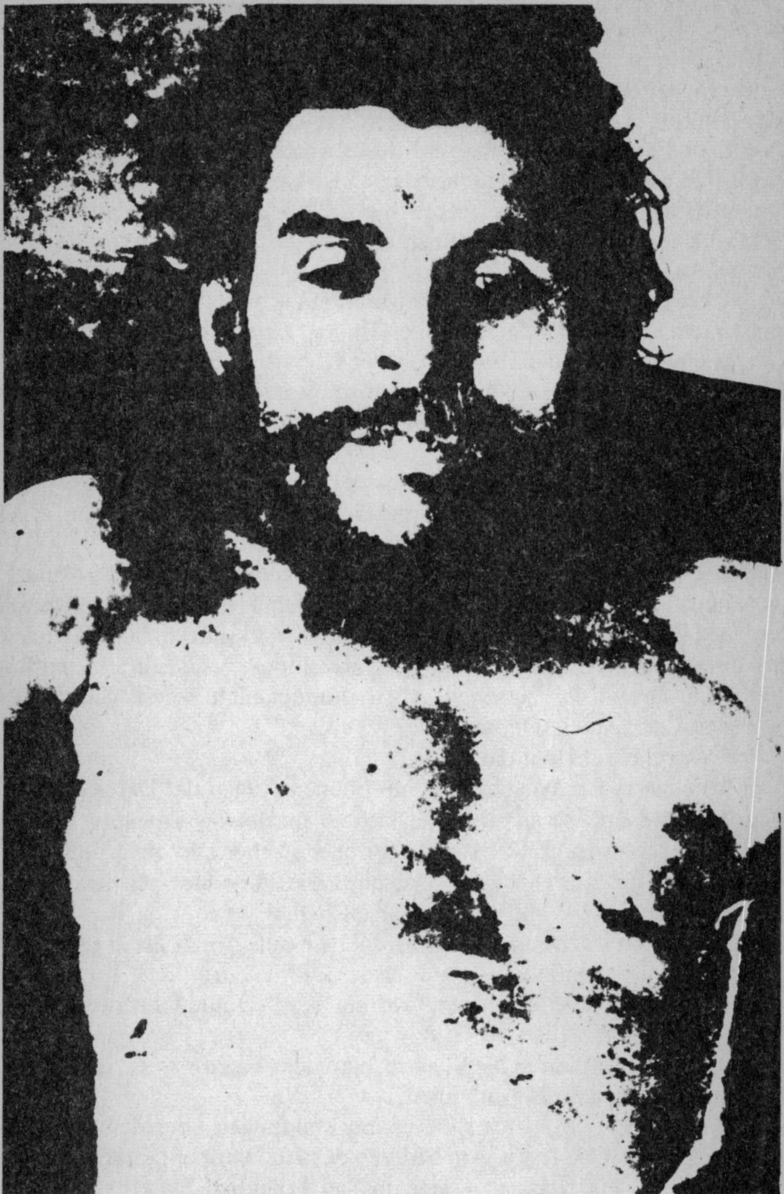

...um die Verwesung aufzuhalten

Gegen Ende des Monats kehrte Ramos zusammen mit dem US-Major Ralph »Pappy« Shelton, einem amerikanischen Militärberater, aus La Esperanza, dem Trainingszentrum der Ranger, zurück. Ramos trug jetzt eine Uniform ohne Rangabzeichen und sprach Englisch.
Gonzáles hatte Che in der Nacht des 8. Oktober verhört. Unmittelbar nach Guevaras Tod untersuchte der CIA-Agent die Leiche genau und fotografierte sie. Gonzáles verbrachte die folgenden Tage damit, Ches Notizbücher und andere Dokumente, die in die Hände der Armee gefallen waren, sorgfältig abzulichten.
Félix Ramos, ein großer, schwerer Mann mit schütterem, blonden Haar, überwachte alle Vorgänge in Valle Grande. Er war auf dem Flughafen und machte die Landebahn frei, als der Hubschrauber aus Higuera eintraf. Er ordnete an, daß der Leichnam sofort ins Krankenhaus überführt werden solle. Dort war er es dann auch, der die Journalisten in Schach hielt und zweien unter ihnen – Brian Moser und Richard Gott – drohte, er werde sie aus der Stadt weisen lassen. Seine Machtbefugnisse waren fast unbeschränkt. Befehle, die er gegeben hatte, konnten nur vom Chef der Armeestreitkräfte widerrufen werden.
Die Menschenmenge vor dem Krankenhaus wuchs von Minute zu Minute. Die Leute drängten sich aufgeregt und wütend gegen die bewaffneten Wachen, als der Oberkommandierende der Streitkräfte vorfuhr. General Ovando sprach kurz zu der Menge. Unter anderem sagte er: »Jeder hat ein Recht darauf, ihn zu sehen. Aber geduldet euch, bis die Identifizierung der Leiche abgeschlossen ist.«
Diese Worte beruhigten die Leute.
Der Tote lag in der Waschküche mit offenen Augen da. Die geöffneten Lippen schienen fast spöttisch zu lächeln und etwas sagen zu wollen. Der Gesichtsausdruck war sonst aber eher streng. Die olivgrünen Hosen zeigten die Spuren harter Märsche. Die Füße steckten in dünnen Socken aus grüner Wolle und in Marschstiefeln.
Der Körper wies acht oder neun Einschüsse auf. Am Hals, in der Brust und an den Extremitäten.
Nachdem die Leiche hergerichtet worden war, erfüllte General Ovando sein Versprechen.
Für lange Zeit defilierten die Menschen an dem Toten vorbei. Ihre Blicke verrieten Trauer und Betroffenheit.
Am 9. Oktober 1967 trafen die ersten Meldungen über den Tod Che Guevaras in den USA ein. Am Morgen des 10. Oktober betrat John Gerassi, Dozent, ein Klassenzimmer im San Francisco State College, um

dort einen Kurs über Nationalismus und Revolution in der Dritten Welt abzuhalten.
Ein neunzehnjähriges Mädchen kam auf ihn zu. Sie war den Tränen nahe und auf der Brust trug sie ein Abzeichen mit der Inschrift *make love – not war.* »Ich kann es einfach nicht glauben«, sagte sie, »ich meine, ich kann es einfach nicht glauben, daß er tot sein soll.«
»Natürlich«, so berichtet Gerassi, »sprachen wir in dieser Stunde über Che, seine Vorstellungen vom Guerillakrieg und von seinem persönlichen Einsatz. Keiner glaubte es zu diesem Zeitpunkt wirklich – keiner von den 60 Studenten in der Klasse, und ich auch nicht –, daß er tot sei. Und was vielleicht am erstaunlichsten war – wir weigerten uns einfach, es zu glauben.
Meines Wissens gab es in dieser Klasse keine Konservativen. Aber es gab viele Liberale und viele Pazifisten neben den eigentlich Radikalen. Und doch war für alle, auch wenn sie im einzelnen mit seinen Ansichten nicht übereinstimmten, die Nachricht von Ches möglichem Tod etwas, das sie aufregte und sehr persönlich betraf. Dieser Mann hatte offenbar ihre Vorstellungskraft gefangengenommen. Sie achteten und bewunderten ihn. Sie wußten sehr wenig über sein Leben – wir hatten das in der Klasse noch nicht besprochen. Aber sie wußten genug, um sich klar zu machen, er war ein Idealist, ein Mann, der für andere Menschen gelebt hatte, ein Mann, der, wenn die Nachricht zutraf, für andere gestorben war, für Menschen, die er nie gesehen hatte, für die Ausgebeuteten, die Entfremdeten, für jene, die ahnen, vielleicht nur instinktiv, daß sie bloße Werkzeuge der Gesellschaft sind, Werkzeuge der Gierigen und der Mächtigen in der Gesellschaft, denen es auf menschliche Wesen wenig ankommt. Und so wurde mir klar, als wir an diesem Tag redeten, daß diese liberalen und pazifistisch gesinnten Studenten unglaublicherweise spürten, Che sei auch für sie gestorben.«
Präsident Barrientos hatte dem eine Prämie von 50 000 bolivianischen Pesos versprochen, der Che Guevara lebendig oder tot fange – vorzugsweise lebendig, wie es in den Flugblättern geheißen hatte.
Da die Bauern von Higuera der Armee den entscheidenden Wink gegeben hatten, entschied Barrientos, daß ihnen die Belohnung in einer besonderen Feier an Ort und Stelle übergeben werden sollte.
Der ganze Ort war auf den Beinen, um bei der Ankunft des Staatsoberhauptes mit dabei zu sein.
Barrientos hielt eine Rede, in der er die Verdienste der bolivianischen Bauernschaft im Kampf gegen die Guerilleros hervorhob. Er forderte

dann seine Zuhörer auf, eine Person zu bestimmen, die das Bargeld in Empfang nehmen sollte. Die Wahl fiel auf Pater Schaller, den Gemeindepriester von Pucara. Der Präsident gab ihm ein Bündel Geldscheine und setzte dann seine Ansprache fort.
Als die Rede zu Ende war, bat Schaller um das Wort. Er sagte: »Herr Präsident, bitte entschuldigen Sie, aber diese Leute hier vertrauen mir. Das Paket, das man mir ausgehändigt hat, sollte 50 000 Pesos enthalten. Ich zähle aber nur 39 000 Pesos. Ich bitte Sie, diesen Irrtum vor allen Bauern richtigzustellen.«
Der Präsident lächelte betreten und rief aus: »Das muß ein Irrtum sein, Kameraden. Ich verspreche euch, daß ich morgen die restlichen 11 000 Pesos schicke.«
Offizielle Sprecher der Armee gaben bekannt, daß Ches Leiche im Morgengrauen des 11. Oktobers »irgendwo in Valle Grande« beigesetzt worden sei.
Der Anwalt Roberto Guevara de la Serna, Ches jüngerer Bruder, traf am 12. Oktober in Begleitung von Reportern des Magazins *Gente* und des argentinischen Fernsehens mit einer kleinen Cessna aus Buenos Aires in Santa Cruz ein.
Oberst Zenteno verweigerte ihm, die sterblichen Überreste seines Bruders in Augenschein zu nehmen. Diese Erlaubnis könne, so erklärte er, nur General Barrientos oder General Ovando erteilen.
Ovando empfing Roberto Guevara in La Paz. Als der Rechtsanwalt seine Bitte wiederholte, erhielt er zur Antwort: »Wenn Sie wollen und es nicht lassen können, so suchen Sie nur weiter, aber Sie werden zu spät kommen. Die Streitkräfte haben die Leiche inzwischen verbrannt.«
Am 13. Oktober kehrte Roberto Guevara nach Buenos Aires zurück.
Da es in Valle Grande kein Krematorium gibt, ist anzunehmen, daß Ches Leiche in einer entlegenen ländlichen Gegend bei Valle Grande eingeäschert wurde.
Am 16. Oktober veröffentlichten die Streitkräfte ein Kommuniqué, das keine Neuigkeiten enthielt. »Die erbeuteten Dokumente«, so hieß es in dem Schriftstück, »sind ausschließlich von militärischem Interesse.«
Die Verlautbarung schloß: »Das Militärische Oberkommando erklärt, daß keine weiteren Berichte über den Tod des Ernesto Guevara herausgegeben werden.«
Jahrmärkte werden in Bolivien in den Kleinstädten an bestimmten Wochentagen, in den Hauptstädten der Departments aber meist an Feiertagen abgehalten. In Valle Grande findet der Markt am Sonntag statt.

Man kann auf einem solchen bolivianischen Jahrmarkt so ziemlich alles kaufen, was vorstellbar ist: vom Lamafötus, getrocknet (als Zaubermittel), über Aspirintabletten bis zu Transistorradios. Auf dem Markt, der am 22. Oktober 1967 in Valle Grande stattfand, erschien ein fliegender Händler, der Fotografien des vor 12 Tagen Ermordeten anbot. Der Marktpolizist runzelte mißbilligend die Stirn, als er den Menschenauflauf vor dem Stand des Bilderhändlers sah, schien einen Augenblick zu überlegen, wie er sich verhalten solle, streckte dann den Kopf nach oben, verschränkte die Arme auf dem Rücken, ging vorüber und schritt nicht ein. Am Abend waren 6 700 Fotografien von Che verkauft worden.

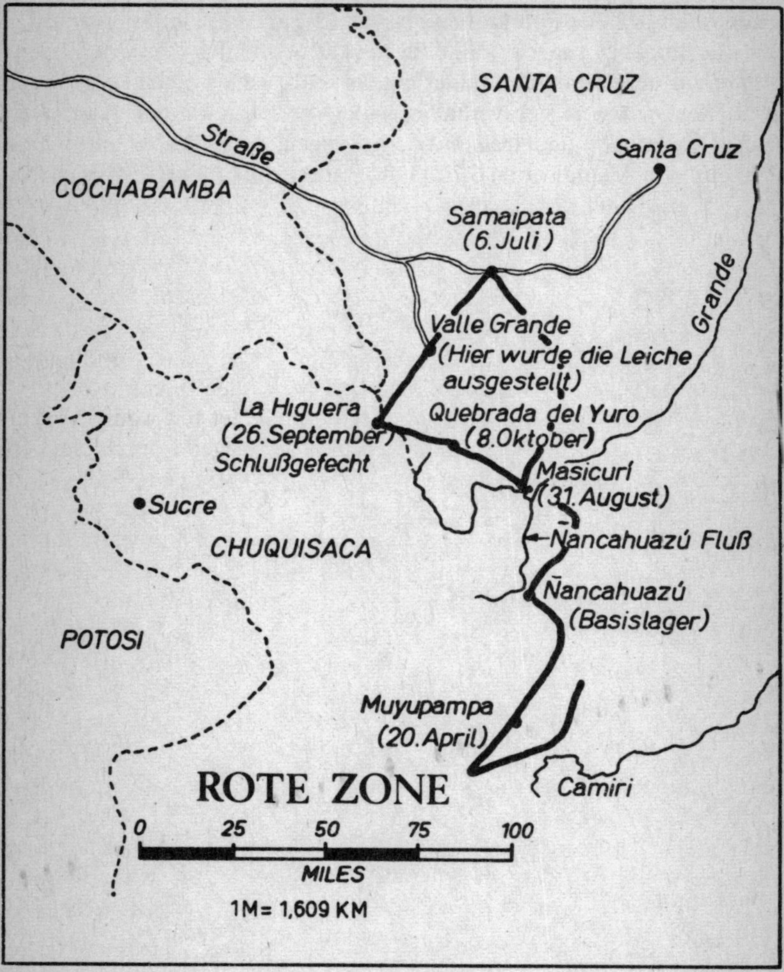

SANTA CRUZ
Straße
Santa Cruz
COCHABAMBA
Samaipata
(6. Juli)
Grande
Valle Grande
(Hier wurde die Leiche
ausgestellt)
La Higuera
(26. September)
Schlußgefecht
Quebrada del Yuro
(8. Oktober)
Masicurí
(31. August)
Sucre
Ñancahuazú Fluß
CHUQUISACA
Ñancahuazú
(Basislager)
POTOSI
Muyupampa
(20. April)
Camiri
ROTE ZONE
0
25
50
75
100
MILES
1M = 1,609 KM

Nachspiele II

Erinnern wir uns: Als sich die letzten 17 Mann in der Churo-Schlucht von der Armee umstellt sahen, hatten sich Pombo, Urbano, Benigno, Darío, Nato und Inti Peredo zu jenem Selbstmordkommando gemeldet, das die vom oberen Ende der Schlucht her angreifende Abteilung unter Leutnant Pérez so lange hinhalten sollte, bis es Che gelungen war, sich abwärts, zum Rio Grande hin, zu entfernen.
In der Nacht zum 9. Oktober gelingt diesen Männern nach einem plötzlich aufflammenden Gefecht der Ausbruch aus der Umklammerung. Für geraume Zeit hatten die Regierungstruppen ihr Hauptaugenmerk auf die Bewachung des gefangenen Guevara gerichtet. Unter Führung von Inti Peredo irren die Überlebenden 15 Tage lang durch die Wälder. Sie halten sich zunächst in möglichst unwegsamen Gegenden auf, meiden menschliche Ansiedlungen.
Eines Nachts treffen sie einen Bauern, der ihnen einige Lebensmittel verkauft, sie darauf aber prompt an die Militärbehörden verrät.
Zu diesem Zeitpunkt wandern sie durch ein Gebiet mit wenig Vegetation, aber bis die Truppen auftauchen und die Gegend durchkämmen, finden sie ein Versteck in einem Waldstück. Als sie gegen Mitternacht weitergehen wollen, stoßen sie auf einen Doppelposten, den sie töten, ehe die Soldaten überhaupt Zeit finden, ihre Waffen in Anschlag zu bringen. Doch die Schüsse machen andere Trupps der Armee auf sie aufmerksam. In graudunkler Dämmerung beginnt eine Hetzjagd.
Ziel der Gruppe ist es, einen Punkt an der Straße Cochabamba – Santa Cruz zu erreichen.
Am 15. Oktober stöbern die Regierungstruppen sie in einem Versteck nahe dem Flecken La Cavana bei Mataral auf. Es kommt zu einem kurzen Schußwechsel. Nato wird schwer verwundet. Die Guerillas müssen rasch weiter. Es ist zu erwarten, daß die Armee sehr bald starke Verbände zusammenziehen wird. Nato hat furchtbare Schmerzen. Ein Geschoß steckt in seiner Wirbelsäule. An eine Operation ist nicht zu denken. Er bittet seine Kameraden wiederholt, ihn zu töten. Er sagt zu Pombo: »Wir haben einander versprochen, daß keiner von uns lebendig in die Hände des Feindes fallen soll. Los, schießt doch, schieß . . .!« Einer der Gefährten zieht seine Waffe und erfüllt den Wunsch des Verwundeten. Nun sind es nur noch fünf. Sie gelangen in das Gebiet südwestlich der Hauptstraße und wenden sich einige Tage später, dem Lauf des Rio Pulquina folgend, nach Nordwesten. Hier treffen sie Bauern, die be-

haupten, Anhänger des revolutionären Flügels der MNR zu sein, die sie schützen und weiterschleusen.
Pombo hat es am schwersten. Seine dunkle Hautfarbe würde ihn einer plötzlich auftauchenden Armeepatrouille sofort verraten.
Inzwischen sind Sympathisanten der Guerillabewegung aus den Städten unterwegs, um den Überlebenden aus der Churo-Schlucht zu helfen.
Pombo verbringt die Tage zumeist in einem unterirdischen Tunnel mit zwei Ausgängen. Ein Versteck, das die Bauern für ihn angelegt haben.
Mit Unterstützung militanter Kommunisten gelingt es den fünf Männern, einen Kleinlastwagen aufzutreiben, mit dem sie nach Santa Cruz fahren.
Einige Tage später fliegt Inti – er ist verkleidet – mit einer regulären Linienmaschine der Llyod Aerea Boliviana nach Cochabamba. Nachdem sich diese Verkehrsverbindung als sicher erwiesen hat, folgen Pombo, Urbano, Benigno und Darío.
In Cochabamba, einer Stadt von immerhin 140 000 Einwohnern, bleiben die Guerilleros unerkannt und unbehelligt. Sie fühlen sich schließlich so sicher, daß Pombo sich an einem Samstagnachmittag aus dem Versteck in der Wohnung eines Genossen hervorwagt, zum Friseur geht und dann als harmloser Spaziergänger durch das Stadtzentrum schlendert.
Von Cochabamba setzen sich die Flüchtlinge in das Bergwerksgebiet von Oruro ab, wo die Bevölkerung fast durchweg gegen die Regierung eingestellt ist. Hier werden auf Weisung aus Havanna und mit Unterstützung linker Gruppen in Chile Pläne gesponnen, um die Kubaner ins Ausland zu bringen. Pombo macht einmal mehr die Erfahrung, daß durch die Kommunistische Partei Boliviens ein tiefer Riß geht. Während die Linientreuen und die Mitglieder des Zentralkomitees keinen Finger rühren, um den Guerillas zu helfen, ist eine kleine Gruppe eifrig bemüht, einen Fluchtweg zur chilenischen Grenze zu erkunden und die Überlebenden vor der Armee und den Sicherheitsorganen abzuschirmen.
In Oruro trennt sich Inti (Guido Peredo Leigue) von der Gruppe. Noch in Cochabamba hat er die Aufforderung erhalten, mit seiner Familie in ein Land hinter dem Eisernen Vorhang ins Exil zu gehen. Er macht aber von dieser Möglichkeit keinen Gebrauch, sondern sucht zunächst Zuflucht im Department Beni, das an Brasilien grenzt, wo sich persönliche Freunde und Politiker seiner annehmen. In der zweiten Maiwoche 1968 scheint er mit dem Paß eines Ingenieurs einer amerikanischen Salpeter-Gesellschaft vorübergehend nach Chile ausgereist zu sein. Kurz darauf aber versucht er, in Bolivien einen neuen Guerillakern zu organisieren.

Im September 1969 wird er in seinem Versteck in La Paz von Soldaten gestellt und erschossen. Von nun an führt sein jüngster Bruder Chato die bolivianische Guerilla weiter. Im Sommer 1970 kidnappen er und seine Kameraden zwei deutsche Baggerführer bei der Einnahme des Dorfes Teoponte.
Für die überlebenden Kubaner beginnt am 8. Februar 1969 unter Führung von Pombo endlich der Marsch zur chilenischen Grenze, die 99 Meilen westlich von Oruro liegt. Der kleine Trupp muß sich durch sehr unwegsames Gelände im Hochgebirge bewegen und ist schwierigsten Witterungsbedingungen ausgesetzt. Heftige Niederschläge machen die Straßen und Wege auf dem Hochplateau der Carangas-Provinz nahezu unpassierbar. Fahrzeuge, die auf der Straße von Oruro nach Sabaya unterwegs sind, bleiben in metertiefem Schlamm stecken. Zweimal ist das Fahrzeug der Guerillas zusammengebrochen. Einige Meilen von Sabaya geht es dann mit Autos oder Jeeps überhaupt nicht mehr weiter. Außer den Kubanern Pombo, Urbano und Benigno befinden sich noch zwei bolivianische Führer, die sich in der Gegend auskennen, bei der Gruppe. Es wird beschlossen, daß einer von ihnen, Estanislao Villca, nach Sabaya vorausgehen, die Behörden auf das Eintreffen der anderen Männer vorbereiten und Quartier machen soll. Er wird erzählen, daß es sich bei der Gruppe um chilenische Geschäftsleute handelt, denen viel daran gelegen ist, ungesehen und unbehelligt über die Grenze zu kommen.
Die Nacht verbringen die fünf Männer in dem einzigen Gasthof des Ortes. Am nächsten Morgen begeben sie sich zum Telegraphenbüro und halten den Eingang im Auge.
Kurz darauf erscheint der Bürgermeister mit einer Delegation prominenter Bürger. Sie verlangen die Ausweise der seltsamen Fremden zu sehen. Nur Villca kann gültige Papiere vorweisen. Der andere Bolivianer, Aguilar, erklärt für sich und seine Freunde: »Wir sind vor einiger Zeit in Chile verhaftet worden. Man hielt uns für Schmuggler. Die Behörden haben unsere Pässe einbehalten. Wir wollen jetzt hinüber, um sie wieder abzuholen.«
Diese Erklärung überzeugt den Bürgermeister nicht. Es entwickelt sich ein heftiger Wortwechsel. Andere Einwohner des Ortes wollen die Knappsäcke der Fremden durchsuchen.
Da zieht Urbano seine Pistole, tritt einen Schritt zurück und feuert einen Schuß in die Luft ab. Er ruft aus: »Ich werde jeden töten, der mir zu nahe kommt.«

Pombo gelingt es, den Kameraden zu beruhigen. Immerhin hat der Schuß den Bürgermeister und seine Begleiter etwas eingeschüchtert. Man begibt sich zu Verhandlungen in das Speisezimmer des Gasthauses. Pombo bietet an, eine bestimmte Geldsumme beim Bürgermeister zu deponieren, die sie, sobald sie nach 14 Tagen aus Chile angeblich zurückkommen, wieder abholen wollen.

Den Bürgern von Sabaya bleibt nicht viel anderes übrig, als auf diesen Vorschlag einzugehen. Der Zwischenfall, der sich vor dem Telegraphenamt ereignet hat, läßt sie ahnen, daß es sich bei den Fremden um die letzten Guerilleros handelt.

Bei einer Pause in den Verhandlungen gelingt es dem Bürgermeister, sich auf das Postamt zu schleichen und dort ein Telegramm nach Oruro mit folgendem Wortlaut aufzugeben: »Sechs Guerillas haben gegen 14 Uhr Sabaya erreicht, zwei von ihnen sind Bolivianer, vier der Männer sind Ausländer. Alle sind schwer bewaffnet. Sie geben an, aus dem Inneren des Landes zu kommen und befinden sich auf dem Weg nach Chile. Die fünfzig Bauern hier erklären sich außerstande, sie festzunehmen, da die Fremden automatische Waffen bei sich führen. Wir brauchen Waffen, um sie aufzuhalten. Noch sind sie hier am Ort. Sie tragen keine Personalpapiere bei sich.«

Sabaya liegt nur 30 Meilen von der chilenischen Grenze entfernt. Pombo und seine Männer haben also die Schwelle zur Freiheit erreicht und befinden sich fast in Sicherheit.

Das Telegramm löst eine fieberhafte Tätigkeit bei der Armee und den Regierungsbehörden aus. Eine Stunde nach Eintreffen der Nachricht starten drei bolivianische Flugzeuge, um die Gegend von Sabaya aus der Luft abzusuchen. Gleichzeitig werden Truppen des 1. Artillerie-Regiments auf Lastwagen dorthin in Marsch gesetzt. Die Gegend wird zum militärischen Sperrgebiet erklärt. In Cochabamba macht sich eine Fallschirmjägereinheit fertig zum Einsatz. Die Beobachtungsflugzeuge werfen Flugblätter ab, die dazu aufrufen, die Flüchtlinge festzuhalten. Für jeden Angehörigen der »castro-kommunistischen Söldnerbande«, der lebendig an die Armee übergeben wird, verspricht man den Andenbauern 10 000 bolivianische Pesos. Auf den Flugblättern sind Paßfotos von Pombo, Benigno, Urbano, Inti und Darío abgebildet.

In Sabaya versucht Juan Gonzales Garcia, der wohlhabendste Mann am Ort, die Verhandlungen mit den Guerilleros hinauszuzögern. Pombo wird ungeduldig. Gegen 14 Uhr zwingt er das Bürgerkomitee 400 Dollar anzunehmen und dafür eine Quittung auszustellen. Dann setzen

er und seine Kameraden den Marsch durch Schlamm, Schnee und beißenden Wind fort. Niemand am Ort hat sich bereit gefunden, ihnen ein Fahrzeug zur Verfügung zu stellen. Sie sind vermummt, haben sich mit Ohrenklappen geschützt; umgehängt tragen sie schwere Knappsäcke. So laufen sie auf Todos Santos zu, jenen Ort, der der chilenischen Grenze am nächsten liegt. Einige neugierige Einwohner von Sabaya folgen ihnen noch ein Stück des Weges.
Bolivianische Truppen und Luftstreitkräfte überwachen den Grenzstreifen. Am Freitag, den 16. Februar, meldet das Oberkommando der bolivianischen Armee, daß es den Guerillas gelungen sei, chilenisches Gebiet zu erreichen. Das schlechte Wetter hat den Einsatz der Fallschirmjäger unmöglich gemacht.
Präsident Barrientos begibt sich persönlich nach Sabaya. Die chilenische Regierung versetzt ihre Streitkräfte in Alarmbereitschaft. Die peruanischen Grenzpolizisten und Einwanderungsbehörden erhalten die Weisung, mit den bolivianischen und chilenischen Behörden zusammenzuarbeiten.
Am 19. ziehen die fünf Männer durch das Gebiet von La Soga auf dem Weg nach Camina in Chile. Sie halten sich in unwegsamen Gegenden auf, weil sie fürchten, die chilenische Grenzpolizei könne sie nach Bolivien abschieben.
In den nächsten Tagen kommen aus verschiedenen Dörfern an der Grenze Meldungen, daß man die Guerillas dort gesehen haben will.
Endlich, am 22. Februar 1968, halten Grenzwachen in Chile die fünf Männer bei Alto Camina, 360 Meilen von Oruro entfernt, an. Pombo und seine Kameraden tragen keine Waffen mehr. Sie sind völlig erschöpft und lassen sich ohne Wiederstand festnehmen.
Trotz der Warnungen der Behörden werden sie von der chilenischen Bevölkerung im Norden des Landes außerordentlich herzlich empfangen. In den Dörfern und kleinen Städten dieser Gegend gibt es starke kommunistische Wählergruppen. Hingegen verweigert ihnen die Regierung in Santiago politisches Asyl und setzt ihnen die Frist, binnen 48 Stunden das Land zu verlassen. Führer der kommunistischen und der sozialistischen Parteien und Parlamentsabgeordnete der Linken organisieren ein Hilfsprogramm für die Flüchtlinge. Der damalige Präsident des chilenischen Senats, Salvador Allende, ein langjähriger Freund Ches, begleitet sie auf ihrer Reise durch Chile, um so sicher zu stellen, daß sie strikt nach den Bestimmungen des Internationalen Rechts behandelt werden.

Bolivien stellt keinen Auslieferungsantrag. Da man den Guerillas in Chile außer ihrer illegalen Einreise nichts vorzuwerfen hat, ordnet die Regierung am 24. Februar 1968 an, die fünf Männer auf die Oster-Inseln im Stillen Ozean, 2481 Meilen von der Küste entfernt, abzuschieben. (Dort hatte Che einmal einen Posten als Lepraarzt annehmen wollen.) In ihrer Begleitung befinden sich der stellvertretende Direktor der chilenischen Sicherheitsbehörden, mehrere Polizeibeamte und ihr Beschützer, Salvador Allende. Von den Oster-Inseln aus gestattet man ihnen nach Papeete, der Hauptstadt von Französisch Polynesien, weiterzureisen, wo sie schon vom kubanischen Botschafter in Frankreich erwartet werden. Am 1. März 1968 trifft Pombo mit seinen Gefährten in Paris ein und tritt bald darauf über Prag die Weiterreise nach Kuba an. Seine Odyssee rund um die Erde hat ein Ende.
In der kubanischen Zeitschrift *Granma* erscheint ein Foto: Pombo, bartlos, ausgeruht, lächelnd, auf den Stufen vor der Tür seines Hauses. In der Hand ein Buch mit der Aufschrift: *Ernesto Che Guevara, Gesammelte Werke, 1957 bis 1967.*

Auskunft über die Quellen

Die bibliographischen Angaben zu dem voranstehenden Text über Che müssen mit der Bemerkung beginnen, daß es unmöglich gewesen wäre, dieses Buch zu schreiben, ohne auf die Vorarbeiten anderer zurückzugreifen. Der Autor geht sogar so weit, den Text als ein Puzzle oder eine Collage aus Materialien zu bezeichnen, die er aus Europa, Nord- und Südamerika zusammengetragen hat. Er nimmt allerdings in Anspruch, durch die Art und Weise, wie er diese Materialien angeordnet hat, *sein* Bild, *seine* Vorstellung vom Leben dieser Person auszudrücken. Der interessierte Leser sollte jedoch über den Text, der vorliegt, hinaus, die Nachforschungen und Wertungen des Autors verfolgen können. Möglicherweise kommt er dann selbst zu ganz anderen Schlüssen und Ergebnissen. Dies kann und wird dem Autor nur recht sein. Deshalb gibt er hier, die von ihm benutzten Quellen mit Kommentar wieder.
Wer an weiteren Vorstößen in Richtung auf die »Wahrheit« über Ernesto Guevara interessiert ist, suche die gegebenen Quellen auf, untersuche sie, ziehe seine eigenen Schlüsse, entdecke neue Quellen und vielleicht bisher unbekannte Perspektiven auf das Rätsel, das jeder Mensch in seinen Handlungen, Ansichten, Selbsterklärungen und Selbsttäuschungen darstellt.
Dem Autor ging es nicht zuletzt darum, einen Lernprozeß in Gang zu setzen, der über die Person Guevaras hinausreicht.
Bei der Ausbreitung des Quellenmaterials und den nötigen Kommentaren scheint es sinnvoll – im Gegensatz zu der Methode des Textes, die daraufhin angelegt ist, durch scharfe filmartige Schnitte und Sprünge in der Zeit einige Probleme besonders hervorzuheben –, der Chronologie der Ereignisse zu folgen.

Anrufung

Die Stichworte »Krimi« und »Pokerspiel« beziehen sich auf die Methoden, mit denen Beauftragte der großen Pressekonzerne der westlichen Welt versucht haben, dem Militärregime in Bolivien die bei Guevaras Gefangennahme von den Regierungstruppen erbeuteten Dokumente und Tagebücher abzuhandeln.
Unter der Regie von R. Fleischer wurde 1968 mit Omar Shariff in der Hauptrolle ein Film mit dem Titel »Che« gedreht.
Bemerkenswert ist, daß diese Guerilla-Operette von der Jugend in fast allen Ländern der westlichen Welt boykottiert wurde.
Kurz nach Guevaras Tod tauchten in den USA mehrere Stücke auf, in denen die bolivianische Guerilla mit Sodomie und Päderastie in Verbindung gebracht wurde. Nichts gegen die Darstellung tabuisierter Sexualpraktiken im Theater. Für den Autor stellen sich diese Stücke als ein Beispiel unter vielen dar, das zeigt, wie der Mechanismus der Konsumgesellschaft auch noch seine Antithese zu integrieren versteht.

Kindheit und Jugend 1928 – Juli 1954

Als Anregung diente hier vor allem die Studie von John Gerassi im Vorwort des Bandes *Venceremos, the speeches and writings of Ernesto Che Guevara,* London 1968. Anhaltspunkte über die Eltern finden sich auch in Jean Larteguys Buch *Guerillas oder Der vierte Tod des Che Guevara,* Gütersloh 1968. Vom psychoanalytischen Standpunkt hat Martin Ebon in seinem Buch *Che: The Making of a Legend,* New York 1969, wichtige Ansätze zur Beurteilung von Ches Kindheit geliefert. Im Zusammenhang mit

der Asthmaerkrankung Ches und den psychosomatischen Auswirkungen ist auf Erik Eriksons *Identity: Youth and Crisis,* New York 1968, und auf Melitta Sperlings *A Psychoanalytical Study of Bronchial Asthma in Children* in *The Asthmatic Child, New York 1963,* zu verweisen. Dolores Moyano Martin hat in *New York Times Magazine* vom 18. August 1968 *A Memoir of the Young Guevara* veröffentlicht. Hier findet sich die Beschreibung der Szene mit dem Bettler und dem Hundegespann. Die Liebesbriefe des jungen Ernesto an Chichina Fereiras wurden nach der uruguayischen Zeitung *El Diario* vom 12. September 1969 zitiert. Jean Larteguy gibt eine etwas andere Darstellung vom Verlauf dieser Affäre. Für die ersten Studienjahre und die Reisen durch Südamerika ist der Bericht von Ernestos Jugendfreund Alberto Granados von Bedeutung, der in der englischsprachigen Ausgabe der kubanischen Zeitschrift *Granma* vom 22. Oktober 1967 erschienen ist. Als Ergänzung wurde das Buch *My friend Che,* New York 1968, von Ricardo Rojo herangezogen. Einige wichtige Einzelheiten über die Zeit in Guatemala und Mexiko enthält zudem der inzwischen vergriffene Band von Bolivar Echeverría *Ernesto Che Guevara – Hasta La Victoria Siempre,* Ost-Berlin 1968.
Ausdrücklich weist der Autor darauf hin, daß er die Darstellung der politischen Entwicklung bei der Konterrevolution in Guatemala im Juni 1954 aus dem Vorwort zu der Biographie über Miguel Angel Asturias von Günter W. Lorenz, Neuwied 1968, übernommen hat. Eine anschaulichere Zusammenfassung der politischen Vorgänge auf knappem Raum bei großer Dynamik gibt es nirgends sonst.

Juli 1954 bis 1. Januar 1959 – Kubanischer Befreiungskrieg

Die Augenzeugen während der Ausbildung und der Untersuchungshaft in Mexiko sind zitiert nach dem Buch von Bolivar Echeverría, der seinerseits *Das Buch der Zwölf* (Männer, mit denen die kubanische Guerilla begann) von Carlos Franqui und die Zeitschriften *Bohemia, Granma* und *Cuba* als Quellen angibt. Weitere Ergänzungen ergeben sich aus dem Heft des Generals Alberto Bayo *Mi Aporte a la Revolución Cubana,* Havana 1960, zu dem Guevara selbst ein Vorwort beisteuerte.
Für die Biographie Fidel Castros bis zum Beginn der Invasion in Kuba und zur Darstellung des Angriffs auf die Moncada-Kaserne hat der Autor Hugh Thomas' Standardwerk *Cuba or the Pursuit of Freedom,* London 1971, herangezogen. Hingegen stammen die Zahlen und Angaben über die Entwicklung des Zuckerhandels auf Kuba und der Abriß über die imperialistische Handelspolitik der USA gegenüber Kuba aus Leo Huberman und Paul M. Sweezys *Kuba – Anatomie einer Revolution,* Frankfurt 1968.
Für die Ereignisse des Kubanischen Befreiungskrieges sind die Aussagen in Hugh Thomas' schon erwähntem Buch, Erinnerungen von Mitkämpfern aus den Zeitschriften *Granma* und *Casas de las Américas* mit Guevaras *Aufzeichnungen aus dem kubanischen Befreiungskrieg 1956–1959* verglichen worden. Hier war es nicht nötig, breit den Verlauf der Kampfhandlungen wiederzugeben. Niemand hat das besser getan als Che selbst. Einen ausführlichen Aufsatz über das Leben und die politischen Ansichten des kubanischen Dichters José Martí hat Jürgen Holtkamp in *Lateinamerika – Ein zweites Vietnam, Texte von Douglas Bravo, Fidel Castro, Régis Debray, Ernesto Che Guevara* u. a. herausgegeben von G. Feltrinelli, Reinbek bei Hamburg 1968, verfaßt.

Che als Politiker, Diplomat und Autor auf Kuba 1959 – Frühjahr 1965

Dies ist der erste Abschnitt in Ches Lebenslauf, in dem bis heute »weiße Flecken« geblieben sind. Beginnen wir aber mit jenen Büchern, nach deren Lektüre sich die außen- und innenpolitische Entwicklung, soweit sie mit dem Leben und Werk Ches in Zusammenhang steht, weitgehend schlüssig rekonstruieren läßt. Allen voranzustellen ist wiederum Hugh Thomas' *Cuba or the Pursuit of Freedom,* wenn auch einem kritischen Leser auffällt, daß Hugh Thomas an der Person Guevaras und ihren Konflikten nicht allzusehr interessiert ist. Ebenfalls noch einmal ins Spiel kommt Huberman und Sweezys *Kuba – Anatomie einer Revolution* und zur Ergänzung Lee Lockwoods *Castro's Cuba, Cuba's Fidel,* New York 1967. (Nicht unwichtig ist hier die Erklärung, die Castro auf die Frage nach dem verschwundenen Guevara abgibt!) Interessant für geduldige Leser: *Fidel Castro Speaks,* herausgegeben von Martin Kenner und James Petras. (Hier handelt es sich um die wichtigsten Reden Fidels, den man als Redner erlebt haben muß, um die Faszination zu begreifen, die von ihm ausging und ausgeht.) Zu Castros Haltung nach *Oekonomiedebatte* ist seine Stellungnahme zugunsten Guevaras im Heft 49 des V. Jahrgangs der Zeitschrift *Cuba socialista* aufschlußreich.

Über die Streitigkeiten und die Auseinandersetzungen mit der Esçalante-Gruppe wird man bei Martin Ebon manche Einzelheiten finden, die anderswo nicht erwähnt sind. Von hier übernimmt der Autor den wörtlich zitierten R-Bericht und die Einschätzung seiner Glaubwürdigkeit. Damit nähern wir uns dem kritischen Punkt jedes bisher unternommenen Versuches einer Che-Biographie, nämlich der Frage: wo war und was war mit Guevara in dem Zeitraum zwischen der Rückkehr von seiner Weltreise am 14. März 1965 und dem Beginn seiner geheimen Tätigkeit in Afrika im Juli dieses Jahres? Die Quellenlage ist klar. Die einzigen Anhaltspunkte bieten einerseits der R-Bericht, andererseits der nur zum Teil veröffentlichte Briefwechsel zwischen Che und seiner Mutter in Argentinien und die Spekulationen, die Ricardo Rojo daran knüpft. Vom R-Bericht ist zu sagen, daß er in das Bild der allgemeinen politischen Entwicklung Kubas paßt, und für jemanden, der Guevaras innere und äußere Entwicklung von der Kindheit her verfolgt hat, ist es einleuchtend, daß es zu einer derartigen Krise kam. Der Briefwechsel zwischen Guevara und Celia de la Serna – wäre er vollständig bekannt – würde nur die Konsequenzen, die Che aus dieser Krise ziehen wollte und zog, noch deutlicher belegen. Die Andeutungen Rojos, die in Richtung auf eine regelrechte, wenn auch ehrenvolle Haft Ernestos und auf einen krassen Bruch zwischen Che und Fidel zielen, scheinen hingegen übertrieben. Letzte Gewißheit kann hier allerdings nur das Zeugnis ganz weniger Personen bringen, die heute aus verständlichen Gründen schweigen oder schweigen müssen.

Bei der Orientierung unter den politischen, militärisch-wissenschaftlichen, philosophisch-anthropologischen und wirtschaftstheoretischen Arbeiten Guevaras und ihren Interpretationen mögen folgende Angaben von Nutzen sein.

Wichtig sind zunächst einmal die Originaltexte von Guevara selbst, ihre Anordnung und ihr Studium in chronologischer Reihenfolge. Dazu muß der nur deutsch Lesende drei Ausgaben zur Hand nehmen: Ernesto Che Guevara: *Brandstiftung oder Neuer Friede, Reden und Aufsätze,* herausgegeben von Sven G. Papcke. Die hier in einem rororo-Taschenbuch versammelten Aufsätze Ches stehen in chronologischer Reihenfolge, doch fehlen einige wichtige Arbeiten, nämlich die Schriften zum Guerillakrieg und zur Position und dem Wesen des Guerillero, aber auch der zentrale Aufsatz, die

große Endabrechnung *Der Sozialismus und der Mensch in Kuba.* Diese und andere Aufsätze finden sich in *Venceremos – Wir werden siegen!*, herausgegeben von Lothar Menne mit einer Einleitung von Roberto Fernández Retamar, Frankfurt 1968. Eine vollständige Sammlung wenigstens der wichtigsten Essays und Reden ist dies aber immer noch nicht. Sie findet man einzig und allein auf Englisch in dem schon oben erwähnten Band *Venceremos! The speeches and writings of Che Guevara*, herausgegeben von John Gerassi, London 1968.
Wichtig für eine wissenschaftlich fundierte und in Einzelheiten gehende Biographie ist die Bibliographie von Sven G. Papcke. Abgeschlossen im September 1968, führt sie unter Punkt A 1.1 alle Veröffentlichungen Guevaras an, stellt unter 1.2 alle Interviews mit Guevara zusammen, führt unter 1.3 die vollständige Liste der deutschen Übersetzungen und unter 2. Nachrichten und Aufsätze über Che auf.
Hinzunehmen muß man zu Ches Originalwerken und Aufsätzen wegen des engen Zusammenhangs, aber auch wegen der Divergenzen in punkto Revolutions- und Fokus-Theorie: Régis Debray: *Revolution in der Revolution*, München 1967, und die wiederum nur in Englisch gesammelt vorliegenden Aufsätze Debrays *Strategy for Revolution, Essays on Latin America*, herausgegeben von Robin Blackburn, London 1970.
Dies ist sozusagen die »Basis«-Literatur. An Interpretationen hat der Autor des vorliegenden Buches konsultiert und verglichen: in *Permanente Revolution*, Sammelband, München 1969, den Aufsatz von Goldenberg: *Castro, Debray, Guevara* und Oscar Lewis: *Ernesto Guevara*, München 1970. In letzterem sind vor allem die Interpretation des Begriffsbereichs »Guerillero« und der Begriffe »Arbeit«, »Wert« und Ches Vorstellungen vom »Neuen Menschen« allgemeinverständlich herausgearbeitet. Als Kritik aus orthodoxmarxistischer Sicht: Wilhelm M. Breuer/Bernd Hartmann/Herbert Lederer: *Revolution in Lateinamerika*, Köln 1969. Zum Stand der sich fortsetzenden Diskussion über die Foco-Theorie nach den Erfahrungen in Bolivien: Huberman/Sweezy/Dreßen/Quartim u. a. *Focus Metropolen*, Berlin 1970. Zum Thema »Streit um die Werttheorie«: Sergio de Santis Aufsatz *Bewußtsein und Produktion, Eine Kontroverse zwischen Che Guevara, Charles Bettelheim und Ernest Mandel über das ökonomische System in Cuba*, Kursbuch 18, 1969.

Sommer 1965 bis Herbst 1967 – Che in Afrika, Bolivianische Guerilla und Nachspiele

Hinweise über Guevaras Aufenthalt in Afrika finden sich in Kapitel 8 (Congo Disillusion) des schon zuvor erwähnten Bandes von Martin Ebon und in dem Aufsatz von Jean Ziegler *Erinnerungen an Che Guevara – Guerilla in Afrika* im Sammelband der Fischer-Bücherei *Che Guevara und die Revolution.* Wie hier die einzelnen Probleme erhellendes, neues Material gefunden werden kann, ohne daß die Führungsspitze in Kuba, afrikanische, sowjetrussische und chinesische Politiker ihr Wissen preisgeben, ist vorläufig nicht zu sehen. Andererseits hat eine ziemlich große Anzahl kubanischer Guerilleros Che auf seiner Afrika-Expedition begleitet. Klar ist schon heute, daß die Erfahrungen ernüchternd gewesen sein müssen.
Nun zur Darstellung über Vorbereitung und Verlauf der bolivianischen Guerilla. Hier wurden folgende Quellen benutzt: Ernesto Che Guevara: *Bolivianisches Tagebuch*, mit einem Vorwort von Fidel Castro, München 1968. Die Tagebücher der Guerilleros Rolando, Pombo und Braulio. (Diese liegen bisher nur in englischer Übersetzung vor

und zwar in *The Complete Bolivian Diaries of Che Guevara and other Captured Documents,* herausgegeben und mit einer Einleitung versehen von Daniel James, New York 1968) Teile von Inti Peredos Tagebuch, zitiert nach *Spiegel* Nr. 40, 1970, ohne Quellenangabe dort. Über die Besucher: *I was arrested with Debray,* George Andrew Roth, *Evergreen Review,* New York 1968. Zur Person von Tamara Bunke: Horst Zimmermann: *Enthüllungen über die attraktive Spionin Tamara Bunke aus Ostberlin* in *Welt am Sonntag,* Hamburg, 26. Mai 1968 (mit Vorsicht aufzunehmen). Angaben bei Martin Ebon und Gonzáles/Salazar in *The Great Rebel,* New York 1969. Dazu persönliche Recherchen des Autors und Gespräche mit Bekannten von Tamara. Gonzáles/Salazar konnten bei ihrer Darstellung, vor allem über das Ende der Nachhut am Vado del Yeso, auf die Berichte der Lokalpresse in Bolivien und wohl auch auf Gespräche mit der Zivilbevölkerung zurückgreifen.

Zur Darstellung der Mechanik von Ausbeutung und Unterdrückung in Bolivien hat der Autor auf Zitate aus dem Kommentar zur Neufassung des Unterrichtsfilms 912 des FWU von Irene Amann, Martin Thurmair und B. Wember zurückgegriffen. Zur Person des General Barrientos finden sich Angaben in John Gerassis *The Great Fear in Latin America,* New York 1968, und in John Gunthers *Inside South America,* New York 1968. Um eine Vorstellung über die geographischen und atmosphärischen Gegebenheiten im Südosten von Bolivien zu gewinnen, unterhielt er sich mit Dr. Caspar, Zürich, der diese abgelegene Gegend aus eigener Anschauung kennt. Bei der Darstellung der militärtechnischen und strategischen Probleme wurde die Studie von Daniel James benutzt. Angaben über die Konstellation innerhalb der Kommunistischen Partei Boliviens und ihrer Splittergruppen finden sich bei Ebon, bei Gonzáles/Salazar und im Tagebuch Pombos. Alle drei Darstellungen stimmen in den wesentlichen Punkten überein. In Frage zu stellen wäre nach Pombos Tagebucheintragungen, ob sich, wie González und Salazar anzunehmen scheinen, Guevara schon vor dem 4. November 1966 in Bolivien aufgehalten hat. Da die bolivianischen Autoren ihre Quellen (aus verständlichen Gründen) nicht nennen, lassen sich ihre Angaben nur schwer überprüfen. Für alle »Steckbriefe«, soweit sie Personen der bolivianischen Guerilla betreffen, konnten a) die an mehreren Orten veröffentlichten Lebensläufe der kubanischen, bolivianischen und peruanischen Guerilleros, b) die von Ciro Roberto Bustos für die Militärbehörden angefertigten Beschreibungen der Männer um Che herangezogen werden. Um das verwirrende Spiel mit Tarnnamen für den Leser etwas zu enträtseln, wurden im Text dort, wo dies notwendig erschien, die echten Namen und die Tarnnamen genannt.

Zu den bisher angegebenen Quellen wurden eine Anzahl von Berichten bolivianischer Tageszeitungen und die Verlautbarungen der bolivianischen Armee ausgewertet.

Eine der lange Zeit offenen Fragen über die bolivianischen Guerilla betrifft die Ereignisse in der Churo-Schlucht und die Liquidierung Ches am 9. Oktober 1967 im Schulhaus von Higuera.

Dem Verfasser erscheinen als Quellen für diese Ereignisse am glaubwürdigsten: 1. der Aufsatz von Michèle Ray, der unter dem Titel *In Cold Blood – How the CIA executed Che* 1968 in der amerikanischen Zeitschrift *Rampart* erschien. Mademoiselle Ray hielt sich kurz nach Ches Tod als Korrespondentin von *Paris Match* sieben Wochen in Bolivien auf. Es gelang ihr zwar nicht, bis nach Higuera selbst vorzudringen, das zur Zeit ihres Besuches noch militärisches Sperrgebiet war. Sie sprach aber in Pucara mit dem Dominikanerpriester Roger Schaller, der an jenem 9. Oktober am frühen Nachmittag nach Higuera gelangt und unter den Dorfbewohnern als Vertrauensperson galt. Von ihm stammt die in diesem Buch wiedergegebene Version der Ereignisse.

2. die Darstellung, die die beiden bolivianischen Publizisten Luis J. González und Gustavo A. Sánchez Salazar in *The Great Rebel – Che Guevara in Bolivia* geben. Als ortskundige, alteingesessene Journalisten hatten sie weit bessere Möglichkeiten und Verbindungen für Recherchen als Michèle Ray. Es dürfte ihnen gelungen sein, sogar Soldaten zu interviewen, die bei der letzten Aktion in der Churo-Schlucht und bei der Liquidierung Ches zugegen waren, freilich gegen das Versprechen, ihre Namen geheimzuhalten. Daß es für geschickte Männer auch Mittel und Wege gab, Informationen aus höchsten Regierungsstellen zu erhalten, beweist die Geschichte der Veröffentlichung des *Bolivianischen Tagebuches,* auf die wir hier nicht näher eingehen können, die aber ein »thriller« für sich ist, der eines Tages gewiß noch seinen Autor finden wird. Es ginge dabei vor allem darum, die Mechanik der Sensationsgier zu entlarven.

Die Darstellung von Michèle Ray und der Bericht, den González und Salazar geben, stimmen bis in die wörtliche Rede der Soldaten, der Lehrerin und der Gefangenen überein. Lediglich der Satz, der an der Tafel gestanden haben soll, weicht in den beiden Versionen voneinander ab. (Mademoiselle Ray schreibt, der Satz habe gelautet ya se leer mit einem falschen Akzent bei sé. Auch schmückt sie das Verhalten des Mörders Terán noch etwas brutaler aus. »Dann ging er, so berichtet Pater Schiller, hinaus, um ein Bier zu trinken. Che liegt auf dem Boden im Todeskampf. Pérez kommt in den Raum, einen Revolver in der Hand. Er geht hin und schießt Che in den Nacken!« Die Unstimmigkeit der Namen – bei Ray »Schiller«, bei den bolivianischen Journalisten »Schaller« – ist wohl daraus zu erklären, daß es für beide Quellen ein fremdsprachiger Name war. Mademoiselle Ray kann den Pfarrer wohl auch nur sehr kurz gesprochen haben. Unstimmigkeiten gibt es, wie die Französin selbst angibt, über den zweiten Gefangenen, der in Higuera liquidiert wurde. Die einen halten ihn für Willy (Simon Cuba), die anderen für den Peruaner El Chino, der nach den Angaben von González und Salazar schon am Vortag in Higuera gestorben sein soll. Gestützt werden all diese Angaben zudem noch von dem bolivianischen Journalisten Jorge Terrico.

Was schließlich die Odyssee der Überlebenden angeht, so läßt sie sich aus Zeitungsmeldungen, den Verlautbarungen der Armee und aus Berichten Pombos in Kuba zusammensetzen. Aber auch hier ist der Autor der vorbildlichen Pionierarbeit von Luis J. González und Gustavo A. Sánchez Salazar bei seiner Darstellung verpflichtet.

Antworten Frederik Hetmanns auf Leserfragen

Seit dem Erscheinen der 1. Auflage dieses Buches hat der Autor es in mehr als hundert Lesungen in Schulen, Jugendgruppen und Büchereien vorgestellt. Dabei sind von Jugendlichen immer wieder Fragen vorgebracht worden, die dann diskutiert werden konnten. Der Autor hat aus diesen Fragen seiner Zuhörer und Leser manches gelernt, was ihm für seine weitere Arbeit hilfreich sein wird. Er hat von Anfang an sein Buch als Anstoß zu Fragen und zur Diskussion verstanden. Da er aber nicht immer Gelegenheit hat, unmittelbar seinen Lesern Rede und Antwort zu stehen, benutzt er die Neuauflage dieses Buches dazu, hier wenigstens auf jene Fragen, die sich häufig wiederholen, eine Antwort zu geben.

Warum wurde der Text dieses Buches in drei verschiedenen Schrifttypen gesetzt?

Die drei verschieden großen Schrifttypen markieren gewissermaßen drei Ebenen der Handlung. In der größten Schrifttype wird die dramatische Geschichte von Guevaras Gefangennahme und seiner Hinrichtung erzählt. In kleinerer Schrift liest man über den Lebensweg Guevaras von seiner Geburt bis zu seinem Tod. In ganz kleiner Schrift erhält man zusätzlich Informationen über wirtschaftliche, soziale und politische Zusammenhänge, die zum genaueren Verständnis und zur Beurteilung der Handlungen Guevaras notwendig sind.

Warum wird die Lebensgeschichte Guevaras nicht geradlinig erzählt?

Der Autor wollte durch die von ihm angewandte Technik der Schnitte und Blenden, wie sie auch im Film und bei dokumentarischen Hörspielen angewandt wird, erreichen, daß der Leser nicht nur rein gefühlsmäßig an dem persönlichen Schicksal Guevaras Anteil nimmt, sondern sich immer wieder die sozialen und politischen Bedingungen dieses Lebenslaufes vor Augen hält. Der Leser soll den Text nicht besinnungslos »schmökern«, er soll zu kritischem, nachfragenden Lesen veranlaßt werden. Das mag manch einem, der dieses Buch in die Hand nimmt, zunächst noch ungewohnt sein. So aber wird eine Haltung eingeübt, die auch bei anderen Tätigkeiten nützlich sein kann.

Warum kommen in diesem Buch so viele Fremdworte vor?

Der Autor, der dieses Buch geschrieben hat, gehört zu jenen, die für Jugendliche nicht anders schreiben als für Erwachsene. Es mag sein, daß er, aus dieser Haltung heraus, das Vertrautsein der Jugendlichen mit gewissen Ausdrücken, die aus der politologischen oder psychologischen Fachsprache stammen, überschätzt. Grundsätzlich ist auch er der Meinung, daß die Verständigung in einem Fachbereich nicht in Geheimniskrämerei ausarten darf. Was sich sagen läßt, muß sich klar, deutlich und allgemeinverständlich sagen lassen. Der Leser möge jedoch bedenken, daß dieser Absicht dort Grenzen gesetzt sind, wo es um tatsächlich Schwieriges geht, und daß kein Autor in der Erklärung von Begriffen bei Adam und Eva anfangen kann. Hinzukommt, daß vor allem dort, wo von der politischen und wirtschaftlichen Theorie Guevaras die Rede ist, häufig mit Zitaten gearbeitet wird, die man nicht verändern kann. Wer sich mit politischen, wirtschaftlichen und psychologischen Theorie befaßt, dem kann nicht erspart werden, ab und zu auch einmal einen unbekannten Begriff in einem Wörterbuch nachzuschlagen. Der Autor empfiehlt hierzu das Buch »Gesellschaft und Staat«, Lexikon der Politik, von Drechsler, Hilligen, Neumann, Baden-Baden, 1970, Deutscher Jugendbuchpreis 1971. Nicht nur zum besseren Verständnis des Textes über Ernesto Guevara, sondern überhaupt zur Orientierung im Alltag, lohnt es sich, dieses Buch zu besitzen.

Warum haben Sie überhaupt eine Biographie über Guevara geschrieben? Bewundern Sie ihn? Ist er Ihr Vorbild? Soll man ihm nacheifern?

Mich interessierte Guevara vor allem als ein Modell, bei dessen genauer Betrachtung man über gewisse Schlagworte und Phrasen, die wir oft leichtfertig benutzen, ein Mehr an Einsicht und Verständnis gewinnen kann. Ich bewundere Guevara insofern, als er bereit war, für die Herstellung größerer sozialer Gerechtigkeit sein Leben einzusetzen – und mehr kann niemand tun. Das bedeutet nicht, daß ich in allen Punkten seine Überzeugungen teile. Das kann nicht bedeuten, daß ich die Augen gegenüber den uns heute einsichtigen Fehlern verschließe. Gewiß ist mein Buch nicht als Aufforderung an einen jeden zu verstehen, nun Guerillero zu werden. Die Art des Kampfes um mehr soziale Gerechtigkeit muß sich – gerade dies lehrt unter anderem die Geschichte Ches – an den besonderen Bedingungen der gesellschaftlichen Zustände und an einer selbstkritischen, realistischen Einschätzung der Fähigkeiten und Möglichkeiten des einzelnen orientieren.

Wiesbaden/Nomborn, Westerwald Weihnachten 1973

R/5 – 76